陈正荣 著

南京的风花雪月

南京大学出版社

自序　触摸南京的诗意

南京，究竟是怎样一座城市，从不同的视角看，有不同的解读答案。我一直认为，南京是一座诗的城。

之所以说她是一座诗的城，缘于关于她的车载斗量的诗词歌赋。古往今来，到过南京的诗人很多。谢朓、谢灵运、李白、杜甫、杜牧、刘禹锡、李商隐、李煜、王安石、陆游、张孝祥、辛弃疾、萨都剌、高启、袁枚、吴敬梓、魏源、陈三立……这些诗人或在南京生活，或到南京造访。他们写下了很多关于这座城市的诗歌，其中不乏经典。翻开唐诗，那些经典的怀古诗，莫不是在南京的怀古之作。在南京旅游，一抬头你会碰上诗词中写的旧景，尽管此时的你已经寻觅不到一点过去的影子，但像乌衣巷、朱雀桥、新亭等熟悉的名字，会如影随形般地跟着你一起走。

缘于她的风花雪月。风花雪月，关乎自然风貌，也关乎人文积淀。南京这座城市从来也不缺少风花雪月，她拥有独特的山川之美，金陵八景、金陵十景、金陵四十景、金陵四十八景，加上源远流长的文脉浸润，自然中透发出人文的辉光。随手拿起路边的一块青砖，上面镌刻的清晰可见的文字，立刻让你穿越时光回到千百年前。走在秦淮河边，抬头一轮秦淮月，更是让你有"不知今夕何夕"的感觉。面对石头城，你定会情不自禁地发出"往事越千年"的慨叹。

缘于她的悲情与感伤。这座城市曾遭受过多次的毁灭,有时候简直成了一片"荒草没古丘"的废墟。但她像一只火凤凰,在一次次烈火中得到了新生。所以,这座城市总是弥漫着一种令人感伤的气息。悲苦之词易工。正是这种感伤的气息,吸引着众多诗人来怀古。比如唐代,尽管南京已经成了废墟,仍然有很多诗人来到南京徘徊、流连。那些经典的怀古诗,成了唐诗高峰中的巅峰。

缘于她的烟水气质。一个城市有一个城市的气质。南京的气质是什么?前人早有总结:六朝烟水气。烟水气是什么?是一种情调,一种文气,一种氛围,一种气息。在后人眼里,南京这座城市早在六朝就奠定了她的气质因子。潇洒、笃定、风流、雅致等等,都被后人用来形容六朝人的气质。但六朝也有很多遗憾,比如,六朝偏左江南,都是短命的王朝。说起六朝来,后人往往流露出爱恨交加的复杂情感。所以,六朝总是弥漫着一种说不清、道不明的朦胧美。

缘于她不尽的诗意。诗,是钻石,是花朵,是浪花,是山峰。诗意,是土壤,是空气,是阳光,是气氛。诗,是诗意的结晶体。诗是文字,而诗意是生活。诗是看得见的文字,而诗意则是弥漫在空气中、荡漾在心头的感觉。诗意,需要慢慢感知、品味。南京的一砖一瓦,一草一木,一街一巷,古的,今的,老的,新的,都洋溢着诗意,只有慢慢去品味,方能品出诗意的味道来。

长沟流月静无声。

有的诗意,被岁月之波一起带走了,成了这座城市的记忆。而有的诗意,沉淀了下来,如陈年老酒,愈发醇厚。在过去的很多个日子里,我坐上时光之船,溯流而上,去寻找这座城市曾经拥有的诗意与浪漫。寻着寻着,不时会为这座城市的前世今生所感动。原来,诗意,可以让我们变得更充盈,更浪漫,更丰富。

既然如此,那么,就让我们带着诗意上路去寻觅吧。

目　录

自序　触摸南京的诗意／1

第一辑　诗之城

那些年的风花雪月／3

金陵春树／9

白门秋柳／14

城色／19

湖殇／24

春水方生／29

家家雨水茶／32

落叶满金陵／38

梦见青溪／43

花海／48

茶村葬花／52

梅缘／55

石城雪／59

诗巷 / 63

风景之变 / 67

被诗化了的悲情 / 72

天雨花 / 75

永远的二月兰 / 79

舌尖上的春天 / 84

烟水气·王气 / 87

南京爱情故事 / 91

天下几诗城 / 103

第二辑 怀古之城

古董铺子 / 111

废墟的诗意 / 116

感谢地下 / 120

六朝松 / 124

凤兮归来 / 127

江水宽,江水窄 / 130

寂寞牛首山 / 134

大迁徙 / 137

潮打空城——唐朝的南京是什么样子? / 140

后庭花,不能承受历史之重 / 145

金陵春 / 148

秦淮碧 / 151

山形依旧 / 155

石头记 / 159

孙楚酒楼 / 163

浴火重生 / 166

消失的亭子 / 169

公元229年 / 176

寻找六朝 / 179

静海不静 / 182

大手笔 / 187

南京的民国背影 / 190

城墙砖上的明代人 / 200

《红楼梦》中的南京元素 / 212

第三辑　爱上一座城

小谢 / 225

玩月 / 228

记得那幅画 / 231

望江南 / 235

钟山青 / 239

一个冰雪之人与一座烟水之城——张岱笔下的南京 / 243

依依白门柳——黄裳与南京 / 253

三个人与三座城 / 258

家住金陵为六朝 / 265

随园随想 / 269

皇帝的诗才 / 280

挥手自兹去 / 284

秦淮美女 / 288

金陵才女 / 293

金陵旧影 / 302

金陵诗脉 / 306

几多美文写金陵 / 315

因为一句诗，记得一座城 / 323

惊艳 / 328

南京之美 / 334

后记 / 339

第一辑　诗之城

那些年的风花雪月

每个城市都有属于自己的风情,都有自己的风花雪月。

南京这座城市的风花雪月,是什么样的总体印象?我想到了"六朝烟水气"这五个字。这是前人给南京这座城市感性与诗意的概括。然而,究竟什么是"六朝烟水气",没有人能说清楚,只能凭着我们各自的感觉去细细地感知了。江南的六朝,撇开短命王朝不论,与风流、洒脱、旷达、潇洒、浪漫、情调这些词有着密切的联系。所以,烟水气首先是一种文化气息,一种诗意氛围。长期浸淫在这样的气氛中,连贩夫走卒、酒保菜佣也都会沾上这种文气。所以,吴敬梓捕捉到了南京人的这种气质。

穿越时光的隧道,去看看南京这座弥漫着烟水之气的城市,会有怎样的情调与诗意。

那就从农历的新年开始吧。

南京人迎接春天的到来,有着自己的方式。比如,正月里请春酒就是一个很浪漫的举动。"新年邀集宾朋宴饮,谓之请春酒,以正月半前为盛。"(《金陵岁时记》)"新岁人家,排日置酒食,召亲友曰请春酒。肴不必珍错,以新鲜相夸斗,必有蔬菜一器曰春蔬。"(《岁华忆语》)那时的酒,叫春酒。那时门上贴的,叫春联。那时吃的点心,叫春卷。那时吃的蔬菜,叫春蔬。那时的风,叫春风。那时的雨,叫春雨。什么都姓了春。不必什么珍馐佳肴,亲朋好友,举杯喝着春酒,迎接春天的到来。我总觉得,这不仅仅是人情的交往,也是为春天的到来而举办的一个仪式。

春酒请到正月十五元宵节,差不多了。这时候,屋外的太阳光已经不那么凛冽了,照在人的脸上,暖洋洋的。人在屋子里是待不住的,该出去走走了,去哪里?正月十六爬城头。南京人也叫"走百病"。南京人相信,这一天,要去爬爬高,感受感受屋外的春光。这样的习俗,从明清时代就已经开始了。南京文人甘熙曾在《白下琐言》中写道:"岁正月既望,城头游人如蚁,箫鼓爆竹之声。远近相闻,谓之'走百病',又云'踏太平'。聚宝、三山、石城、通济四门为尤盛。"游人如蚁,可见当时爬城头的人之多。南京人相信,这时候在高处走一走,一年都会有好身体。用这样的理由,让你到屋外感受春光,堂而皇之,恰到好处。过去,南京的城门很多,里十三,外十八,城里各个方位的居民,都可以找到就近的城门去登高。

早春时节,金陵城里会有很多绝美的去处。比如,去北湖(玄武湖)看烟柳。"无情最是台城柳,依旧烟笼十里堤。"古老的台城,袅娜的新柳,在反差中感受有历史感的春意。去城西的莫愁湖看烟雨吧,莫愁烟雨,可是明清时代"金陵四十八景"之一。曾经的莫愁湖,"湖柳如烟,湖云如梦,湖浪浓于酒"。只是现在,莫愁湖湖畔都竖起了高楼,烟雨湖水的景象难以看到了。

陌上花开。杏花、梨花、桃花次第开。此时,城里的人便开始往城外走。去哪里?春牛首。这是一个代代相袭的习俗。有人说,清代就已经有了。早春的牛首山,春风吹绿了草地,也催开了万树桃花。走在山野间,听宏觉寺梵音袅袅,温暖、平和的感觉油然而生。你甚至会想起当年王导所说的"天阙",也会想起当年岳飞曾在这里大战金兀术的情景……

这是曾经的牛首。现在的牛首山反而荒凉了。牛首的一角哪里去了？桃花哪里去了？

如今的春天，东郊的紫金山，你不能不去。那满山的新翠，是春天最好的新衣。呼吸清新、芬芳的空气，在绿海中穿行，是一种醉。

江南的春天很短。很快便是绿暗红稀，便是烟雨江南。长达二十多天甚至一个多月的梅雨季，赚尽了人们的春愁。今天下了，明天接着下。上午还是阳光普照，下午又是阴雨绵绵。刚才还是毛毛雨，忽然间雨大如豆。诗人贺铸说，"试问闲愁都几许，一川烟草，满城风絮，梅子黄时雨"。所以，在江南也有人直接称梅雨为"霉雨"。在雨季里，南京人自有消解春愁的办法——雨集。文献学家陈作霖在《可园备忘录》中曾记述："五月雨集妙相庵。"妙相庵由清初僧默汝所创建。当年的妙相庵，"曲槛临风，空亭枕雨，疏花幽竹，用瑟有致"，"池塘竹树，颇饶野趣"（道光《上元县志》）。梅雨时节，南京城里的文人墨客们来到了妙相庵雅集，一边品茶，一边看雨，咏诗联句，泼墨挥毫，年复一年，相沿成俗。当我第一次看到"雨集"这个词时，心头微微一颤，觉得这两个字的组合太有诗意了。我不知道别处有没有这样的说法，南京文人的创意，于此可见一斑。

很快便进入了初夏，端午时节，秦淮河上热闹非凡。张岱记载："年年端午，京城士女填溢，竞看灯船。""画船箫鼓，去去来来，周折其间。河房之外，家有露台，朱栏绮疏，竹帘纱幔。夏月浴罢，露台杂坐，两岸水楼中，茉莉风起动儿女香甚。"（《秦淮河房》）张岱说，"余所见者，惟西湖春、秦淮夏、虎丘秋，差足比拟"（《西湖清明》）。秦淮河向来是南京人钟爱的"情人"。

盛夏时节，可以去莫愁湖、玄武湖看荷花。陈作霖在《可园备忘录》中说:"六月刘园观荷,七月飞霞阁看云。"刘园在雨花台外,民国后期消失。飞霞阁在冶城,即今天的朝天宫。其实荷花最盛的要数莫愁湖和玄武湖了。农历的七月,南京的天空开始白云如絮,在朝天宫的飞霞阁看云,是一个诗意的举动。

秋高气爽的季节来了,南京人有登高的习俗。"金陵人九日登高,北则鸡鸣山北极阁,南则雨花者为最多。携佳茗,瀹雨花泉水品之。新栗上市,茶肆和木樨煮熟,风味殊佳。兴尽,每购雨花石子归,备冬日养水仙也。"(《岁华忆语》)登高,带上好茶,并用泉水泡。此时,栗子飘香,一边品尝栗子,一边品着泉水茶,自是乐在其中。还可以去看看玲珑剔透的雨花石,选一把带回家,置于水仙盆中。这样的登高,不仅领略到了诗意,也把秋天带回了家。其实,不仅仅是登鸡鸣寺、北极阁、雨花台,南京这座城里还有很多小山高地可供登高望远。

"秋栖霞"是南京人秋天时节挂在口头上的谚语。栖霞山有"第一金陵明秀山"之美誉。栖霞山的植被以落叶栎、槭、枫香和常绿松柏为主,秋后,栎、槭、枫香树叶渐由绿变红,层林尽染,大有"停车坐爱枫林晚,霜叶红于二月花"的诗意。明末清初的另一位南京诗人纪映钟有诗:"栖霞红树烂如霞,十月天晴风日嘉。"到了清末,在一些诗人、学人的著作里已经出现"秋栖霞"的说法。民国时期王焕镳《首都志》记载:"栖霞山多枫树,深秋经霜,游人步屣,如行赤霞中也。"一句俗语的形成,是需要时间沉淀的。可以想见,在明清时期,栖霞山上就已经有枫叶了。到了清末,"秋栖霞"就已经在南京市民中口口相传了。

冬天了,江南的雪天,去哪里看雪?石头城。这是东吴建立的石头城,如今只剩下断壁残垣。雪,落在石头城上,有一种苍茫的古意。所以,石城霁雪,历来是文人看雪的一个绝佳的去处。

天寒地冻,如何度过寒冷,南京人也有办法。画梅花一幅,花八十一瓣,每日用红色涂抹一瓣,谓之九九消寒图。南京人还有消寒会。《岁时忆语》:"金陵文人,率有消寒会。会凡九人,九日一集,迭为宾主。馔无珍馐,但取家常,而各都新奇,不为同样。岁晚务闲,把酒论文,分题赌韵,盖讌集之近雅者。"

一年之中,自有春夏秋冬的情调,而一天之中,也有属于南京的朝夕的浪漫。

清晨的金陵,哪里最美?一定是万木苏醒、百鸟啁啾的东郊。一定是朝暾初现的紫金山。如果想看日出,那要登上紫金山的最高峰头陀岭。朝阳从晨雾里升起的瞬间,金光会洒在苍翠间,那是一种怎样的美?如果想享受绿色,那就走进葱茏的林子里,听鸟儿的欢唱,在清新的草木的芬芳中迷醉。

如果要看夕阳,吴敬梓早就说了一个去处,去雨花台看落照。那是古代,现代高楼林立,即便是登上雨花阁也已经难以看到了。辛弃疾词云:"落日楼头,断鸿声里,江南游子,把吴钩看了,栏杆拍遍。"那是诗人登上秦淮河边赏心亭,看到的落日。赏心亭早已不在。古代还有"燕矶夕照"的说法。今天,登上燕子矶仍然可以欣赏到落日熔金的景象。还有,登上紫金山顶、阅江楼、幕府山头,都可以欣赏到夕阳西下的美景。

到了月夜,何处去看月?古人有"东山秋月"的说法,只可惜东山仍在,但已经失去了看点。还是秦淮月一如既往的可爱。当年李白在金陵,最喜欢秦淮月了。他自己说"玩月答曙","金陵溯流玩月达天目"。他在金陵写下多首玩月诗。在南京甚至还有一个传说,李白由于酷爱明月,在文德桥旁捉月而死。诗人闻一多甚至以李白捉月为题材写下《李白之死》的长诗。

清初文人张荣《望江南·秦淮月》云:"江南月,第一在秦淮。

河影直从天上泻,歌声浑似碧空来。随处好擎杯。"陈作霖在《可园备忘录》中说,"八月秦淮水榭玩月"。秦淮河上有一个看月的绝佳去处,便是文德桥。据说,由于文德桥特殊的地理位置,每年农历十一月十五日午夜,在文德桥的东西两侧秦淮河中,可以各看到半个月亮,此所谓"文德桥畔半边月"。

除了秦淮河,还有什么望月的去处?对了,找一处古城墙,抬头望,六百多年的城墙高耸,一轮明月,清辉洒在古旧、墨色的城砖上,你定会以为,这月是六朝的月,是明朝的月。你也许会念起一句诗?

高高秋月照城墙。

金陵春树

> 树,是大地的肌肤。
> 树,是城市的衣裳。
>
> ——题记

第一次来南京,是在"吹面不寒杨柳风"的四月,20世纪80年代的杨柳风,清新,纯净,柔美。

当走进南京城里时,我被道路旁高大的梧桐树震住了:天下竟然有这么多漂亮的大树!故乡的山上到处都是杂乱的灌木,村前屋后也只有数得过来的几棵大树,故乡小城里的行道树,也都是些不高的树。

后来我知道,这些道旁的大树叫法国梧桐树。

说起梧桐树,便想起李清照的词:"梧桐更兼细雨,到黄昏点点滴滴。"原来,李清照词中的梧桐,是村前屋后的梧桐,是开着紫色花朵的泡桐,是古典的梧桐,而南京城中道路旁的则是现代的梧桐,是从国外引进的洋品种。说是法国梧桐,其实是一种美国梧桐和法国梧桐的杂交品种。

梧桐树,树干高大、挺拔,树皮光洁,叶子宽大。早春的时候,新吐出来的嫩叶毛茸茸的,泛着白色,而到了叶面全部绽开的时候，比巴掌还大，绿莹莹的，一片挨着一片，像一把巨伞，遮住了道路的上空，小雨是淋不到地面的。盛夏时，火一般的阳光，照不到树下的行人。

到过南京的人，都会对南京的梧桐树留下深刻的印象。还会由梧桐树联想到东郊茂密的林子，便自然得出"南京树美"的印象。

南京的树，的确是让南京人引以为豪的事。

这些树，是大地容光焕发的肌肤，是城市美丽的衣裳，也是城市最美的色彩。

前人栽树，后人乘凉。南京的树美，也绝非一朝一夕得来。要知道，千年古都，沉淀了厚厚的树文化。

东吴在南京建都之后，官方就开始用树来装扮这座城市。当时的官道上栽植了很多槐树和柳树。御河的两旁，也都种植了柳树。明清时，"北湖烟柳"曾经是"金陵四十八景"之一呢。

今天的紫金山上蓊郁葱茏，是南京的一个山水宝地，是游人和市民亲近自然的好去处。尤其是在春天到来的时候，一定不要错过走进紫金山这片绿色的世界里，看千树万树的嫩绿，呼吸清新芬芳的空气的机会。

千万不要以为紫金山从古到今都是现在这般绿世界。

在一千六七百年前的南朝，钟山上很少有树木。南朝的《舆地志》记载："钟山本少林木，宋时使诸州刺史罢还者，栽松三千株，下至郡守，各有差矣。"意思是说，钟山上本来林木很少，刘宋时，命令罢还的各州刺史每人栽松三千棵，另外，各级官员都有栽松的义务。宋代诗人马野亭有诗："钟山山上亦僮僮，吏课何妨使种松。还似农桑分殿最，亦如榆柳计功庸。初时出土平如茅，后日横空矫似龙。每见路傍多合抱，不知手植是谁侬。"诗人说，原来钟山上光秃秃的，没有什么树，六朝时开始利用行政的命令，让一些官吏在山上栽松。后代人每每见到钟山山麓合抱的大树,就会想到前朝人的栽树之功。我想,六朝的当局者,能够想到用行政命令的手段来督促官员植树造林,实在是一项太有远见的行动。

唐代,金陵被隋军平毁,到处是一派萧条景象。很难想象那时的金陵城里还会有很多树。到了宋代,情况不一样了,东郊的钟山经过数百年的休养生息,树变得茂密起来。王安石第二次罢相后回到金陵,就选择在钟山脚下的半山园里居住。平时,他最喜欢骑着毛驴,到钟山周围饱览山水美景。他说:"苍藤翠木江南山,激激流水两山间。"他还说:"一田护水将绿绕,两山排闼送青来。"可见,当时的钟山已经是树木葱茏。

朱元璋在南京建立明朝后,看到历经多年战乱的南京,很多树木被毁,登基后的第一年就下诏:"凡民有田五亩至十亩,栽桑、麻、木棉各半亩,十亩以上倍之。"在洪武二十四年又下令在朝阳门(今中山门)外的钟山旁种植五十多万株槐树、柳树、漆树、棕树、桐树等。可以推想的是,有皇帝的重视,明朝南京的树是不会少的。在清初画家所画的"金陵四十八景"中,关系到金陵之树的有三处:鸡笼云树、北湖烟柳、灵谷深松。鸡笼山即今天的鸡鸣寺一代,站在高处,看金陵云树深深,绿意盎然。到了灵谷寺附近,可以看见古松森森,好一个幽静、高洁之所在。

太平天国时期,南京战火不断,南京城遭受到了毁灭性的破坏。晚清时期,南京城里十分萧条,难得见到什么树。这从 19 世纪末到 20 世纪初传教士和朱偰拍摄的老照片上也可以看出。紫金山到处是一片荒凉景象,石象路上一棵树也没有。从山下望去,山上裸露的土路清晰可见。

直到"中华民国"定都南京后,南京的树才渐渐多起来。围绕中山陵的建设,南京开始了造林运动。由宋美龄担任主任的"首都绿化委员会"对南京城的植树造林进行规划。他们选定了法国梧桐作为南京的行道树,并且从法租界购买了 1000 多棵法国梧桐栽种在陵园大道上,开启了南京种植法国梧桐树的历史。从 1928 年引进最早一批法国梧桐树算起,法国梧桐树已经在南京生活了八十多年。陵园大道上的一千多株梧桐树当年只有 3 米多高,今天已经长成了几十米高的参天大树。

1953 年,南京市政府第二次大规模栽植梧桐树。在全市的 600 多条大小道路上,栽植了近十万棵梧桐树。到了 20 世纪 80 年代,这些梧桐树都已经长成了参天巨盖,成了南京的绿色标志。除了每年短暂几天飘落的"毛毛虫"给行人造成些许的影响外,更多的时候,梧桐树带给这座城市的是绿色、诗意和清凉。我想,绝大多数南京人还是喜欢梧桐树的。

可惜到了 90 年代,在城市大发展的浪潮中,南京道路上的这些美树,屡遭砍伐。先是拓宽道路,比如中山东路的六排梧桐树被砍去两排。后来,挖管线、修地铁,又零星地砍去了不少。如今,南京不少路段的梧桐树已经显得很凌乱,失去了往日的整齐美,实在是一件憾事!

从民国至今的近百年里,紫金山上的树木得到了有效的保护。今天的东郊,已经是茂密的林子。春天到来的时候,望着满山深浅不一的嫩绿枝头,游目骋怀,其乐何及?只是可惜,近年来在紫金山的西部出现了不少建筑,挡去了望山的视野。何时能将紫金山脚下、板仓街东边的房子全部拆去,让紫金山完全落入我们的视野里,那实在是一件太美的事。不知我的这个愿望能否实现。

至于砍树,随着全民保护树的自觉意识的增强,我相信,没有人再敢明目张胆地砍树了。南京发生过的多起砍树事件的教训足够深刻。

在过去几十年里,城市建设者也为城市的绿,做了不少的工作。比如,除了法国梧桐外,20世纪初南京还从美国引进了雪松。如今,北京东路和御道街成了雪松大道。20世纪80年代,南京市还将雪松作为市树。雪松四季常绿,有一种葱郁浓绿的美。特别是冬天的时候,雪落在浓绿的松针上,塑造出一个极美的造型来。

除了雪松路,南京还有几条特色鲜明的植物景观路——

北京东路鸡鸣寺路段,每到三月春回大地的时候,道路两旁的樱花竞相绽放,如云如霞,引得路人纷纷前来赏樱。这条路如今在南京人的心目中成了樱花大道。

成贤街至碑亭巷栽的都是槐树。槐树自六朝以来一直是南京城市栽种的行道树。如今南京外城墙土城头一带,还生长着很多老槐树。四月,白色的槐花绽满枝头,香气四溢,为城市增添了芬芳。

太平北路两旁,栽种的都是造型极美的水杉,春天的时候,水杉绽出嫩嫩的细叶,远远望去,俊逸中透出秀美。

香樟也是南京最近几十年广为栽种的一种行道树。在南湖路以及一些小区里多有栽种。香樟树四季常绿,尤其是春天的时候,在不知不觉中换了一批嫩黄的叶子,然后开出细碎的小花,香气慢慢地渗透到春天的空气里,让人们浅浅地醉。

这些都是金陵的春天里的美树!

写金陵春天的诗歌中,独独喜欢李清照的两句词:"春归秣陵树,人老建康城。"

春去春又回。当春天来了又去、去了又来的时候,树也会在不知不觉中老去的。所以,古人感慨:树犹如此,人何以堪?

那么,在此时的春天里,我们是否该好好欣赏当下这金陵的美树呢?

白门秋柳

时已深秋,东郊山色斑斓,栖霞山枫叶如染,然而看看玄武湖畔的柳树,仍是柳条青青,再过一些日子,随着冰雪降临,那柳叶才会渐渐地变黄、变枯,然后落下,回归大地。于是,想起了"白门秋柳"这四个字。

六朝时,建康城的正南门宣阳门,称作白门,后来,白门便成了南京的代称。"白门秋柳"这四个字今天读起来,仍然很有韵味。如果说"金陵秋柳"或者"南京秋柳",就不是那么回事了。细细地品味一下:"白"字本来就有惨白、空旷之意;白门,又是六朝时期的称呼;加上秋柳,更增添了悠远、冷寂、苍老的感觉。西风烈,柳条舞,柳叶飘,那是怎样一派萧瑟、凄冷的景象?

在中华文化史上,柳树与文人的关系实在是太密切了。"昔我往矣,杨柳依依。今我来思,雨雪霏霏。"从《诗经》开始,柳树就已经进入到诗的意象中。诗歌史上,写柳树的诗歌简直是多如牛毛。好的咏柳诗比比皆是。加上古人赋予了柳树特殊含义,使得柳的意象在古典诗词中极为多见。古人写柳树,多写春天的柳树,写绽出新叶的柳树,写风中袅娜着的柳树,写送别时人们攀折的柳枝,相对来说,写秋天的柳树不是太多。但"白门秋柳"这个意象特别引人注目。明清以来很多文人都喜欢写这个题目。曾几何时,"白门秋柳"渐渐沉淀成了一个固定的、独特的诗歌意象。那么,"白门秋柳"为何能成为一个独特的审美意象呢?

先说说柳树与白门的关系。

东吴建都之后,建业城里建有一条专供皇帝使用的苑路,从都城的正门宣阳门到秦淮河岸的朱雀门,十里路的道旁全部栽植了槐、柳。在宫殿御河的两旁,也都种植了柳树,当时称官柳。东吴植树的传统被六朝后来的几个朝代一直承继着。谢朓有诗:"江南佳丽地,金陵帝王州。逶迤带绿水,迢递起朱楼。飞甍夹驰道,垂杨荫御沟。"宫殿御河两边都植有垂杨。宋代诗人杨修之在写六朝道路时说:"路平如砥直如弦,官柳千株翠拂烟。玉勒金羁天下骏。急于奔电更挥鞭。"宋代诗人马野亭也有诗:"南城来到北城隅,更北直趋玄武湖。一上雕鞍三十里,两旁官柳数千株。六朝都邑真如此,旧日咸秦得似无。暑月行人不张盖,漫天自有翠屠苏。"这两首诗说,六朝都城里大道两旁都栽种了很多树,柳树长得很茂密,大热天,路旁的行人都不须撑伞戴帽。唐宋以后,尽管南京城市萧条,但柳树依然很多。唐代诗人韦庄说,"无情最是台城柳,依旧烟笼十里堤",说的是唐代玄武湖台城附近,植了很多柳树。南京城东有一条清澈的青溪,杨吴筑城后,青溪淤塞。到了宋代,马光祖重新疏浚,并且恢复了很多景点,其中有一个景点叫"万柳堤",可以想象,那条青溪的大堤有着"春风杨柳万千条"的美丽景象。南京地处江南,有很多湖泊河流池塘,水边很适合栽种柳树。自古至今,玄武湖、莫愁湖、秦淮河的水边,都会栽种很多柳树。明清时代,"北湖烟柳"是"金陵四十八景"之一。北湖即玄武湖。

那么,"白门柳"作为一个词组搭配,是从何时开始的呢?李白根据民歌写过一首《杨叛儿》,其中写道:"君歌杨叛儿,妾劝新丰酒。何许最关人,乌啼白门柳。"这首诗脱胎于六朝刘宋时期的乐府民歌《杨叛儿》："暂出白门前,杨柳可藏乌。欢作沉水香,侬作博山炉。"乐府民歌刻画出了白门前杨柳的场景,到了李白诗中,就浓缩成了"白门柳"意象。是什么事物最牵动人心呢?——"乌啼白门柳"。五个字点出了环境、地点、时间。乌啼,是接近日暮的时候。黄昏时分在恋人相会的地方聆听乌鸦苦啼,不用说是最关情的了。可见,最早的"白门柳"与爱情有关。明末清初的诗人龚鼎孳将自己的词集名之《白门柳》,集中以59首词的连章形式记录了他与秦淮名妓顾媚的交往情缘。这里的"白门柳"就借用了爱情的含义。还有很多诗人以"白门柳"为题作诗,比如:"春到江南莫怨迟,秣陵春色总宜诗。柳条为底如人瘦,不比人间有别离。"(陈宗渭《白门柳枝》)"纤纤瘦影绕前江,弱态迎风舞不停。一缕情丝春绾住,六朝陈梦呜呼醒。"(涂煊《白门春柳》)这些诗里的"白门柳",有的与离别有关,有的与伤春有关,有的与怀古有关。

"白门秋柳"的意象又是如何形成的?

先说秋柳。在诸多咏柳诗中,唐代诗人李商隐写过一首很有名的咏秋柳诗:"曾逐东风拂舞筵,乐游春苑断肠天。如何肯到清秋日,已带斜阳又带蝉。"(《柳》)诗人先写乐游苑上春风荡漾、百花盛开中的春日之柳,与舞女一道翩翩起舞的盛况。下面两句陡然一转,回到眼前,斜阳残照下,秋柳依依,秋蝉哀鸣,一派肃杀、凄凉的气氛。这是诗人写长安秋柳的摇落景象。宋代词人柳永在《雨霖铃》中也描绘出一幅"寒蝉凄切,对长亭晚"的凄冷景象,尤其是其中的"今宵酒醒何处,杨柳岸、晓风残月",更成了用秋柳来渲染凄清氛围的经典意象。

六朝灭亡后,隋文帝下令将建康城悉数平毁,建康城几乎成了一座废都。唐朝诗人们到了建康后,看到的是衰败、凄凉的景象。南唐在金陵建立政权,后来很快又被宋代取代。所以,金陵这座城市总是氤氲着一种感伤的气氛。金陵怀古,便成了历代诗人们心中的一个情结。秋风中的柳树,为城市增添了一份凋敝、感伤的情调,在诗人们眼里,这正切合金陵这座城市的感伤氛围。所以,后代的很多诗人都喜欢用"白门秋柳"、"白门柳"的意象来表达心中的感怀。宋代诗人王安石退居金陵后作诗:"国人欲识公归处,杨柳萧萧白下门。"

明代诗人高启《秋柳》:"欲挽长条已不堪,都门无复旧毵毵。此时愁杀桓司马,暮雨秋风满汉南。"诗中说,干枯的柳枝,失去了往日那种青翠柔软、长条低垂的姿色,由眼前的景象联想到一个发生在六朝时期南京附近的典故:东晋大司马桓温北伐时经过金城见到自己年轻时栽下的柳树,已经长得很高大,十分感慨地说:"树犹如此,人何以堪?"于是,"攀枝执条,泫然流涕"。这个关于柳树的故事,后来常常被文人们所引用。

清代诗人王士祯 24 岁时曾作《秋柳》四首,其中一首云:"秋来何处最销魂,参照西风白下门。他日差池春燕影,只今憔悴晚烟痕。"正是这四首诗让王士祯声名鹊起,一时间应和者众多,连顾炎武也有唱和之作《赋得秋柳》。由于唱和众多,渐渐形成了享誉当时文坛的文社——"秋柳诗社"。这四首诗其实不是在南京写的,而是在济南写的,但所言的内容却是六朝事。在王士祯看来,白门的秋柳最愁煞人,最能触发诗人的伤感。王士祯还写过一首《登鸡鸣寺》诗:"白门柳色残秋雨,玄武湖波淡夕阳。"写的是雨中秋柳的意境。

经过明清很多诗人的渲染,"白门秋柳"渐渐固定为一个承载了厚重历史感的意象。尽管意境显得萧瑟,但富有诗意。晚清到民国,很多文人都对"白门秋柳"的意象感兴趣。比如,苏曼殊就曾画过《白门秋柳图》。金陵名记张友鸾以南京为背景写有小说《白门秋柳记》。作家张恨水写有《秋柳诗》:"一时顿觉舞腰轻,憔悴风前画不成。三月莺花原是梦,六朝金粉太无情。"当代散文家黄裳写有散文名作《白门秋柳》,记述他 1943 年第一次到南京时看到的萧瑟、衰败的景象。

　　无论是"白门柳",还是"白门秋柳",都是积淀了厚重的文化意象的柳。张恨水与南京有过交集,他曾写过一篇《白门之杨柳》的文章,回忆金陵的柳树:"南京的杨柳既大且多,而姿势又各穷其态……扬子江边的杨柳,大群配着江水芦洲,有一种浩荡的雄风。秦淮水上的杨柳两行,配着长堤板桥,有一种绵渺的幽思。而水郭渔村,不成行伍的杨柳,或聚或散,或多或少,远看像一堆翠峰,近看像无数绿障,鸡鸣犬吠,炊烟夕照,都由这里起落,随时随地里是诗意。""古庙也好,破屋也好,冷巷也好,有那么两三株高大的杨柳,情调就不平凡。"张恨水对南京的柳写得非常到位。在作家眼里,南京的柳,不仅富有诗意,而且富有情调。当代作家刘斯奋的长篇历史小说《白门柳》,以三大部的篇幅演绎了"秦淮八艳"故事,小说中的柳,实际上是"秦淮八艳"的代称。在小说家眼里,"白门柳"的意象被赋予了人格化的含义。

　　今天的南京,玄武湖、莫愁湖、秦淮河畔,仍然栽种了很多柳树,春天的时候,由于它们总是率先报告着春的消息,而格外受到人们的宠爱。城里的人们都会踏上早春的阳光,去走近它们、欣赏它们。如果是寒风骤起的深秋,这些弱弱的柳枝,随风起舞,则展现出另一种不屈的美。如果我们说"南京柳",或者"秦淮柳",至多只是表达了自然层面的含义。但如果我们说"白门柳"、"白门秋柳",那含义是绝不一样的。它们除了自然层面的意义外,还包含了许多历史积淀的意味。这就像看一个老字号的招牌,简单的几个字的背后,包含着很多让人联想的文化含义。

　　赏过了枫叶、银杏叶后,去赏赏"白门秋柳"吧!

城 色

外地朋友来南京,问我南京城市的主色调是什么?我一时语塞,想了想,说:是绿色。南京城里难得有一座紫金山,山上有不错的植被,加上国民政府时期栽种的梧桐树,所以,南京的夏天,在街头走走,尤其是在梧桐树下走走,满眼翠色,这在全国的城市中是不多见的。但仔细想想,绿色只是属于夏季的,夏季一过,更多的时候,南京的绿色是保不住的。秋天的东郊五彩斑斓,而冬天无可避免地萧瑟,因此,似乎很难说绿色是南京的主色调。

转而一想,南京的主城区保留了很多民国时期的建筑,这些建筑有三种颜色让人印象深刻:蓝、土黄和灰。蓝,是指中山陵建筑用的都是蓝色琉璃瓦,但也只限于中山陵的建筑群,在城市中间的建筑中没有更多地使用。在现存的民国建筑中,墙面较多使用土黄、灰色,它们能否成为建筑的主色调?

再一想,就想到了夫子庙的粉墙黛瓦,徽派建筑的风格还算是比较鲜明。但也只限于秦淮河边的少许建筑,代表不了南京的城市建筑风格。

那么,南京城市的色调是什么呢?闭眼想来,还真的没有形成一种主色调。

我在南京生活了二十多年,这期间,城市发展很快,城市建筑如雨后春笋。和全国的很多城市一样,快速建起的建筑,根本谈不上建筑色彩的规划。尤其是20世纪80年代大建设时,建筑的颜色表现出极大的随意性,要么是火柴盒式的平顶建筑,要么是茶色或蓝色的玻璃幕墙。到了本世纪初,人们才开始讨论这个话题。最近几年,南京也曾召开城市主色调讨论会。我印象中,南京市规划局就曾经召开过关于仙林地区建筑色调的讨论会。我所在的媒体还专门作过报道。讨论归讨论,实际操作是两码事。后来好像也没有了下文。

我到过国内很多城市,城市或乡村色调印象特别深刻的是北京、青岛、苏州和江南徽州民居。

北京是灰的。北京有很多现代建筑,但给人印象深刻的还是那些四合院。四合院从屋脊到小瓦到墙面都是灰色的。我注意到,北京市政部门从2000年开始就要求对很多建筑的外立面进行整修粉刷,统一刷成灰色。我想,北京除了灰色,还有皇家色。站在景山,看故宫,那是一片皇家的富贵黄。走在故宫围墙边,看到的是炫眼的紫红。这富贵黄与紫红也只有北京城是最适合的了。

青岛是红的。那一年到青岛,站在酒店的最高处,俯瞰青岛老城区,蓝天碧海,红瓦绿树,惊叹于青岛城市的红。青岛建筑用红瓦,是从上个世纪初开始的。1901年,德国占领青岛期间出台了《城市规划》,明确规定建筑屋顶不准使用瓦垄铁,一概改用红色的陶土瓦。这就奠定了青岛此后百余年的城市色彩。上个世纪20年代末,晚年移居青岛的康有为在一封家书中称赞,青岛"碧海青天,不寒不暑;绿树红瓦,可舟可车"。据说,德国人建的下水道一直到今天还在发挥作用。这一点,我们不得不佩服德国人的眼光。过去我们对德国占领期间的所为一直讳莫如深,但是我想,对于一切人类的优秀遗产我们都应该尊重,用不着遮掩什么。上个世纪从 50 年代到 80 年代间，青岛在老城区建设了很多水泥平顶建筑，红瓦顶这一传统遭到摒弃。不能不让人感到惋惜。近年来，青岛市才意识到这个问题，对那些老房子加盖屋顶，并重置红瓦。这个举措也算是一种弥补。"红瓦绿树、碧海蓝天"，现在成了青岛的一张名片。

苏州是黑白的。我总认为，苏州是江南城市中古城风格保存得最好的。在中国很多城市都是千城一面的情况下，到了苏州，就感觉到这是一个与众不同的江南城市。苏州城的成功在于它没有太多杂乱的高楼。苏州的墙，是白的，瓦是灰黑的。贝聿铭大师深刻领会到了苏州的色调之美，所以，他设计的苏州博物馆外墙与内墙都以纯净的白色作为主基调，仅仅在空间转折处用灰色的线条来勾勒外形，深灰色石材的屋面与白墙相配，为粉墙黛瓦的江南建筑符号注入了新的现代元素。雨后，灰色的线条则变成深邃的黑色，如同中国画中浓重的笔墨。大师不愧为苏州人，他真正领悟到了苏州美的精髓。

苏州附近的江南小镇如周庄、同里都存有类似的风格。吴冠中的画，对江南水乡的墙是不着色的，只几笔简单地勾勒房子的轮廓，江南水乡的黑白神韵便飘逸在你的眼前。

皖南的民居也是黑白的。这些民居在建设之初，肯定没有人做过统一要求。但那里的居民在长期的生活中悟到了一种美的形式，他们使用同一种颜色——白色石灰，建同一种风格的马头墙，使用青灰小瓦，这种共同的美的追求使得皖南民居呈现出风格一致的审美取向。青山翠林中，粉墙黛瓦，高低不一，参差显现。至若秋高气爽，枫叶乌桕叶红了，银杏叶黄了，粉墙炊烟，一幅极好的中国水墨画。这正是画家和摄影爱好者为何喜欢到皖南采风的原因。

除了这几个城市,国内其他城市目前还很难使人形成色调鲜明的印象。

欧洲不少国家很早就对城市的色调进行规划了。1800年至1850年间,意大利都灵市政府就开始委托当地建筑师协会对城市色彩进行全面规划设计。20世纪50年代,在欧洲开始出现了专门为建筑色彩进行规划和设计的公司。1961年和1968年,法国巴黎的规划部门先后两次对大巴黎区进行总体规划,80年代法国将色彩规划作为政府条例颁布。在巴黎老城区街头看到的墙体材料,大多是米黄色或白色大理石。站在埃菲尔铁塔上,可以看到一片浅浅的米黄色。1970年,世界著名色彩大师让·菲利浦·郎科罗创立了色彩地理学。此后,世界上很多国家开始重视城市色彩规划。日本东京市制定了《东京城市色彩规划》,英国伦敦对泰晤士河岸的建筑色彩进行了规划。

而我国城市重视色调的运用,是从本世纪初才开始的。这几年,不少城市都举办过城市色调论证会,而这样的讨论总是十分热闹,公说公有理,婆说婆有理。

上海在讨论城市色调时有人建议用橘黄与宝蓝作为基调。我觉得,城市的主色调不能偏离标志性建筑的色调。外滩无疑是上海标志性的建筑,外滩的颜色是自然大理石透现出来的白与灰,上海的主色调不能抛弃外滩的色调。

广州曾将黄灰作为主色调,西安市将灰色、土黄色、赭石色定为城市的主色调,也都引发了一些争论。哈尔滨建立了以米黄、黄白为基调的色彩控制标准。烟台主色调定位在黄色、暖灰。杭州出台的城市色彩规划意见,将主色调定为深深浅浅的灰,打造水墨江南的感觉。"淡妆浓抹总相宜。"杭州确定城市主色调,应该是受了苏轼这句名诗的启发吧。济南市将"湖光山色、淡妆浓彩"作为城市色彩的总体定位。我想，济南最大的城市特色是泉水，如何寻找到与泉水相搭配的颜色，才是最重要的。"

可见，最近十年，我国的城市也开始注意到城市建筑色彩问题。一个城市的色彩形成，非一年两年之功。首先遇到的问题是，建筑的生命周期比较长，那些已经建成的老建筑怎么办？有人说改造，但建筑动起来可不像翻积木那么简单。还有，很多城市的地，卖给了开发商，政府往往左右不了开发商的图纸。所以，现今中国的很多城市，谈城市色调，多数还是纸上谈兵。

但，这一代人不能不作为。一个城市应该在充分论证后，出台关于城市色彩的严格法规，真正从源头上起到控制色彩的作用。等到那些建筑老化拆了重建的时候，就有希望向城市主色调靠拢。

罗马不是一天建成的。这件事，往往需要几代人努力才能做成。南京城，应该一天天地积累起自己的色彩了。

湖　殇

城中有一汪湖水,那是大自然的赏赐。

这个湖,秦以前,叫桑泊湖。自从秦始皇将金陵改为秣陵后,桑泊湖便改为秣陵湖。

湖,位于城市的北边,所以也叫北湖。玄武,北方之神的意思,所以,后来干脆称之为玄武湖。

湖,位于六朝宫殿的后面,所以,叫后湖。早在东吴时期,就有"吴宝鼎二年,开城北渠,引后湖水流入新宫"的记载。刘宋时期,将南岸的覆舟山,与山下的北湖融为一体,一大片湖水便成了皇家的园林。那时,环湖分布着上林苑、青林苑、乐游苑、华林园等华丽的园林。

那时的玄武湖,"周四十里,东抵钟山,西限卢龙,北带大壮观"。有历史学家测算,六朝时期的玄武湖面积是现在的三四倍。可以想象,在没有高楼阻隔的时代,东边是紫金山,南部就是覆舟山、鸡笼山,西边是狮子山,北边是幕府山,湖光山色是怎样的美丽!

但这美丽,更多的时候,是属于皇家的,与老百姓没有什么关系。

从东吴开始,玄武湖就被作为水军训练基地。史书上有好几次大规模水军演练的记载。南朝的宋齐梁陈都曾在玄武湖演练水师。公元579年,陈朝的陈宣帝在玄武湖举办了一场空前的水师大阅兵,有10万士兵、500艘战船参与,场面十分壮观。

隋唐时期,金陵成了废都,玄武湖也成了废湖。大书法家颜真卿任升州刺史时,曾一度将玄武湖改为放生池。唐代的李白、杜牧、李商隐、韦庄等诗人都曾到玄武湖游玩。李白说:"亡国生春草,离宫没古丘。空余后湖月,波上对瀛洲。"李白在后湖看到了一轮明月,月光寂寞地洒在湖中的瀛洲上。李商隐到了玄武湖边,联想到玄武湖边发生的前朝往事,感慨万分,作了两首很有名的怀古诗《咏史》《南朝》。《咏史》诗说:"北湖南埭水漫漫,一片降旗百尺竿。三百年间同晓梦,钟山何处有龙蟠?"诗人站在玄武湖边,看到湖水漫漫,想到东吴后主孙皓举旗投降,不禁发问:所谓的王气在哪里?龙蟠又在哪里?《南朝》诗说:"玄武湖中玉漏催,鸡鸣埭口绣襦回。"用的是齐武帝的故事。据《南史·武穆裴皇后传》记载,齐武帝常游琅琊城,宫人随从,很早出发,到玄武湖北埭时鸡始鸣,故称鸡鸣埭。绣襦,指宫女。诗人的意思是,到了玄武湖边,想起了当年齐武帝打猎、上万宫女相随路过鸡鸣埭时的盛况。而今湖水仍在,鸡鸣埭仍在,当年的盛况却早已被历史的尘埃所覆盖了。

南唐时代,玄武湖景色还是不错的。陆游的《南唐书》记载着这样一段故事:南唐大臣冯延鲁(冯延巳的同父异母弟弟)有一天感叹说,唐玄宗曾将三百里镜湖赐给了贺知章,如果皇帝能将玄武湖赐给我,那我就知足了。当时的另一位大臣徐铉不无讽刺地说,皇上是不会吝惜一个玄武湖的,只是恨当下没有贺知章啊。冯延鲁无言以对。这从一个侧面看出,当时玄武湖很有名气,大臣都想占为己有。徐铉也是一位诗人,他曾写有《春尽日游后湖赠刘起居》《北苑侍宴杂咏》。中主李璟曾在玄武湖赏荷并作诗《游后湖赏荷花"。南唐的另一位诗人朱存在《后湖》诗中描写了南唐水师在玄武湖操练时的场景:"雷轰叠鼓火翻旗,三翼翩翩试水师。惊起黑龙眠不得,狂风猛雨下多时。"

到了宋代,玄武湖积淤情况非常严重,升州知府丁谓奏请宋真宗同意,对玄武湖进行疏浚,蓄水备旱。但是,60年之后,王安石的一个错误决策给玄武湖带来了灾难。公元1074年二月,王安石在被罢相后来到江宁任知府。就在这一年,他给宋神宗上了一份《湖田疏》:

> 金陵山广地窄,人烟繁茂,为富者田连阡陌,为贫者无置锥之地。其城北关外有湖二百余顷,古迹号为玄武之名,前代以为游玩之地,今空贮波涛,守之无用。臣欲于内杈开十字河源,泄去余水,决沥微波,使贫田饥人尽得螺蚌鱼虾之饶,此目下之利。水退之后,济贫农假以官牛官种,又明年之计也。贫农得以春耕夏种,谷登之日,欲乞明敕所司无以侵渔聚敛,只随其田土色高低,岁收水面钱以供公使库之用,勿命豪强大作侵占。车驾巡守,复为湖面,则公私两便矣。

王安石的意思是,金陵这个地方山多地少,人口密集,贫苦的人没有田地可耕种。现在,在城北,有二百余顷的玄武湖,在前代都是游玩之地,现在守着它也没有多少作用。我想在湖中开一个十字形的河道,将多余的水泄去,周边的老百姓还可以得到鱼虾之利。水泄去后,接济一些无田地的农民去耕种。也许王安石的出发点是好的,但泄湖为田,确实是"目下之利"。南宋户部尚书马光祖就认为泄湖为田是"田收麦谷之利小,湖关形胜之害大"。泄湖为田的做法直接破坏了周边的水利环境,也破坏了山水美景,致使玄武湖在历史上消失了260多年！

  我很不解的是，王安石是一位很有远见的改革家，也是一位很富有诗情画意的大诗人。被罢相后，他选择了在钟山脚下居住。他十分喜爱钟山的山山水水，写下了很多歌颂钟山美景的诗作。为何他置美丽的玄武湖水于不顾，偏偏要去泄湖为田，让好端端的一处水面风景消失呢？看来，千虑也有一失，再精明的人也有失误时。

  我想起了与王安石同时代的另一位大诗人苏轼。

  苏轼先后两次到杭州任职。第二次到杭州任知州时，西湖淤塞的情况十分严重，西湖几乎有一半的面积已经被淤泥、杂草填塞。西湖边的父老乡亲告诉苏轼，这样下去，不到二十年，西湖就没有了。于是，苏轼向朝廷上了《乞开杭州西湖状》的奏章。皇帝同意了苏轼疏浚西湖的请求。苏轼主持的这次疏浚工程是规模空前的。他拆毁湖中私围的葑田，对全湖进行了挖深，把挖掘出来的大量葑泥在湖中偏西处筑成了一条沟通南北的长堤，这就是赫赫有名的苏堤。

  而在苏轼之前的唐代，白居易任杭州刺史二十个月，看到西湖的沼泽化现象非常严重，便主持疏浚西湖，并疏通六井。后来人们用"白堤"来纪念他对西湖的贡献。

  苏堤与白堤至今仍是西湖两道美丽的风景线，它们会和西湖一道永久地存在下去。

  然而非常遗憾的是，王安石的错误，则让玄武湖消失了260多年。

  到了元朝，为了解决水患问题，玄武湖才被重新疏浚恢复。到了明代，朱元璋当上皇帝后，推行管理户籍和赋役的黄册制度，选定了玄武湖作为存放国家级档案的黄册的处所，一般老百姓被禁止进入。"为贮版图人罕到,只余楼阁夕阳低。"朱元璋还沿着湖边建起了一堵高高的城墙。所以,自1391年至1644年的250余年间,玄武湖再次成了废湖。

废了260年,禁了250年,加在一起就是510余年!

到了清代,玄武湖才喘了一口气。清末名臣曾国藩第一次任两江总督时,曾疏浚湖面,用湖泥筑堤,将环洲与玄武门联结起来。在清人所画的"金陵四十八景"中,玄武湖一直名列其中。

到了近代,照理说玄武湖应该回归百姓了,但事实上玄武湖又一次被封闭。民国期间,玄武湖被围成了公园,需要买票才能进得去。买票的传统一直延续下来。直到2010年,玄武湖的"围墙"才被真正拆去。记得公园宣布免费开放时,南京老百姓奔走相告。只是这一天来得太迟了。

如今,玄武湖周边的环境有了很大的改观。环湖路已经开通,每天晨昏,很多市民在玄武湖周围散步,享受湖光山色的美景。但说实话,玄武湖与城市还是缺少融合感。或者说,玄武湖似乎至今还没有融入到这座城市的血脉中,没有融入到市民的意识中。因此,总有一种"隔"的感觉。西湖与周边的山是融合的,与城市是融合的,与城里的老百姓没有隔的感觉。西湖对所有走近它的人总是敞开着胸怀。所以,西湖从来就是自由的西湖。

而玄武湖经历的殇与痛,是这座千年古城抹不去的记忆。

春水方生

春天的一阵急雨后,我来到长江夹江的江边,只见浑浊的江水不断抬升,岸边打着漩涡的江水将刚刚冒出新叶的芦苇以及蒿草淹没,我想起了"春水方生"四个字。没错,"春水方生,公宜速去",这是东吴大帝孙权写给曹操的信中的句子。

建安十八年(公元213年)正月,曹操与孙权对垒濡须(巢湖入长江的一段水道)。初次交战,曹军大败,曹操坚守不出。一天孙权乘轻舟从濡须口闯入曹军前沿,观察曹军部署。孙权的轻舟行进五六里,曹操见孙军整肃威武,喟然叹曰:"生子当如孙仲谋,若刘景升儿子,豚犬耳!"不久,曹操接到孙权的来信,信上写道:"春水方生,公宜速去。"

这八个字,孙权想表达的意思是:春水正在涨的时候,也正是我孙家军优势之所在,曹公如果一战,必定败退。所以,还是请你快快退去吧。接到这样的信后,曹操真的退去了。前四个字"春水方生",是一个充满诗意的表达,给人以春风拂煦、春水滋生、春江水暖的联想,后四个字"公宜速去",说得又是那么直接,充满自信。

这八个字是很有些感觉的。我一直对这八个字很感兴趣。在魏蜀吴三国首领中,最有文采的要算曹操。他不仅是一位军事家,亦是一位诗人。他一生写了不少有名的诗。刘备没有见过他写诗。东吴大帝孙权18岁就战斗在前线,腹中自然少了些诗书。但我想,在那样一个你死我活、朝不保夕的岁月里,这些武将们对人生必定有深刻的感慨。像孙权、刘备虽然不是诗人,但他们内心流淌着柔软的诗意。孙权的这八个字,就让我们看到了诗意的结晶。

我还在想,在文学史上,所有的文学形式,都是人为的定义。比如诗歌,非得要几句,还要对偶,还要押韵等等,其实,现实生活中,经典的诗意凝聚,即使没有达到约定俗成的那种形式,那算不算诗呢?比如,子在川上曰:"逝者如斯夫!"这"逝者如斯夫"五个字,凝聚了孔子太多的感情,发而为文,难道不是诗?

这样的例子还有不少。

比如,东晋武将桓温北伐时经过金城,他看见自己栽种的柳树都已经十围,感叹说:"树犹如此,人何以堪?"金城在今天的江苏省句容市北。桓温当时已近暮年,经历了人世的生生死死之后,情不自禁,感物伤怀,唉,树都老了,何况人呢?"树犹如此,人何以堪"这八个字被作为经典的意象沉淀了下来,被历代的诗人吟咏、借用,以表达岁月匆匆之感怀。尽管桓温不是诗人,但这意味深长的八个字难道不是诗吗?

五代时,钱镠称王吴越。这位钱王自幼不喜诗文。他的夫人戴氏王妃,原是临安横溪郎碧村的农家姑娘。戴氏年年春天都要回娘家住上一段时间,看望并侍奉双亲。那一年,戴氏又去了郎碧村的娘家。钱镠在杭州料理政事,一日走出宫门,只见凤凰山脚,西湖堤岸已是桃红柳绿,万紫千红,想到与夫人已是多日不见,不免生出思念之情。回到宫中,提笔写了一封信,信中说:"陌上花开,可缓缓归矣。"戴氏看到这样的句子后十分感动,马上启程回到了钱王的身边。细细品味这短短九个字,感觉其中包含很多意味。清代诗人王士祯在他的《渔洋诗话》中说:"二语艳称千古。"这两句话后来还被杭州人编成山歌，名之《陌上花》，在民间广为传唱。北宋熙宁年间，苏东坡任杭州通判来到临安时，听到当地百姓还在唱这首歌，甚为感动，一口气写下了三首《陌上花》诗。后来，还有不少诗人以陌上花为题吟诗作文。清代诗人赵翼有诗："千秋英气潮头弩，三月风情陌上花。"

意大利美学家克罗齐说："不是诗人是天生的，而是人是天生的诗人。"其实，我们每个人的心中都充满诗意，只是有些人表达出来了，而且根据形式的需求表达出来，便成了诗人，而另一些人尽管没有按照形式的需求去表达，但他们也能称得上诗人。比如，孔子、孙权、桓温、钱镠等都不是我们习惯定义上的诗人，但他们道前人之未道，饱蘸情感的文字中难能可贵地说出了人们共通的感受，而且一语传千古，这样的文字，完全算得上是诗。

所以，相信克罗齐的话，人人都是天生的诗人。

家家雨水茶

茶,与山,与水,都是亲密的伙伴。

我曾经有一个疑问:地处江南的南京有山有水,为何没有产什么名茶?莫不是与土壤有着关系?现在生产的雨花茶,也是最近一些年的事,品质自然难以列入名茶的行列。

回头看,南京历史上种茶的历史还很悠久。早在唐代,栖霞山就曾经种植过茶。茶圣陆羽曾经到栖霞寺寄居过,并且上山采过茶。盛唐诗人皇甫冉有一首《送陆鸿渐栖霞寺采茶》的诗,这样写道:"采茶非采菉,远远上层崖。布叶春风暖,盈筐白日斜。归知山寺远,时宿野人家。借问王孙草,何时泛碗花。"诗中说,春风暖暖的时候,背起竹筐,翻越山崖,到很深的山里去采,不知不觉采了一筐茶叶,回首寺庙已经很远了,只能借住在山里的人家。

皇甫冉是润州(今镇江)丹阳人,他在哪里、何时写的这首诗,已经无从考证。陆羽到达南京,寄居栖霞寺的时间是唐肃宗乾元元年(公元758年)。由此推算,这首诗可能是皇甫冉在任无锡尉时写的。陆羽可能是先到皇甫冉那里,然后再到栖霞寺的。据说,陆羽曾在栖霞寺寄居了一年多时间,专门钻研茶事。至今,栖霞山还有纪念陆羽的"试茶亭"。陆羽采的茶似乎为野茶,不然为何要到深山里去采呢?

到了明代,顾起元《客座赘语》记载:"金陵旧无茶树,惟摄山之栖霞寺,牛首之宏觉寺,吉山之小庵,各有数十株。其主僧亦采而荐客,然炒法不如吴中,味多辛而辣,点之似椒汤,故不胜也。"顾起元说,南京没有多少茶树,只是在栖霞山和牛首山一带,僧人种植有几十株,炒制的方法也未必妥当,所以,并不好喝。

清代陈作霖的《金陵物产风土志》记载:"牛首、栖霞二山皆产茶。生于山顶以云雾名,寺僧采之以供贵客,非尽人所能得。"也就是说,牛首山、栖霞山都种植了茶树,但产量很小。一般老百姓是难以喝到的。

明清文献都有记载,南京只有栖霞山、牛首山、清凉山种植少量茶树,茶叶供僧人们自己或贵客喝。南京虽然不盛产茶,但南京周边不远的地方都产茶。比如,东边的宜兴、苏州、西边的安徽六安,南边的宣城、徽州,都是茶的盛产地。所以,南京人喝的茶,主要来源于周边地区。

南京虽然不是茶的盛产地,但南京人喝茶的兴趣非常浓厚,这与南京人口流动量很大有关。从明代开始,苏皖两省的学子都到位于夫子庙地区的贡院参加乡试、会试,尤其是皖南一带的文人是离不开茶的。这助推了茶叶的消费。明代人画的《南都繁会图》中就有"名茶发客"的幌子,"名茶发客"是指专门做茶叶批发生意的茶商。从明代开始,南京夫子庙一带纷纷开始设茶舍、茶庄。明代学者周晖记载:"万历癸丑年,新都人开一茶坊于钞库街,此从来未有之事。今开者数处。"(《二续金陵琐事》)万历癸丑年是1613年。而明代另一位学者吴应箕在《留都见闻录》中记载:"金陵栅口有五柳居,柳在水中,罩笼轩楹,垂条可爱。万历戊午年,一僧赁开茶舍,惠泉、松茗、宜壶、锡铛,时以为极汤社之盛然,饮此者日不能数,客要皆胜士也。南中茶舍始此。"万历戊午年为1618年,金陵栅口位于何处,现在已无从考证,大体位于夫子庙一带。从吴应箕的描述看,五柳居茶社是一个非常讲究茶艺的品茶之所,连饮茶的茶具都要讲究,这自然不是一般老百姓消费得起的。那时候的品茶只是在社会名流、文人雅士中间盛行。万历朝后期,秦淮河边住着一位卖茶的高人闵汶水,他来自安徽休宁县海阳镇,外号"闵老子"。他在桃叶渡附近开了一家茶馆,取名"花乳斋",并制作闵茶出售,一时间吸引了如董其昌、张岱等文人前去品茶。崇祯十一年(公元1638年)九月的一天,张岱专程从家乡山阴(今浙江绍兴)来到南京桃叶渡拜访闵汶水。张岱不仅是著名的文学家,也是一位品茶高手,他还写作了一部《茶史》。张岱在《闵老子茶》中记述了他们相识的经过。张岱初访闵老子,这位茶道态度傲慢,待张岱道出饮茶诚意时,闵老子才乐意为之当炉煮茶。而当张岱饮茶间展现出过人之鉴赏力时,闵老子开心地笑了,俩人遂结下了忘年交。自称"茶淫"的张岱还将自己写的《茶史》送给闵汶水看。可惜这本书后来失传了。张岱曾经感慨:"金陵闵汶水死后,茶之一道绝矣!"闵汶水死后,他的儿子继续在南京夫子庙经营茶庄。清代刘銮《五石瓠》和俞樾《茶香室丛钞》等书都对闵茶进行了记载。清代的很多名人,都曾到过秦淮河边的花乳斋喝茶。有的甚至说,"饮百碗而不厌"。有人推测,闵茶在南京火了五六十年。

可以看得出来,茶最初开始在文人雅士中盛行,后来逐渐到了寻常百姓家。到了清代,饮茶已经很普遍了,南京涌现了很多百姓茶馆。《儒林外史》第二十九回中那位天长才子杜慎卿过江来南京,同友人徜徉雨花台岗上,"坐了半日,日色已经西斜,只见两个挑粪桶的,挑了两担空桶,歇在山上。这一个拍那一个肩头道:'兄弟,今日的货已经卖完,我和你到永宁泉吃一壶茶,回来再到雨花台看落照。'杜慎卿笑道:'真乃菜佣酒保,都有六朝烟水气,一点也不差。"这两个很普通的老百姓，在忙碌了一天后，也想去永宁泉喝一壶茶。吴敬梓认为这是一个很能体现六朝烟水气质的雅举。

南京人喝茶曾经非常讲究，喝茶要喝泉水茶。南京过去有很多泉水，据清代南京文人盛时泰所著《金陵泉品》记载，南京有24处泉水，比较著名的如钟山一勺泉、八德功水，嘉善寺的梅花水，雨花台的永宁庵雨花泉等。用这些泉水泡茶，醇洌甘甜。吴敬梓小说中提到的永宁泉位于雨花台，旁边有一座寺院，名叫永宁寺，六朝时候就已经有了。泉水位于永宁寺中。南宋陆游路过南京时，还专门到此一游，沏茶后大加赞赏，称之为"二泉"。由于镇江焦山有"江南第一泉"之称，所以名之"二泉"。明清两代，金陵为江南科考之地，江南贡院众多考官的沏茶之水，皆是取自"第二泉"。直到新中国成立之初，仍有不少南京人按月订购此处的泉水。现在，这些泉水大多已经消失了。

泉水虽好，但也不是家家都能享用得到的。对于一般百姓来说，也不可能天天喝泉水茶。南京人发明了用另一种水——雨水来泡茶。曾经有诗人作诗：为忆金陵好，家家雨水茶。《儒林外史》中也有描写："船舱中间，放一张小方金漆桌子，桌上摆着宜兴沙壶，极细的成窑、宣窑的杯子，烹的上好的雨水毛尖茶。"

雨水茶，是指用梅雨水泡的茶。黄梅时节家家雨。江南的梅雨时节大多始于六月中旬，结束于七月上旬，二十天左右的时间。过去，每当梅雨时节，南京很多人家会搬出大缸或瓮罐于庭院之中收集天上落下的雨水，储存起来，以便到一定的时候拿出来泡茶。徐士铉《吴中竹枝词》诗曰："阴晴不定是黄梅，暑气熏蒸润绿苔。瓷瓮竞装天雨水，烹茶时候客初来。"梅雨水也不是接下来直接可以泡茶的，是要进行处理的。据说，要用烧热的灶中心的土，放入水中。经过这样处理的梅雨水，可以储存两三年。现在，随着大气污染日益严重,天上落下的雨,已经很难再泡茶了。

喝茶,也是要讲究氛围的。明清两代,夫子庙一直是喝茶的中心。吴敬梓在《儒林外史》中说:"城里几十条大街,几百条小巷,都是人烟凑集,金粉楼台。大街小巷总合起来,大小酒楼有六七百座,茶社有一千多处,不论你走到哪一个僻巷里面,总有一个地方悬着灯笼卖茶,插着时鲜花朵,烹着上好的雨水,茶社里坐满了喝茶的人。"吴敬梓在小说中说南京有一千多处茶社,可能有些夸张,但南京茶社之多却是事实。清代金鳌《金陵待证录》:"茶坊之盛,亦在近年,旧家厅屋改而开设,入其中坐上客常满也。"由于客人太多,很多人家将自家的屋厅都改作了茶社。

晚清到民国,南京的茶社非常繁盛,据说有几百家,其中以夫子庙地区最为集中,比较有名的茶社有义顺、魁光阁、奇芳阁、永和园、雪园、六朝居、问渠、问津、问柳、饮绿等,有的茶馆已经有一两百年历史了,单看这些茶社的名字就很有文化韵味。这些茶馆天天人头攒动,热闹非凡。还有一些老茶客,将自己的茶壶放在茶社,第二天来了接着用。民国文人的文章,对南京茶社之盛多有记载。据荆有麟回忆,"南京最热闹的地方,莫过于茶馆,——尤其是早晨,几乎各家茶馆,都是挤得满满的"(《南京的颜面》)。张恨水曾在南京生活过,他在《碗底有沧桑》中说:"'上夫子庙吃茶',这是南京人的趣味之一。谈起真正的吃茶趣味,要早,真要夫子庙畔,还要指定是奇芳阁、六朝居这四五家茶楼。"当年,他经常和三两朋友去夫子庙喝茶,他还说,对于习惯了喝茶的人来说,如果哪天不去了,这一天也不会舒服的。张恨水是了解南京的。

当时南京的茶社,除了喝茶,还可以在这里听唱曲,听说书,传播街谈巷闻。还有人到茶社处理纠纷事务,有人到茶社议定婚丧嫁娶事宜。对于文人来说,茶社是一个雅集的好去处。因此,茶社俨然成了一个小社会,是南京人一个重要的社交场所。一些健在的老南京人,至今说起老城南的茶社来还留恋不已。

斗转星移,人们的习俗在发生着变化。南京的那些老茶社,早已关门歇业了。永和园、奇芳阁的名称还在,但都不是茶馆了,哪里还能找到一点"老"的味道?究其原因,有的是随着时代发展人们的习俗自然地发生演变,有的则是人为的割裂导致了断层。曾几何时,我们一味地将老的东西当作"四旧"来进行破坏,致使很多优秀的传统链条彻底断掉了。这是极其遗憾的事情!

现在的南京城里,当然也有茶社,要么高档得门槛难进,要么简陋不堪成了棋牌室,不中不西,没有一点饮茶的气氛,现在真正懂茶、喝茶的人也只有在家里独享其乐了。

落叶满金陵

一

11月的江南,秋风劲,夜雨冷,树色变。

南京当地的报纸上连篇累牍地报道着这座城市的落叶景观:

——明孝陵400米石象路上彩叶绚丽,游人如织……

——中山植物园银杏大道,金黄灿烂,正落叶纷纷……

——栖霞山上层林尽染,路边枫叶、乌桕已经红透……

——陵园大道、中山东路上的梧桐叶渐露金黄,飘落路面……

——玄武湖里梁洲、樱洲上的落叶正落在草地上,形成了五彩斑斓的叶被……

——北京东路上的近百棵银杏正抹上金色……

……

这个时节,南京的居民不仅谈论着这座城市最美的落叶景观,而且纷纷涌向这些落叶的风景点,用相机、手机去定格那落叶的美丽。人们用微信转发拍摄到的落叶景观。城市的人们正在享受一场落叶的视觉盛宴。

这个季节,落叶满金陵。

这个季节,落叶似春花。

二

它们,是一片片叶子。它们是一片片枫叶,梧桐叶,银杏叶,乌桕叶……

它们,是树的儿女,山的衣裳,路的诗行。

然而,这个季节,树的家族正经历着一场痛苦的诀别。因为,叶子们要离开养育它们的大树,离开那个曾经枝繁叶茂的大家庭。

它们曾经共享过阳光与风雨,共享过快乐与忧愁,然而,叶子们即将过完自己的一生,离开树的母体,飘向地面,飘落远方。

风,为它们发出动情的歌唱。

雨,为它们滴下晶莹的泪水。

即便是飘落,我们也要用绚烂的色彩,为秋天增添美丽。叶子们自言自语。

谁能告诉我,这些叶子们将要去哪里?

三

诗人朋友打来电话:我们明天去看落叶吧,南京最美的路——石象路上正色彩斑斓。

画家朋友,打来电话:我们去栖霞山写生,你能来吗?一起去看栖霞山的层林尽染。

我知道,这是诗人感慨的季节。诗人会说,落叶不是无情物,化作泥土更护花。他们还会说,落叶如雨,落叶如泪。他们还会说,在生命即将结束时,还要放出如此灿烂的色彩。

我知道,这是画家喜欢的季节。画家会凝视满山的色彩,他们要学着梵高画秾丽的秋色,他们要画杜甫的"无边落木萧萧下",他们要画苏轼的"家住江南黄叶村",他们还要画叶子落在地上的人间锦绣。

四

一夜风雨。

这个城市道路上的梧桐树,纷纷落叶,落叶成雨。

环卫工人清晨三四点就冒着寒冷上路扫梧桐叶了。他们将一堆堆的梧桐叶,装进身边的垃圾车。他们一边佝偻着腰,一边诅咒:这该死的落叶真的扫不完,刚扫干净了,又落了一地。白天,管理人员就要来检查路面。

管理者说,环卫工人很辛苦,此时的工作量是平时的三倍。而且还面临着不干净带来的罚款。

媒体报道说,南京已进入法桐落叶高峰期。主城区一天扫出的落叶量在400吨左右。遇上刮大风、下雪天,落叶会更多,一天能卷下1000多吨。环卫工人一天要花10个小时扫落叶。

清晨,上班的路人,行色匆匆,落叶飘过他们的风衣,落在地面上。有心的人们,放慢脚步,向飞舞的落叶投以关切的眼光。更多的行人,脚踩着落叶,匆匆向前。不远处,身穿橘黄色工作服的保洁员正注视着地面新增的落叶。

五

某天,南京的某区环卫所接到一位市民打来的电话:落叶能不能不扫,我在国外看到,特意为路面留着,供人们参观,苏州现在也留有不扫落叶的路面。

于是,这个城市的媒体蜂拥采访,主旨是南京能否也让落叶留在路上。

媒体得到了更多人的响应:是的,我们要看落叶,请留下一条落叶路吧。

于是,不扫落叶,成了现实。玄武湖公园决定,秋天不再清扫梁洲银杏道上的落叶。栖霞山四条赏枫景观路不扫落叶。中山陵分别在石象路、中山陵甬道、陵园大道人行木栈道和灵谷寺深松路打造落叶景观路。

秋天的午后,人们悠闲地走在石象路厚厚的落叶上,感受着秋的魅力。路边,是一位年轻的画家,正面对落叶写生。

六

秋夜,我躺在床上,听窗外树叶在絮语。窗外是白杨树,很宽的叶子,我知道,外面降温,风很大,很冷,叶子很快一片一片地落下。

我想起杜甫的诗,无边落木萧萧下,不尽长江滚滚来。

我想起陆游的诗,黯黯江云瓜步雨,萧萧木叶石城秋。

我想起温庭筠的《更漏子》：梧桐树，三更雨，不道离情正苦。一叶叶，一声声，空阶滴到明。

我想起徐志摩的《落叶小唱》：落叶在庭前舞，一阵，又一阵。

我想起泰戈尔的《飞鸟集》：生如夏花之灿烂，死如秋叶之静美。

我还想起一个诗意的名字——扫叶楼，对了，它就在南京。位于清凉山的扫叶楼是龚半千的隐居处。龚半千一介书生，不事权贵，专心作画，终成大家，为"金陵八大家"之首。他曾绘一僧人像挂于门前，持帚作扫叶状。故名扫叶楼。

我熟记管同的《登扫叶楼记》："是楼起于岑山之巅，土石秀洁，而旁多大树，山风西来，落木齐下，堆黄叠青，艳若绮绣。及其上登，则近接城市，远挹江岛，烟村云舍，沙鸟风帆，幽旷瑰奇，毕呈于几席。"

明天是周末。明天一大早，就去扫叶楼。

在扫叶楼听叶子们在秋风中吟唱，看叶子们在古老的青石板上旋舞……

梦见青溪

我多次做一个大致相同的梦。梦见城市里有一条清清溪流，从城市森林般的高楼旁边穿过，溪水两岸的人们，站在柳树下、花丛中悠然地漫步，溪水里轻舟往来，溪水上空，高楼顶着蔚蓝的天空，水鸟在溪水上、高楼旁飞翔……醒来后，我回味梦境，想象着这是在哪里。这样的溪水在青藏高原拉萨见过，在云贵高原丽江见过，在九寨沟见过，在大山深处见过，但是在现代都市里，我在哪里见过？我极力搜索着曾去过的城市，但终究没有搜出来。

读有关南京的古书，有一天我读到一个名字——青溪，眼睛一亮，南京城里曾经有过一条青溪？

青溪这个名字，足以让我遐想半天。

那还是1700年前的事了。

青溪，于孙权赤乌四年（公元241年）开凿，原名东渠。《寰宇记》记载："青溪在县东六里，阔五丈，深八尺，以泄真武湖水。"《舆地志》："青溪发源钟山，入于淮，连绵十余里。溪口有埭，埭侧有神祠，曰：青溪姑。"历史上的南京地方志，对青溪方位、长宽都有记载。说青溪连绵十多里，青溪旁还有一座青溪姑庙。

据说，孙权建太初宫时，看到西有长江，北有玄武湖，南有秦淮河，唯独东部是平岗，所以，凿东渠以为要隘。当初，孙权开凿青溪时,是出于战略考虑。让人欣喜的是,这条青溪之水来源于钟山的活水,又通玄武湖,所以溪水非常清澈。加之溪水弯曲前行,共有九弯七桥,人们称之为"青溪九曲"。青溪两岸,风景秀丽。六朝的很多达官贵人都居住在两岸。比如陈朝的大臣也是文学家的江总,就住在青溪旁。刘禹锡还写过《江令宅》的诗:"南朝词臣北朝客,归来唯见秦淮碧。池台竹树三亩馀,至今人道江家宅。"据说,东晋时名人郗僧陁曾泛舟溪中,每经一曲,作诗一首。

到了唐代,青溪的风光还是不错的。王昌龄在江宁做官时就曾住在青溪边。王昌龄去世后,他的好朋友常建还专门拜访过王昌龄在青溪边的故居,并留有《宿王昌龄隐居》诗:"青溪深不测,隐处惟孤云,松际露微月,清光犹为君。茅亭宿花影,药院滋苔纹,余亦谢时去,西山鸾鹤群。"常建是盛唐著名诗人,唐玄宗开元十五年与王昌龄同榜登进士,两人志同道合,来往密切。唐代宗大历年间常建被授盱眙尉,在赴任时他还特意借道南京,在常建故居住了一晚。唯见青溪依旧,孤云飘飞,茅亭、花影、药院、苔纹……都还是昨日的,可是斯人已去,睹物思情,不禁悲从中来。

唐代诗人崔颢也曾到过金陵。他曾写过一首诗,记录了他十八九岁时,在青溪渡口乘船,遇见了一位在梁陈时代做过官的官员的后人。诗是这样写的:"江南年少十八九,乘舟欲渡青溪口。青溪口边一老翁,鬓眉皓白已衰朽。自言家代仕梁陈,垂朱拖紫三十人。两朝出将复入相,五世叠鼓乘朱轮。父兄三叶皆尚主,子女四代为妃嫔。南山赐田接御苑,北宫甲第连紫宸。直言荣华未休歇,不觉山崩海将竭。兵戈乱入建康城,烟火连烧未央阙。衣冠士子陷锋刃,良将名臣尽埋没。山川改易失市朝,衢路纵横填白骨。老人此时尚少年,脱身走得投海边。"(《江畔老人愁》)这位青溪边的老人说,他家祖辈都在梁、陈做官,女儿又曾为皇帝的妃嫔,好不风光。只可惜，改朝换代，这一切都成了泡影。青溪静静流淌，老人娓娓道来，这场景极富画面感。

青溪，流淌了多少年？据说，杨吴筑城时，曾引青溪水为城壕，水流被切断。城内的青溪水道部分开始淤塞。以此推算，完整的青溪大约存世600多年。

到了南宋时期，九曲青溪只剩下一曲。马光祖任建康知府时，曾写过一首《青溪》诗："人道青溪有九曲，如今一曲仅能存。江家宅畔成花圃，东府门前作菜园。"见此情形，马光祖组织民众疏浚青溪，使其重现波光涟漪之景。同时他还在岸边筑堤，水上架桥，累石为山，植树成林，在原有的青溪阁基础上增建堂馆亭榭30余所。经过一番整修，青溪部分性地恢复了往日的美景。从宋人编的《景定建康志》上刊载的《青溪图》，还可以看出青溪的轮廓来。

元代时，青溪的余脉仍在。萨都剌曾来集庆（今南京）任职，他曾观赏到青溪美景："不到青溪三四日，藕花无数水中开。""青溪鸥鹭白荡荡，白下杨柳青依依。"几天不到青溪边，荷花已经朵朵开，只见岸边鸥鹭翔集，杨柳青青，让人流连忘返。

到了明代朱元璋填前湖筑宫城，加上城内修建道路，青溪之水内外俱绝，渐渐地消失了，这实在是令后人扼腕叹息的事情！

青溪虽然消失，但在历代文人心目中具有极高的知名度。明清文人在整理南京的"四十八景"时，一直没有忘了"青溪九曲"。清代诗人王士祯有诗："青溪水木最清华，王谢乌衣六代夸。不奈更寻江总宅，寒烟已失段侯家。"（《秦淮杂诗》）明清时代画家在画九曲青溪时，多半凭想象，把青溪画得蜿蜒曲折，两岸杨柳婆娑。

我在想，青溪九曲，如果没有堙没，该有多好！秦淮河从东流过城市，青溪从北向南，将玄武湖与秦淮河串在一起。钟山水，玄武湖水，源源不断地输送来，溪水会十分清澈。青溪之脉，连接了

45

最美的东郊与最繁华的城南。这样的溪水，配在这座古老的城市里，韵味十足，诗意盎然。只是遗憾，这条溪水后来被历史的尘埃所覆盖。在南京的城东，现在还有一条叫"青溪路"的地名，算是对遥远岁月里青溪前身的一点点纪念。

如果想念这条青溪，那只能到文献里，去看看古人的记载，或者去读读诗人关于青溪的诗作了。

其实，这座城市何止是消失了一条青溪。

濒临长江，让这座城市具有非同寻常的水美。江、河、湖、溪、泉，应有尽有。大江侧身而过，秦淮河穿城西去，玄武湖、莫愁湖宛若城市的眼睛，熠熠生辉。城市里还有很多池塘水面作点缀。这些都是大自然的恩赐。但是这些恩赐，常常会被人类所漠视。

毋庸讳言，一代名相王安石曾做出的泄湖为田的短视决策，致使玄武湖在历史上消失了两百多年。明代朱元璋造宫殿，将偌大的燕雀湖填塞。结果，宫殿地基下沉，后世不得不迁都。

20世纪80年代以来，这座城市被卷入一波又一波的大建设浪潮中，不仅挖去很多的小山，还填塞了很多池塘、河流。回头看看，几十年前，南京还有荷花塘、九莲塘、黄泥塘、锅底塘、前新塘、鸭子塘、八府塘、范家塘、黄家塘、刘家塘、杏家塘、西家大塘、藕塘口、双塘巷、沙塘园、双塘园、五塘村、塘湾、沙塘湾、西流湾、七家湾、北湾子、八步沟、后湖州、龙潭街、熊家洼、龙池庵等等，而今这些池塘早被填埋，只留下地名了。

再看看河流。南京城临江曾经有一条上新河，曾是从长江入城的重要水道。明清时代，端阳竞舟，多在这里举行。可惜20世纪五六十年代后，上新河被填埋了。位于鸡笼山南部的进香河，原来与玄武湖相通，河上有莲花桥、严家桥等五座桥梁，是南京城内的一条重要河道，后来也被盖了起来，成了暗沟。惠民河是内秦淮河在城北地区的主要支流,在20世纪90年代被填埋,成了惠民大道。此外,南京城里还有很多小的支流,都被填埋成了马路。

剩下的水面,比如秦淮河、金川河也早已是浊水横流,哪里还能寻找到梦里青溪的一点影子呢?

花　海

　　南京人爱花是有传统的。早在六朝时，皇家园林如芳林苑、华林苑、青林苑、玄圃、博望苑、桂林苑、兰亭苑，都种植有各种奇花异草。

　　明朝时，南京城南有一个花神庙的种花基地。花神庙里供奉了100多尊花神，几乎每一种知名的花都有一尊花神塑像。农历二月十二百花节那天，花农们都要到花神庙烧香，为新的一年花事茂盛祈祷。当时，花神庙附近居住着以花为业的八大姓，以种植白兰花、栀子花、茉莉花、代代花、珠兰花最为著名。他们栽培的花主要送往宫廷，当然也流向花市。一年中的很多时候，走进花神庙，定会置身花海中。

　　南京人种花，讲究大片大片地栽种，这样花开的时候就会形成花海一般的效果，置身其中，有一种令人震慑的美。

　　早在明代，南京东郊就有一片"梅海"。梅花坞位于灵谷寺旁，从明代开始，这里就广植梅花，有人以"花开十里"来形容花事之繁盛。明代焦竑《灵谷寺梅花坞》："山下几家茅屋，村中千树梅花。"明代诗人顾起元说："春风骀荡人皆醉，坐惜繁英暝未归。"春风醉人，赏梅的人一直赏到日暮时还舍不得离开。梅花坞的梅花后来渐渐败落，但爱梅花的传统则继承了下来。从上个世纪初，南京人就开始在明孝陵正对面的叫孙陵岗的山丘上广植梅花。后来,由于梅花多了,干脆改名梅花山,梅花山下,称为梅花谷。如今,梅花山一带植有数万株梅花,品种应有尽有。每年的二三月份,数万株梅花盛开,姹紫嫣红,成了一片香雪海。

从唐宋开始,在城南凤凰台一带形成了一片"杏海"。宋代杨万里有诗:"白鹭北头江草合,乌衣西面杏花开。"明代《万历重修江宁县志》记载:"杏花村与凤凰台近。村中人家多植杏树,间竹成林,春来花开,青旗红树,掩映如画。"明代礼部尚书倪谦曾游杏花村:"都城之内西南隙,有杏成林千万植。阳春二月花正开,灿如云锦天机织。"(《游杏花村诗》)。清初余宾硕的《金陵览古》记载:"春时花发,烂如蒸霞,中多名园,左右垂阴交匝,时鸟变声,川亭绣峙,林篁邃密。余有屋数椽,近在村中,旁构小楼。"从明清两代的地方文献记载看,杏花村是很有名气的。四五百年间很多文人到过杏花村,留下了很多咏杏花村的诗。到了清朝时,杏花村被列为"金陵四十八景"之一。文学家吴敬梓还曾在杏花村栽种了百余株杏树。有人认为,城南凤凰台附近的杏花村就是杜牧《清明》诗中所写的杏花村。很遗憾,这个杏花村后来毁于战火。

清代时,牛首山有一片"桃海"。春牛首。每当杨柳堆翠之日,南京城里的红男绿女便成群结队到牛首山踏青赏春,大片的桃花盛开,灿若云霞。桃花林后来毁于日军侵略的战火。

打造花海的传统在这座城市一直被承继着。如今的南京,一年四季都有花海呈现。

梅花山的"梅海"赏过了,接着就可以赏"樱海"了。"樱海"的形成是最近三十年的事情。古老的鸡鸣寺路两旁栽有两百多棵樱花树,早春时节,并不高大的樱花树,开起花来轰轰烈烈,一簇簇、一团团,绚烂至极。花开时节,鸡鸣寺路从白天到夜晚都游人如织,人们纷纷拍照留念。此时,玄武湖樱洲的"樱海"、南京林业大学校园里的"樱海",都在竞相绽放。虽然此时还是春寒料峭,但"樱海"扑面而来的气势,一下子把人们带进了繁花似锦的春天。

赏了"樱海",就去东郊赏"紫花海"吧。于樱花盛开的同时,在灵谷寺附近的水边、林中,在南京理工大学校园里,低调的二月兰悄然地绽放了。嫩嫩的茎上,顶着一串串紫色的小花,成片的蓝紫色,汇成了一大片蓝紫色海洋。漫步花海中,会给你带来梦幻般的迷离。

夏天,去玄武湖、莫愁湖赏"荷海"吧。从六朝开始,南京城里就有赏荷的传统。南朝梁元帝萧绎游后湖(玄武湖)时,曾写下《采莲赋》:"紫茎兮文波,红莲兮芰荷,绿房兮翠盖,素实兮黄螺。"清代江宁县志记载玄武湖中,"盛夏季节,红裳翠盖,苕亭矗立,弥望及天"。后人还在湖面上立了一尊荷花仙子的塑像。还有,莫愁湖也有种莲荷的传统,每当夏季,荷花开起来也不比玄武湖逊色。

秋天的时候,去灵谷寺赏"桂海"。杭州有满陇桂雨,南京有灵谷桂风。秋风凉的时节,灵谷寺数万株桂花,绽放吐蕊,走进桂花海中,那甜美的香味会把你熏醉的。

秋天的时候,去玄武湖赏"菊海"。玄武湖从民国开始就有办菊展的传统。每年的菊展几乎穷尽了世界上所有的菊花品种。

冬天的时候,东郊腊梅盛开,又呈现出一片黄色的"腊梅海"。

这几年,爱花的南京人有意识地打造更多的"花海"。比如,在下关小桃园的明城墙脚下打造"桃花海",既有古意,又有花美。高淳在桠溪国际慢城打造了一片600亩的牡丹园,春天,红的、黄的、白的、黑的、紫的,应有尽有,煞是壮观。南京信息工程大学在仙林校园内种了几十亩的向日葵,夏日,一大片向日葵同时绽放,成了黄色的海洋。中国药科大学在校园里的空地上种植了几十亩的波斯菊(格桑花),秋日里,五颜六色的波斯菊绽放,色彩缤纷如油画。江宁湖熟在一片四百亩的土地上种植了三千个品种的菊花,花开的季节,"菊海"吐芳,游人如织。普罗旺斯的薰衣草花海,是很多人的梦中"情人",而今,南京人将普罗旺斯的浪漫"植入"了南京的土地上,江宁谷里、汤山翠谷种植了大片的薰衣草,夏天,花开时节,置身紫色花海中,定会有如醉如痴的感觉。

茶村葬花

"侬今葬花人笑痴,他年葬侬知是谁?"黛玉葬花,是《红楼梦》中一个经典的凄美的场景,让天下多少男女为之感伤落泪!

在明末清初的南京,也有一个葬花诗人,名叫杜濬,由于其号茶村,人们多称之杜茶村。一个很雅致的名字。茶村一生爱花惜花,还曾有葬花的举动,并且写了一篇《花冢铭》:

> 余性爱瓶花,不减连林,偿有概世之蓄。瓶花者,当其荣盛悦目,珍惜非常;及其衰颓,则举而弃之地,或转入混渠莫恤焉,不第唐突,良亦负心之一端也。余特矫共失,凡前后聚瓶花枯枝,计百有九十三枚,为一束,择草堂东偏隙地,穿穴而埋之。铭曰:汝菊,汝梅,汝水仙、木樨、莲房坠粉、海棠垂丝,有荣必有落,骨瘗于此,其魂气无不之,其或化为至文与真诗乎?

茶村说,我一向喜欢瓶插花,有经济能力的时候,养了很多花来装点生活。瓶花盛开的时候,人们总是爱惜异常,但一旦蔫萎,就遭到人们随地丢弃,有的被随手丢在了浑浊的沟渠之中,这也是一种负心的表现吧。我实在不忍,特意将瓶花中的193捧枯枝败叶集为一束,在居住的草堂的偏东地,挖穴而埋,并为之铭记:你们这些菊花、水仙、木樨、莲房坠粉、垂丝海棠啊,有繁盛的时候,也就有败落的时候,现在将你们埋骨于此,你们的魂气无处不到,也许化为至真至纯的诗文?

非性情中人,是道不出此等文字的!

茶村生于明代万历年间,湖北黄冈人。28岁时明亡。生逢乱世,从此流寓金陵三十余年。少年时,风流倜傥,家境甚好,读书甚多。客居金陵期间,在鸡笼山(现在的鸡鸣寺)右侧,搭建数间茅屋,过起隐士般的生活。由于坚决不到清朝为官,家里没有什么经济来源,常常是吃了上顿没下顿。但诗人生性孤傲,常常关门谢客,不与外界接触。他曾劝朋友不要出来做官,"毋作两截人"。当时的文坛巨匠钱谦益来访,他也闭门不见。他来往的朋友中有方苞的父亲方仲舒、客居南京的李渔、当时很有名的说书人柳敬亭等。这些朋友都曾接济过他。有人劝他不要太孤僻。他说:"某岂敢如此,只是一味好闲无用,但得一觉好睡,纵有司马迁、韩愈在隔舍,亦不及相访。"晚年,他只得将自己的藏书拿出去换点钱买口粮。穷,无妨高寿。茶村活了77岁,卒于扬州。由于无积蓄,以至无钱入殓。几年以后,陈鹏年任江宁知府,才将茶村葬于南京钟山北的梅花村。据说茶村生前好讽刺一些达官贵人,死后有富人购得其集焚烧殆尽,故他的作品散佚很多。传世的《变雅堂诗集》《变雅堂文集》,只相当于他全部著作的十之二三。清代大诗人吴伟业曾说自己作诗受到过茶村的影响:"吾五言律得茶村《焦山》诗而始进。"

杜茶村不仅怜花,而且惜茶。茶村之所以有此号,与他一生好茶有关。他说:"吾有绝粮无绝茶。"他将喝过的茶叶集中起来,与枯花一同埋起来,谓之"花冢茶丘"。

一位孤傲之士,却有着一颗柔软的诗心。读到他的《花冢铭》

时,我顿时有一个疑问,莫不是曹雪芹受到杜茶村的影响才创作出黛玉葬花的情节?转而一想,也不对,爱花、惜花是我国古代文人的一种雅举。古代的爱花诗、惜花诗可谓是车载斗量。"明朝风起应吹尽,夜惜衰红把火看",明天早晨赏花都来不及了,连夜举火赏花。"惜春长怕花开早,更何况落红无数"、"感时花溅泪"、"泪眼问花花不语"……这样的爱花惜花诗句比比皆是。明代的画家唐伯虎也曾有过葬花的举动。据记载,唐伯虎在他的桃花庵前种过不少牡丹,每当牡丹花开的时候,他总会邀上几个朋友一起赏花。赏着赏着,文人的伤感就来了,想到如此美好的花,很快就要谢去,不禁悲从中来,竟然和朋友一起对花痛哭。等到花落时,唐伯虎一片片捡起来,盛以锦囊,葬于药栏东畔,并作《落花》诗以送之。这样看来,曹雪芹有黛玉葬花的情节,也就不奇怪了。至于曹雪芹有没有受到茶村葬花或伯虎葬花的启发,只有他自己心里知道了。

中国古代文人真的有一副最柔软的心肠。他们亲近自然,礼赞自然。他们把一花一草一木当朋友,平等地对待。他们抱着欣赏的心态,去感知美,去咀嚼美。因此,才有了很多让后人惊艳的举动。比如,春寒料峭,苏轼会邀上几位好友坐在杏花下喝酒。天下大雪,张岱会乘一叶扁舟,到西湖的湖心亭看雪。春花烂漫的季节,王安石会坐在树下数着落花。还有,面对纷纷落花,唐伯虎杜茶村怀着虔诚的心,捡起一片片落花,然后,郑重地安葬它们。

古人的那份诗心,难道不令我们仰慕与尊敬?

杜茶村去世已经三百多年了,他的墓幸存于世。在金陵这块土地上,有太多名人的墓,很多都已杳无踪迹。但杜茶村的墓还在,坐落在城东的伊村,现为南京市级文物保护单位。

梅　缘

　　花是有地缘的,比如,薰衣草是属于普罗旺斯的,郁金香是属于荷兰的,琼花是属于扬州的,牡丹花是属于洛阳的,木棉是属于广州的……提到这些花,便自然想起与这些花相对应的城市。

　　我在想,什么花与南京这座六朝古都有缘呢?

　　记得在我刚刚到这座城市求学时,有人告诉我,梅花是这座城市的市花。

　　当时我想,梅花不就是腊梅花吗?我故乡屋前,就有一簇腊梅花。每到寒冬腊月,便开放出黄黄的厚厚的花朵来,香气飘漾在屋前屋后。南京种植了很多腊梅花吗?那年冬天,我还去东郊寻找腊梅呢。

　　灵谷寺的腊梅固然不少,但也没有那么多。早春时节,我找到了答案。当我走进石象路旁边的梅花山时,被眼前姹紫嫣红的景象所震慑、所陶醉。整个一座梅花山,红的、白的、粉的,简直就是一座花山、花海。此时,刚刚脱去冬装的南京人,都朝着梅花山走来。到这时,我才知道,我老家屋前的梅花是腊梅,而梅花山上的梅花则是春梅。从分类上说,腊梅与春梅,分属不同的科。古人所说的梅花,更多的时候是指春梅。

　　后来,我进一步了解南京的历史,发现南京这座城市与梅花结下了很深的缘分。

早在六朝时期,南京人就喜欢种植梅花。在六朝的宫殿庭院里、皇家花园里种植梅花不必说,还在南京城南的雨花台栽植了很多梅树。位于南郊的雨花台有东、中、西三岗,其中东岗即梅岗,又称梅岭岗。东晋初期外敌南侵,豫章太守梅赜带兵英勇抵抗,屯兵于此。后人为了纪念梅将军,在岗上建梅将军庙,并广植梅花,梅岗之名逐渐传开来。后代许多文人墨客登临梅岗赏梅吟诗。

六朝时期,建康城里流传着这样一则与梅花有关的故事:宋武帝刘裕的女儿寿阳公主,在一个新年的正月初七人日,与宫女们在宫廷院子里游玩,躺卧在含章殿檐下,一阵微风吹来,梅花花瓣落在了寿阳公主的额头上,寿阳公主更显得妩媚。受此启发,当时女子争着在额头上点画这种梅花形状的妆,故名梅花妆。直到唐代,梅花妆还在女子中流行。

唐代的时候,尽管南京很破败,但仍有很多地方栽种梅花。城南的梅岗已经成为赏梅胜地,玄武湖里也植有梅花。李白到玄武湖游览,就看到了梅花盛开的景象:"昨日北湖梅,花开已满枝。今朝白门柳,夹道垂青丝。"

明代,紫金山下出现一处赏梅胜地,叫梅花坞。万历年间,南京国子监祭酒冯梦桢《灵谷寺探梅记》记载:"越灵谷而东二里许,北行百步,达梅花坞下。"梅花坞的位置在今灵谷寺东南。这梅花坞其实是明代宫廷所设的梅园,每年结出的梅子专供太庙祭祀皇帝祖先之用,因此每株梅树上都悬挂着"御用"木牌。游人只能欣赏,绝对没人敢攀枝折花,因此长得格外茂盛。据记载,那时梅花坞有数千株梅花。明代万历年间顾起元作的《灵谷梅花坞》诗:"韦曲烟花此坞稀,即看琼树满山扉。绝怜照水千株出,只恐临风一片飞。雪态淡摇双玉佩,天香深护六铢衣。春光骀荡人皆醉,坐惜繁英暝未归。"明末画家徐渭还画过《钟山梅花图》。

到了清代,南京已经成了国内闻名的赏梅胜地。清代龚自珍在《病梅馆记》中说:"江宁之龙盘,苏州之邓尉,杭州之西溪皆产梅。"南京与苏州、杭州并列三大赏梅胜地。

南京历史上战乱不断,屡遭摧毁,所以,古代的园林、花地早已消失。但爱梅花的文脉,则是传承不绝。

1929年,孙中山先生奉安中山陵后,当时的陵园管理委员会就开始在明孝陵前的孙陵岗一带栽植梅花。从那时算来,现在能看到的梅花已经有八十多年历史了。

这梅花山高55米,正好位于明孝陵的门前,据说这里就是孙权的归葬地。252年,东吴大帝孙权71岁时病故,下葬于钟山南麓的高岗上,这就是"孙陵岗"。由于东吴东晋墓葬,不起墓堆,也没有什么标志,孙权究竟葬在何处,不得而知,后人认为大体就是梅花山的位置吧。这梅花山正好位于明孝陵门前,据说是故意为之,朱元璋生前放话:孙权也是一条好汉,算是给我看墓吧。这东吴大帝真的是好福气,如果地下有灵,他一定很知足,要那些巍峨的享殿、墓碑又有什么意义,有这满山的梅花做伴,一个多么浪漫的归宿地!

八十多年来,这梅花山上的梅花越种越多,品种越来越丰富,种植面积由梅花山向南延伸到梅花谷共1500多亩。从种类看,有白梅、绿梅、朱砂(红梅)、宫粉(粉红)、黄梅等200多种,整个梅花山的梅花已经有3万余株。每年春节一过,大地复苏,梅花山的梅花便开始吐蕊绽放。南京人争相去赏梅。

到了上个世纪90年代末,位于雨花台风景区的梅岗开始种植梅花,并在附近兴建了访梅亭、问梅阁、寒香轩,这里规模虽然不能与东郊的梅花山比,但万株梅花盛开,也别有一番香雪海的景象。

南京这座城市与梅花发生关联的地方还真不少。就拿地名来说,全市地名中有"梅"字的竟然有 62 处之多。诸如梅山、梅村、梅洼、梅庄、梅苑、红梅等,不一而足,都与梅花有关。

坐落在东南大学校园内的梅庵,为纪念两江师范学堂校长李瑞清(字梅庵,号清道人)而建。李瑞清一生喜梅,取名梅庵,是对这位南京现代教育大师最好的纪念。

位于长江路东端尽头处的梅园新村,则是中共代表团的驻地。这里地处汉王府和两江总督衙府东侧,据说曾经有一片很大的梅林。民国时辟为居民区,遂取名"梅园新村"。梅园,在现代的中国,具有极高的知名度。

一座与梅花结下了如此深厚渊源的城市,注定是浪漫的城市。

春天的时候,到南京来赏梅吧。

石城雪

杭州西湖有断桥残雪,北京西山有西山晴雪,湖南长沙有江天暮雪,南京哪里可以赏到最美的雪呢?

南京地处江南,气候温和,早些年,每年都会下几场大雪。但这几年雪越下越少、越下越小了。最近只有2008年那场特大的暴雪让人印象深刻。从那以后的每年,也就一两场小雪。这对于喜欢雪的人来说,是很不过瘾的。

南京的雪,一般下在大雪、冬至节气前后。那时天气冷,雪花干,积雪容易存下来。如果是过了春节再下,大团大团的棉絮雪,落下来便化了,所以南方人说"春雪如跑马"。

气候学家说,由于人类通过燃烧化石燃料把大量温室气体排入大气层,致使温室效应发生,地球温度在持续上升,雪也就越来越少见了。因此,这几年每当下点小雪,南京很多人都会欣喜若狂,手机上都在秀雪的美图。

雪,是大自然的精灵。不喜欢雪的人恐怕很少。千树万树梨花开。大地银妆素裹,雪给单调的自然景貌带来了色彩的变化。天工就像一位画师,用雪将大自然涂抹成一幅美丽的图画,给人们带来了很多美好的想象。所以,人们才有了赏雪的雅举。我以为,赏雪的场景是有讲究的。如果是在一览无余的水泥地上、拥挤不堪的马路上、狭小的高楼窗户里,即便有很美的雪,也赏不出多少味道来。从地势上看,最好要有起伏,山冈、河流、小溪、树木以及建筑物之间,要有层次感,这样,雪花覆盖的时候,就会形成参差不齐的错综美。我以为,南京就具有这样的优势。首先,南京地势起伏,有山冈,有河流,雪落在这样的地势上,随物赋形,砌银堆玉,型美色美。其次,南京拥有很多古迹,雪落在古迹上,会生发出一种古意美。

南京何处赏雪最佳?我们的古人就总结出了一个绝佳的赏雪处——石城霁雪。石城,指位于南京城西北的清凉山后石头城。古时为楚威王的金陵邑,筑于楚威王七年(公元前333年)。东汉建安十六年(公元212年),孙权在金陵邑原址石头山上筑城,故称石头城。城基依自然山岩凿成,中段有几块红色砂砾岩因经古时长江水冲刷而凹凸不平,有如兽面,故俗称鬼脸城。洁白的雪,落在红色的岩石上,别有一番古意与韵味。沧桑之美,飘逸之美,冷峻之美,集于一处。石城霁雪,是明清时代文人总结出来的南京经典之美,曾被列入"金陵四十八景"。我注意到,在"金陵四十八景"中这是唯一的赏雪处,可见它的名气是很大的。直到今天,石头城仍不失为一处绝佳的赏雪之地。

其实,我以为,今天的南京赏雪不只是石头城一处,如果有一场好的雪,赏雪还是有几个好去处的——

山雪。在全国的大都市中,像南京这样拥有城中山的还真不多。由于紫金山山上气温明显低于城中,所以,每年都是紫金山最先得到雪的青睐。也许城里还没有见到几片雪花,但紫金山最高峰头陀岭已经是白雪皑皑了。如果是纷纷扬扬的雪花飘舞,你站在山顶上,朝山下望去,高低不一的城市建筑若隐若现,你仿佛置身于洁白的仙境之中。下雪的时候,紫金山处处皆景,就看你有没有时间与雅趣了。比如,水榭,那典雅的民国建筑,被白雪覆盖,静水白雪,极有韵致。石象路上,那些苍老的石象、石骆驼也仿佛穿上了一层白色的圣装,飘逸得似乎能飞翔起来。中山陵,那些蓝色的瓦与白的雪,形成鲜明的对比。那些雪松,被雪塑造出了一个极美的造型。金陵多名山。除了紫金山,还有小九华山、幕府山、牛首山、栖霞山、清凉山等,都是赏山雪的好去处。

湖雪。山雪的视界是丰满的,而湖雪的视界则是空灵的。江南的湖水,一般是不结冰的,除非是很冷的天气,在静水处才有薄薄的冰。冬天的湖水,是那么的清澈。轻盈的雪花,落在微微的碧波上,湖水便迫不及待地揽入怀中,然后用温润的体温,迅速融化了那些小精灵。湖面没有积雪,但湖的岸上则随着雪的加厚,愈发显示出清晰的湖岸线来。那不规则的蜿蜒而去的湖岸线,是极美的水墨画线条。沿着岸边漫步,还能欣赏到一幅幅雪荷图。不过,此时的荷,是夏荷的精魂,那些枯荷不屈的坚守,难道就是为了等待雪花的亲吻?

河雪。流淌了千年的秦淮河,总是喜欢热闹,因此,她是属于春天的。但是,如果遇到一场美雪,会是怎样的情景?雪,落在桃叶渡口,落在乌衣巷,落在朱雀桥上,落在李香君的窗户上,落在粉墙黛瓦上,落在文德桥的大红灯笼上……喧嚣被白雪覆盖,此时的秦淮河变得宁静、雅致、婉约。你会相信,这雪花是六朝时飘过的雪花,是谢道韫说的"未若柳絮因风起"的雪花,是明清时那些赶考的学子们眼中的雪花,是李香君眼中的雪花……

江雪。长江悄无声息地绕南京城而去。雪花漫天飞舞的时节看长江,比平时多了许多莽莽苍苍的气势。如果你独立江边,看雪落长江静无声,会有"大江东去、浪淘尽"的感慨?此时,你朝江中望去,还会看到"独钓寒江雪"的高士?

城雪。张潮在《幽梦影》中说:"楼上看山,城头看雪,灯前看花,舟中看霞,月下看美人,另是一番情景。"我曾经揣摩张潮为何说要在城头看雪。可能的原因,一是站得高,可以看到雪花飞舞的开阔场景;二是站在古城头看雪,会有穿越时空的感觉;三是远离闹市尘嚣,会听到雪的声音,会让心灵得到宁静。南京有保存完好的明城墙,如果是逢上落雪,找一处城墙看雪是很方便的。我以为,最好的去处便是玄武湖边的台城段城墙了。登上城墙,湖光山色尽在眼前,雪花在山水城林间飞扬,慢慢覆盖着古老的城墙,你的心会被这城雪陶醉的。

寺雪。南朝四百八十寺。南京有古老的佛门圣地,如果落雪的时候到寺庙里看雪,更会有一种超凡脱俗的感觉。古老的鸡鸣寺,有山的烘托,有湖的映衬,有城的背景,落雪的时候,会愈发显示出和谐之美、宁静之美、参差之美。如果你在栖霞古寺赏雪,更会体味到一种清幽之美。

梅雪。对了,下雪的时候,东郊的梅花山是不能不去的。那里有万株春梅。即便是寒风刺骨,那些梅花仍是乐在梢头,打满了花骨朵,就等待着雪的到来。如果是遇到雪花飞扬,那定会是一场美丽的约会。看看我们古人那些吟咏梅花的诗歌,还能离得了雪吗?所以,古人说:有雪无梅不精神,有梅无雪俗了人。其实,梅花与雪从来就是一对恋人。你看,"梅花繁枝千万片,犹自多情,学雪随风转"(冯延巳)。有雪的衬托,梅花会开得更娇艳。有梅花做伴的雪,多了几分生机与俏丽,甚至也染上了幽香。

赏雪不乏好去处,只是很遗憾,南京的雪越下越小。今年春分已过,也没有见过什么大雪。看来,今年的雪是没有了。来年如果下雪,你我还会错过吗?

诗　巷

江南的城市,有很多美的巷子。

这些巷子,窄窄的,地面是青石板铺成的,由于年代的久远,青石板已经被磨得十分光滑。街两旁的房子已经显得破旧,但收拾得整整齐齐,院子里晒着衣物。走着走着,路边出现一口井栏,妇女们坐在旁边,一边打水、洗菜,一边聊着家常。巷子里头,穿梭其间的是做小买卖的,悠长的叫卖声,回荡在小巷子里。小巷子里不时传来邻里们大声使唤孩子的声音。巷子里也许露出一个高墙大院来,也许曾经住着什么名人。若是雨天,便是撑着伞的身影,在巷子里来来往往,更增添了几分雨巷的味道。这样的巷子,在曾经的江南是极常见的。这也是戴望舒诗中的"雨巷"吧。

上个世纪80年代,我来南京上学,没有课的傍晚,骑着一辆自行车,到城南去,专门找那些老巷子里去穿梭。有时候,把自行车停在巷子口,自己漫无目的地走着,饶有兴致地看着老巷子的人物风情,那时候才有一种真切的感觉:真正的老南京,是藏在这些老巷子里的。

如果是四月的时候,走着走着,谁家院子里头一棵巨大的梧桐树枝伸到街面,一簇簇紫色的梧桐花,飘着香气,春天里不太清明的日光,洒在懒懒的小巷深处,这是梧桐芬芳的巷子。

"小楼一夜听春雨,深巷明朝卖杏花。"这是诗人陆游在临安见到的情景。在南京,我知道杏花是不卖的,卖的是栀子花、白兰花、茉莉花与梅花。春末夏初的时候,在巷子的角落,你不经意间会碰见一位大妈,她的篮子里装着香气扑鼻的白色栀子花,篮子旁边的地上放一块布,布上面摆着一把把扎好的栀子花。

这样的巷子,是不是诗的巷子?一者,是巷子美得如诗如画。二者,是巷子里头装了很多的诗。

在古城南京,还真的有叫诗巷的巷子呢。

南京的棉鞋营,南接现在的白下路,北至常府街,这条巷子就在杨吴城壕边。清末民初时,河边杨柳婆娑,环境优美。河边有很多著名的园林。较有名的私家花园如览园、春园、鉴园等就在附近。被称为"中国最后一位古典诗人"的陈三立就在此处建起了他的散原精舍。这条巷子除了自然环境的美,还有这样一位大诗人居住于此,当时的南京人称这条巷子为诗巷。

南京的龙蟠里,也被人们称为诗巷。龙蟠里位于清凉山公园东南侧,连接城中广州路和(秦淮)河西虎踞路。不宽的小巷子里,分布着陶风楼、教忠祠、魏源故居等古迹。陶风楼是清光绪年间两江总督端方所建的藏书楼,后为图书馆。教忠祠也称方苞祠堂,清代桐城派创始人方苞曾寓居在乌龙潭,乾隆七年(1742年),方苞在此建方氏家祠。祠堂两侧二十余间厢房供来南京赶考的族人居住。龙蟠里22号是魏源故居。魏源是诗人,也是一位具有世界眼光的达人,他曾在龙蟠里小卷阿居住多年。龙蟠里这条小巷子,因为诗人而出名,被人们称为诗巷。

南京还有一处巷子胭脂巷,也被人们称作"诗巷"。胭脂巷位于门西地区,是船板巷内的一条十分幽静的小巷。光看这名字,就有些脂粉气呢。巷子两边的建筑整齐古朴,巷子里住过不少文人。民国时著名文人张慧剑幼时在此居住。张慧剑曾写过一首诗:"旧居痕影此低徊,忆取儿时事事哀。满巷斜阳箫一啭,东邻春叟卖饧回。"诗中回忆了儿时"满巷夕阳"的情景。

这三条诗巷的出现,大约都在民国时期。其实,像南京这样一座历史悠久的诗城,有三条诗巷,着实不算多。仔细想想,南京流淌着诗意的巷子多的是。在过往的不同时期,也一定出现过很多诗巷。

比如乌衣巷。"乌衣巷口夕阳斜。"这是刘禹锡写的《乌衣巷》诗中的名句。因为1700多年前的王谢大族住在这条巷子里,也因为刘禹锡如此有感觉的诗,乌衣巷从此出名了。千百年来,写乌衣巷的诗歌不可胜数,乌衣巷也就成了一条地地道道的诗巷。时光变迁,物换星移,乌衣巷早已杳无踪影,但人们知道它大体上位于秦淮河南岸。直到今天,来南京怀古的人,到了夫子庙,是一定会去寻找这条巷子的。尽管找到的乌衣巷已经不是当年的旧颜,但见到"乌衣巷"这三个字,心里会微微一颤的,再念上刘禹锡的诗,仿佛觉得这乌衣巷就在我们身旁。

还比如长干里的巷子。长干里,古时候位于中华门外到雨花台附近,现仍存长干桥、东西长干巷等地名。这一带从东吴开始,就是南京繁盛的区域之一。唐代很多诗人都曾写过长干里。李白《长干行》写的青梅竹马的故事就发生在长干里。崔颢、崔国辅等都写过长干曲。长干里,在唐代就成了一个诗意充盈的地方。唐代的诗人们,在长干里的巷子里走走,一定很有情调。长干里后来消失在历史的尘埃里,但这条诗巷,仍然存在于这座城市的记忆里。

沧海桑田。时光之河的冲刷,改变了地貌,也带走了很多的诗意。

　　曾经的那些充满诗意的巷子,很多已经不在了。如今的那些新巷子,都像是批发来的,一个面孔,哪里还有诗意?

风景之变

金陵的山川之美，让人艳羡。

故中山先生说：此地有高山，有深水，有平原。集三种之美于一处者，唯有金陵。此说虽然有些偏爱，但大体是如此的。

山水成景。金陵究竟有多少美景？最初有说，"金陵八景"，后来有"金陵十景"、"金陵十六景"、"金陵十八景"、"金陵四十景"，直到"金陵四十八景"。

关于八景十景之说，鲁迅曾批评过许多地方有凑合之嫌。但我想，这对于南京来说，还真的不能说凑合。一者，这座城市历史悠久，古迹众多。二者，自然山水景点多多，风景秀丽。三者，历史上很多名人与这座城市过从甚密，文化渊源深厚。四者，与南京有关的文学作品众多，特别是很多经典的诗文、小说、戏曲与这座城市发生关联。五者，南京曾是一座佛都，与佛教有关的景点很多。所以，四十八景，景景都有出处。在全国的城市中，能说出四十八景的还真的不多。

出现这些景点总结的说法，是从明代开始的。明代，南京做了53年的首都，做了200多年的陪都，城市的规模宏大，市场繁荣，这里又聚集了很多文人画家。朱之蕃选定了四十景，由当时的著名画家陆寿柏绘图，这就是对后世产生重要影响的《金陵四十景图像诗咏》。

到了清代，不少画家画过金陵图景。比如高岑曾绘有《金陵四十景图》，徐上添绘有《金陵四十八景图》，长干里客绘有《金陵四十八景图》。晚清民国时，徐寿卿编辑、韵生绘有《金陵四十八景全图》。

我曾经仔细察看了这些图画，并与现实中的情景尽可能地比对。我发现，古人的这些风景画多数画得很粗糙。他们画出的景往往只是一个大体的印象、感觉与轮廓。仔细研究起来，首先是画的比例不协调，画中的风景与建筑不协调。其次，古人画的都是平面的点缀性景别，层次单调。我想，现实中的景要比画中的美丽得多。在诸多画家画的风景图中，我以为，画得最好的可能要数清代画家高岑了。

早期的八景，明代画家郭仁画过。图卷现存南京博物院。"金陵八景"是指钟阜祥云、石城瑞雪、凤台秋月、龙江夜雨、白露晴波、乌衣晚照、秦淮渔唱、天印樵歌。这八景中，钟山的云，石头城的雪，今天仍然是美的。秦淮河、天印山（方山）今天仍在，但都发生了很大变化。今天的秦淮河已经变窄，河中除了游船，是没有渔父的，所以，也就没有了渔父的浅唱。方山仍在，砍柴的樵夫自然没有了。龙江的地名今天仍然有，但长江西移，龙江地区今天成了寻常街道，哪里能听到夜雨声？凤台地名仍在，但都成了都市马路，秋月能看见，但背景已经不是当年的凤台了。与王谢家族有关的乌衣巷，只知道在秦淮河边，具体位置早已模糊，所以，乌衣夕照只是一个书中的意象。

"金陵四十八景"中，属于自然山水之美的不在少数。比如石城霁雪，指清凉山石头城上的雪景，故垒城墙上皑皑白雪，即使是今天看来，依然是一道美丽的风景。

钟阜晴云，指紫金山上白云缭绕的美景。尤其是阴雨之后，天气放晴，紫金山白云飘过，美丽如画。

北湖烟柳，指玄武湖畔、台城边的垂柳，演绎的是唐代诗人韦庄的"无情最是台城柳，依旧烟笼十里堤"的意境。玄武湖畔，从来不缺少柳树，所以，北湖烟柳的景致也不曾间断过。

莫愁烟雨，昔日位于城郊的莫愁湖，烟雨蒙蒙，别有一番味道。今天的莫愁湖周边高楼林立，已经没有了过去的意境。

燕矶夕照，在清代，燕子矶是重要的渡口。登上燕子矶，可以欣赏到落日熔金、天水共映的美景。燕子矶今天仍在，但去那里看夕照的人已经不多了。

狮岭雄观，古代狮子山濒临长江，登狮子山，看大江东去，是一种辽阔的壮美。

牛首烟岚、栖霞胜景，自古以来，就是南京人赏景的好去处，只是今天的牛首山已经没有了桃花，栖霞山的枫叶也不如从前灿烂。

鸡笼云树，指的是站在北极阁鸡笼山上，可以看见远方树影渺渺。凭虚远眺，是在鸡笼山最高处的凭虚阁，远望玄武湖美景。鸡笼山仍在，人们登上鸡鸣寺豁蒙楼，湖光山色，尽收眼底。

幕府登高，可以望长江如带。可是今天的幕府山已是千疮百孔，很少有人去那里登高了。

灵谷深松，灵谷寺周围，今天依然苍松翠柏，树木葱郁，幽静怡人。

东山秋月，东山虽在，但只是一座不起眼的小山，还有多少人记得谢安曾经在东山潇洒出入的情景？

有些尽管属于自然的山水之景，但由于山川变化，不少美景已经消失了。比如，珍珠浪涌，今鸡鸣寺至浮桥的古珍珠河，已很难看见浪涌的景观。鹭洲二水，江东门外白鹭村一带曾有古白鹭洲，李白曾经有诗"二水中分白鹭洲",后来江水改道,这一景观已经消失。凤凰三山,在古代,登上城西南花露岗凤凰台,可以远眺江边的三山,所以,李白有诗"三山半落青天外",今天这样的景观已经不复存在。龙江夜雨,今天的下关龙江一带,已经是陆地、街道,哪里能听到夜雨涛声?青溪九曲,青溪曾经是贯穿南京城东的一条美丽溪水。早在杨吴时期,青溪就被人为阻断了。后人所见的青溪,只是极小的一部分。

有的山水之景,尽管今天仍在,但已经没有了过去好看的风景。比如,赤石片矶,是指城东南雨花门外由红色砂岩构成的秦淮河畔小山岗。星岗落石,鼓楼岗一带古称"落星岗"。献花清兴,位于祖堂山北峰献花岩一代。桃渡临流,夫子庙利涉桥畔古桃叶渡,相传是东晋王献之妾桃叶渡秦淮处。长干故里,大体位于中华门外的城墙边。三宿名岩,是指下关静海寺附近南宋名将虞允文曾休息三夜的三宿岩。这些风景点,都已经失去了往日的魅力。

有的风景,今天已经彻底消失了。比如,楼怀孙楚,李白在金陵时常饮酒的"孙楚酒楼"早已没有了。台想昭明,钟山北高峰上的梁代昭明太子读书台也没有了踪迹。杏村沽酒,今城西南花露岗下的古杏花村,相传是唐代诗人杜牧买酒处,今天已是高楼大厦。谢公古墩,指五台山永庆寺前东晋谢安登临过的高墩。来燕名堂,指夫子庙对岸乌衣巷内东晋王谢大族故居的来燕堂。木末风高,雨花台永宁寺侧的木末亭,一说在方孝孺祠内。冶城西峙,朝天宫所在的冶城山旧时峙立于城西。长桥选妓,夫子庙板桥一带是明清妓院的集中地,这一景点早已消失了。

与佛教、道教有关的景点有不少。如永济江流,在燕子矶的永济寺观音阁俯视江流。祖堂振锡,唐代法融祖师在祖堂山得道,成为佛教南宗第一祖师。天界招提,中华门外的天界寺,原名龙翔寺,与灵谷寺、报恩寺并称明代金陵三大寺。清凉问佛,指到清凉山的清凉寺拜佛。嘉善闻经,到幕府山东南铁石岗石佛阁的嘉善寺听诵经。达摩古洞,指幕府山东北麓的达摩洞,传说梁代达摩法师渡江前曾在此休息。报恩寺塔,指中华门外报恩寺的九级琉璃宝塔。甘露佳亭,指雨花台高座寺甘露井旁的亭台。雨花说法,相传梁代云光法师在雨花台上讲经,上天感动落花如雨。神乐仙都,指光华门外的道观神乐观。

这样看来,明清时期的"金陵四十八景",一直在发生着变化,到了今天,只剩下一小半了。

这是时光的力量!

上个世纪80年代,南京市有关部门对"金陵四十八景"进行了重新评选,选出了新的四十八景。《金陵晚报》也评选过"金陵新四十八景"。不过,终究没有太大的影响。

现代的南京,有现代的风景。究竟有多少景,似乎也没有必要非要说四十景,还是四十八景。现代社会,城市建设日新月异,加上现代人的审美情趣也会发生变化,过去认为美的,现在不一定美。现在有很多美景,是古代不曾有的。所以,风景是变化着的,流动着的。回首这座城市的昨天,我们会情不自禁地为这座城市曾经拥有那么多风景而感到自豪!今天,即便是念念那些充满诗意的名字,也会给我们带来想象的美感。

被诗化了的悲情

南京有很多景点,但有两个景点一提起就让我心生悲凉。一处是燕子矶,一处是南京长江大桥。

这两处景点都有一个共同的特点,就是被媒体描绘成了"自杀者的圣地"。这个提法曾让我很是愤怒:自杀,居然还有圣地?!

先说燕子矶。燕子矶位于南京城区东北郊的长江边上,是幕府山东延之余脉。燕子矶谈不上高峻,只有36米,但巉岩临江,突兀高耸,所以有"天下第一矶"之称。在明清时代,燕子矶很热闹,是乘船到南京的重要渡口,乾隆皇帝到南京就是在这里下船的。燕矶夕照,在清代还被列为"金陵四十八景"之一。大概从上个世纪初开始,常常有人从矶上跳江自杀,传说开去,渐渐闻名。据说上海、苏州等地都有人专程来此地自杀。

再说另一处南京长江大桥,建成于1968年,知名度也很高,曾经是南京的城市名片。然而,从大桥建成至今,有超过2000人从这里纵身跳入长江轻生。媒体也把长江大桥称为寻短见者眼中的"自杀圣地"。

燕子矶的自杀事件,曾引起教育家陶行知的重视。1927年,陶行知先生在附近创办晓庄师范学校,他听说了这个情况后,感到非常不安,立即到学校木工场找来两块木牌,在上面写了几句话劝喻轻生者。一块牌子上写道："想一想"，下边写了几行小字："人生为一大事来，当做一件大事去。你年富力强，有国当救，有民当爱，岂可轻生？"另一牌子上则写"死不得"三个大字，下写："死有重于泰山，或有轻于鸿毛，与其投江而死，何如从事乡村教育为中国三万万四千万同胞努力而死！"陶行知把两块木牌竖立在燕子矶头，又委托一位在附近开茶馆的朋友多留心，看见有人在矶头徘徊要赶快上前劝说。此后，不少来到这儿打算自杀的人，看了木牌，尤其是看到"想一想，死不得"六个大字，停下了投江的脚步。1980年，复旦大学知名教授陈子展先生就曾经这样回忆："我在南京上大学时得了胃溃疡。一次我正在读书，一阵阵剧痛袭来，简直使我要发疯了，便无可奈何地来到燕子矶，想跳江了却一生。我抬头望去，只见木牌上写着'想一想死不得'，我猛醒，打消了轻生的念头。"陶行知的这块劝诫牌，救了多少人，现在已无从查考。

长江大桥的自杀，也引起了一个小人物的关注。他叫陈思，一名来南京打工的中年男子。他利用周末时间，到大桥上巡视，他挽救了100多条生命，被媒体称为"大桥生命守望者"。《南方周末》《鲁豫有约》《纽约时报》等媒体都曾报道过他的事迹。他还被评为"中国十大杰出青年志愿者"。

无论是伟人陶行知，还是凡人陈思，他们都做了一件大好事：挽救生命。我在赞慕他们行为的同时，却又有一个大大的疑问：这些意图放弃生命者，为何选择燕子矶、长江大桥去自杀？

常常在媒体看到，世界上有几个自杀率很高的地方：美国旧金山的金门大桥，已经有超过1700人在这里跳海自杀；英国伦敦桥是英国人自杀最多的场所。从大桥建成之日起，就不断有人从这里纵身跃入泰晤士河。1909年至1982年间，大量的自杀事件曾导致塔桥上方的步行道不对公众开放。法国巴黎埃菲尔铁塔，有300

余人从这里跳塔身亡。加拿大尼亚加拉大瀑布,也有不少人纵身跳向咆哮的水幕。在日本,富士山下风景优美的青木原树海被日本人称为"自杀圣地",100多年来已有上万人将这里作为自己生命的终点……

　　这些生者为何要选择这些闻名遐迩的景点作为生命的终结地?媒体采访的心理学家,大谈什么"壮丽风景杀人说"。意思是说,在壮丽的风景面前,人常常有一种渺小感,容易诱发自杀的潜意识。陡峭的山崖兀立江畔,三面临江,自杀的人,如燕子般腾空飞翔。长江大桥下江水滔滔,奔流不息,跨出护栏一步,仿佛融入蓝天,云云。

　　我总以为,这真是十足的揣度之词。试问:心理学家,你没有跳过江,你怎么知道这些跳江人的心理?揣测。是谁让社会都知道有哪些所谓的"圣地"的?媒体。是谁在宣扬所谓的壮丽的风景,能减轻自杀的痛苦?媒体。是谁在渲染一种气氛,仿佛自杀是一件壮丽的事情?媒体。是谁在有意无意中对悲观主义者起到了心理暗示的作用?媒体。从表面上看,媒体是在救生,实际是做了看客,不经意间还成了帮凶。凄美、壮丽、蓝天、奔涌的江水——这些名词和场景在不经意间植入悲观者的脑海,谁能说它不是压倒骆驼的最后一根稻草?

　　这些悲观的人,生命都不要了,还需要融化在蓝天里?

　　这是被诗化了的悲情!

　　请媒体不要再渲染所谓的"自杀圣地"了。

天雨花

今天的雨花台,是一个红色的圣地。

3月的午后,阳光暖暖的,风细细的,我坐在一棵樱花树下,一阵稍大一些的柔风吹来,粉白的樱花瓣纷纷飘起来,有的落在了嫩嫩的草上,有的落在了我的衣服上,是的,这是樱花雨。

我的眼前浮现出这样的场景——

一位高僧正在这里的一块高地法坛上讲经,突然,天上散落起花瓣雨,纷纷扬扬地落下,落在正在听经的僧人的袈裟上。僧人们心无旁骛,稳坐如山,任花雨飘扬……

坐在高处讲经的那位高僧名叫云光法师,只见他口若悬河,滔滔不绝,惊风雨,泣鬼神,更是感动了上苍。上苍为之飘起了花瓣雨,从此,南京有了一个"天雨花"的传说。

高僧讲经的地方,是城南的一个高地。后人名之雨花台。

南朝四百八十寺。古时,南京的寺庙很多。在这个高地上就有永宁寺、高座寺、安隐寺、宝光寺等。

这个高地尽管不足百米,但却是城南的一个绝佳的去处。六朝时期的文献《丹阳记》记载:"江南登览之地,润州之甘露,姑熟之凌歊,建康之雨花。"可见,那时雨花台就是一个著名的登临胜地。对于这个天雨花的地方,后世文献多有记载。明代陈沂《金陵世纪》:雨花台在"城南二里,据冈阜最高处,俯瞰城,江山四极,无不在目"。明代人说,站在雨花台上,可以俯瞰金陵全城,远眺大江。清代余宾硕《金陵览古》:"台上浅草如茵,无一杂树。登其巅,则江光日采,城郭烟火,交相映带。游人车骑,岁无虚日。"清代文学家吴敬梓在《儒林外史》上说,杜慎卿一行人到雨花台去,"望着城内万家灯火,那长江如一条白练,琉璃塔金碧辉煌,照人眼目"。在过去的历史长河中,在没有高楼的古代,雨花台是一个登高望远的所在。在这里不仅可以一览北部的城市,还可以眺望不远处如练的大江。今天,随着城市的长高,这里的地势已经不那么突出了。

今天,我在樱花树下,放飞自己的思绪。我在想,六朝时期的那一天,天上飘起的花是什么颜色的?像我眼前的樱花一般粉白色吗?不,一定不是。那些纷纷扬扬的花瓣,一定是血一般的鲜红。

我首先想到的是杨邦乂这个名字。

杨邦乂生活在南宋。徽、钦二帝被俘,金兵入侵时,杨邦乂任溧阳知县。尽管奋勇抗敌,终因寡不敌众,兵败被俘。金人劝其投降,杨邦乂严词拒绝,并咬破手指,在衣服上书写"宁作赵氏鬼,不为他邦臣"。他以头碰柱,鲜血直流,并说:"岂有不畏死而可以利动者?幸速杀我。"金兀术多次派人劝降未果。杨邦乂大骂金兀术:"若女真图中原,天宁久假汝?行磔汝万段,安得污我!"兀术大怒,命刽子手割其舌头,开其胸膛,剜其心脏。年仅44岁的杨邦乂就这样在雨花台附近洒下了一腔热血。

我还想起了另一个鲜血淋漓的名字——方孝孺。

我在清人褚人获的笔记《坚瓠集》中读到了这样的故事:明成祖武力夺取皇位后,命方孝孺起草即位的诏书。方孝孺不仅不从,而且穿麻衣,手书一"篡"字。明成祖一再忍着劝他说,这是我自己家里的事。可是方孝孺还是骂不绝口。动怒了的明成祖终起杀心，将方孝孺连株十族，死亡总数达873人。我多少次为这个数字感到惊悚。方孝孺可以去忠诚于他的老主子，也可以去以身成仁，但他没有理由让那些无辜的人遭殃。这是否是另一种的不义？

方孝孺墓就在今天的雨花台。

我还想起了另一个名字——白丁香。

白丁香原是一名弃婴，后被苏州的一位牧师收养，因为襁褓中留有"丁贞"字样的字条，牧师给她起名白丁香。小丁香天生丽质，聪慧过人。1925年，到东吴大学学习。在这里，她遇见了一位叫乐于泓的年轻人。他们双双加入了共产党，两位志同道合的年轻人相爱了，并在上海秘密举行了婚礼。婚后，乐于泓、白丁香夫妇在一起生活了五个月，白丁香不幸被捕。1932年12月3日，国民党将她押送到雨花台，残忍地杀害了这位已经怀有三个月身孕的青年人。就在白丁香英勇就义的第二天，乐于泓冒雨赶到雨花台，身披蓑衣伫立在白丁香就义处祭奠悼念，并且写下了一段誓言："情眷眷，唯将不息斗争，兼人劳作，鞠躬尽瘁，偿汝遗愿。"后来，乐于泓一直从事革命工作，解放战争时期担任过豫苏皖边区党委宣传部长、十八军宣传部长。新中国成立后，他遇到了一位与白丁香长得有几分相像的姑娘。这位叫时钟曼的姑娘了解到乐于泓与丁香忠贞的爱情故事后，被深深地打动了。两人相爱并终成伴侣。时钟曼非常理解丈夫对白丁香的那份情感。他们还为女儿取名为乐丁香。晚年，乐于泓老人多次来到雨花台祭奠。1992年，乐于泓老人病逝。时钟曼将丈夫葬在雨花台的丁香花树下。这个感人故事还被拍成了电影。

像白丁香一样在雨花台牺牲的烈士，竟然有10万人之多！这是一个十分残酷的数字。我曾走进过雨花台烈士事迹陈列室，当面对那些青春甚至稚气的脸庞时,真的不忍继续看下去。那么年轻、英俊的脸庞,早早地就献出了生命,实在是太可惜!

雨花台这块古老的土地上,渗透了太多的血。我坐在樱花树下,有那么一阵子,眼前所有的景物都幻化成一片猩红的血色。

在雨花台上,泥土中经常可见一种五色斑斓的石子,人们叫它雨花石。从遥远的时代开始,南京人就很喜欢把玩这种石子,甚至有人收藏,奉为珍宝。张国威有诗:"说法高僧静不哗,缤纷上天雨奇葩。至今台畔灵岩石,犹作烂斑五色花。"很多文人联想,这雨花石上的五彩色,是天雨花落在石头上变成的。

是的,这是一种诗意的联想。曾经的天雨花,难道是一个预兆?它预示着这块土地上日后一定会有血雨腥风、悲云怒雪?如果是这样,请问说法高僧,你为何不去普度众生,偏偏要让雨花台血流成河?

如果这个世界,必须要用鲜血的记忆来警醒人们,那我祈请上天永不再降血雨。我还祈祷,如果还会有天雨花,那么,请给人间降下和平之花、希望之花与爱之花!

永远的二月兰

一

当早春的柔风刚刚唤醒沉睡的大地的时候,最早的一批植物便迫不及待地绽放笑脸迎接春天。这最早的一批植物中,有一种开着紫蓝色花朵的,成片成片地开着,像是偌大的紫色地毯铺开来。这植物就是南京人很熟悉的二月兰。

每年的早春二月,位于东郊的南京理工大学校园里,总是人头攒动,人们纷纷走进校园里的水杉林赏二月兰花。几十亩的水杉林里,一大片二月兰争相绽放,游人纷纷拍照留念,孩子们在花径中捉着蝴蝶,拍婚纱照的新人更是把这里作为背景……水杉林里的二月兰成了南京人踏青赏花的新景点。

其实,南京不独独理工大学校园里有二月兰,如今,东郊的很多空地上都种植了二月兰。在南京林业大学的校园里,在南京紫金山脚下的灵谷寺水塘边、水榭旁,一簇簇紫蓝色的小花,成片成片地开放,远看,似一片紫色云彩飘落在地上,煞是美丽。

二月兰,又叫诸葛菜,相传诸葛亮率军出征时曾采其嫩梢为菜,故得名。因花期在农历二月,故名二月兰。二月兰花开,也正是樱花绽放之际。相对于樱花的绚烂,二月兰显得朴实、清丽。然而,当大片的紫蓝色,铺陈在林间、路旁、水边、山坡上时,你一定会被它们花海一般的气势所震慑。

如果你知道这二月兰背后的故事,你会更喜欢这紫蓝色的花朵。

二

2000年4月,我到东京采访东史郎案审判,正赶上樱花盛开的季节。东京的道路边,公园里,山坡上,樱花如云似雪,美丽极了。我在东京公园里赏樱,突然看见樱花树下有一大片紫色的花朵,再走近定睛一看,啊,这不是我们南京的二月兰吗?

我问日本友人:这是什么花?

日本友人说:它在日本叫大萝卜花,又叫紫金草,它们是从南京传来的。日本很多公园里,空地上,新干线两旁,每当樱花盛开的时节,都会看到绽放的二月兰。而且,很多二月兰就种在樱花树下。

樱花开在树上,二月兰开在地上。上面是粉的,白的,红的,而地上是紫的,它们共同组成了一幅色彩绚丽的油画。

这朴实、美丽的二月兰,是怎么东渡到了日本的呢?

三

日本友人告诉我,这来自南京紫金山脚下的紫金草,有一段真实的故事——

1939年春天,日本侵略军正占领着南京。山口诚太郎作为日军陆军卫生材料厂厂长来到南京,视察日军前线卫生材料的情况。那时,南京大屠杀刚刚过去一年,南京城已经是一片废墟。山口诚太郎从友人那里听说了一些关于战争的事情,富有正义感的他心情非常复杂。一天,他无意间在南京中山陵附近看到了地上开着大片的紫色花朵,一个小女孩正在采摘花朵。看到这样的情景,他很是激动。他没想到如此破败的南京城,还有如此美丽的野花在顽强地盛开着。曾经就读于东京帝国大学医学系的他,对药物的种子很有研究,于是,悄悄采集了十几颗种子带回了日本。他把种子撒在院子里。第二年,也就是1940年的春天,院子里的种子发芽了,长出了小苗,有一天开出了紫色小花。他给这个花起名叫"紫金草"。在他心目中,这紫金草就是和平的花。山口诚太郎每天都到院子里对花凝视,精心呵护着它们。这年秋天,他又采摘了200颗种子。他把部分种子分发给了朋友,让他们也种在院子里。以后每年,他都会收集种子,分发给他的友人。当时日本还没有高速铁路,他就背着沾满种子的泥块,坐着火车沿着铁路线一路播撒。1966年,山口诚太郎在临死的时候,特意把儿子山口裕叫到床前,留下遗言:"紫金草的事就交给你了。"他要让儿子继续收集紫金草的种子,然后到日本各地播撒。儿子答应了父亲的要求。他在父亲的墓前墓后都播撒了花籽,从此,紫金草年年春天在老人的身旁绽放。在以后的岁月里,山口裕一家人年复一年地将紫金草的种子免费赠送给日本的学校、公园和社区。山口裕还写了散文在《朝日新闻》上发表。他还编写了《紫金草》杂志,宣传紫金草的来历。1985年世界科技博览会在日本筑波举行,山口裕通过志愿者向与会代表发送了大约一百万袋种子,并附上了有八种语言的说明书。

　　日本词作家大门高子和作曲家大西进在媒体上看到了山口诚太郎父子的故事甚为感动，他们以紫金草的故事为背景，创作了长达一小时的合唱组曲《紫金草组曲》。曲中描述了一个士兵如何走向战场，从一个性情温和的人，变成了一个杀人不眨眼的魔鬼，最后在战争的废墟中发现了紫金花，把它带回了日本进行传播……《紫金草组曲》1998年面世。日本一些爱好和平的人士，自发组成了合唱团，在日本各地演出。十多年来，紫金草合唱团在日本演出了1000多场。

　　《紫金草组曲》唱道："花的季节哟，遍地慈爱的紫花，微风阵阵哟，花姿轻轻地招展，花的种子哟，来自大海的彼岸，带着期待哟，在这里生根开花，和平的花，紫金草。"

四

　　2001年春天，日本紫金草合唱团200名成员第一次来到南京演出，引起很大反响。

　　2006年3月，南京理工大学水杉林正式被命名为和平园，日本紫金草合唱团170余名团员参加了和平园揭牌仪式，还向学校赠送了紫金草种子。

　　2007年，正值南京大屠杀死难同胞遇难70周年之际，已经83岁高龄的山口裕，带着父亲临终前的嘱托和在日本募集到的1000万日元来到南京，向江东门纪念馆捐赠了一座小型的紫金草花园和一尊紫金草女孩雕塑，并把他父亲当年写着遗言的那张纸，也捐给了江东门纪念馆。

紫金草的故事还在继续着。

现在，日本出版的植物图鉴有关紫金草的条目上这样说明："名字叫做紫金草，因为是一位日本军人采自南京紫金山下。"在山口一家几代人眼中，在日本友好人士眼中，紫金草是和平之花，是友好之花。过去，在人们的印象中，橄榄枝象征着和平，而现在又多了一个象征和平的植物，便是紫金草。

我在想，每当春天日本人在看到那成片紫色云彩的时候，是否会想起山口诚太郎父子播撒紫金草的故事？是否会想到它们来自南京的紫金山脚下？是否会想到那些军人曾经给南京人造成的灾难？恐怕敢于正视那段历史的人，真的不多。但是，那些传播紫金草的人们，赢得了世界热爱和平的人们的尊敬。

现在时值隆冬，紫金草正在孕育着来年春天的花朵。春天来了，我们南京人在欣赏紫金草美丽花朵的时候，一定不会忘记紫金草背后的故事。

无论叫二月兰，还是叫紫金草，它们都有一个永远的含义——和平美丽！和平真好！

舌尖上的春天

江南春早。

当残雪还没有融去的时候,菜园里、道路边、地里头、草坡上、水沟边的嫩叶,就已经迫不及待地钻了出来,迎接春天的阳光。

趁着暖暖的春阳,人们来到山冈上、田头地边,弯起腰,看准了,一铲子下去,一根根伴着泥土的嫩苗出来了,甩去泥土,将嫩苗装在袋子里,带回家,炒上绿油油的一盘,美美地品着春天的味道。

在江南早春的土地上,这样挑野菜的场景是很常见的。周作人、汪曾祺等作家,都曾写过怀念故乡野菜的文章。其实,就全国的范围来说,每一个地方,都会有野菜上桌。但我总觉得,南京,这个濒临长江的江南城乡,对野菜有着非同一般的感情。南京人说:"南京一大怪,不爱荤菜爱野菜。"又说:"南京人,不识宝,一口白米一口草。"南京人,喜欢吃野菜,是出了名的。

上个世纪80年代,我刚刚到南京来求学,看到很多南京人都喜欢吃一种叫蒌蒿(也叫芦蒿)的茎,我还在纳闷,难道这个野蒿子能吃?我的家乡离南京并不远,这样的蒿子在我安徽老家沟边随处可见,可为什么偏偏是南京人喜欢吃呢?

苏轼有诗:"蒌蒿满地芦芽短,正是河豚欲上时。"苏轼没有说蒌蒿能不能吃,但他让这不起眼的蒌蒿进入了诗中,却也助推了它的闻名。究竟何时人们开始吃蒌蒿的,现在已经无从考证。清末民初陈作霖《金陵物产风土志》记载:"荠菜、苜蓿、马兰、雷菌、蒌蒿诸物类,皆不种而生。村娃稚子相率成群,远望如蚍蜉蚁子蠕蠕浮动,挈筐提笼不绝于途。"南京本土文化名人甘熙在《白下琐言》中也有记载:"诸葛菜、枸杞头、菊花苗、豌豆藤、马兰头、苜蓿头等类,风味各别。"可见,起码从清代开始,南京人就有吃蒌蒿、荠菜、苜蓿头、枸杞头、马兰头、菊花脑等野菜的习惯了。在南京附近的江面上,有两个岛:八卦洲、江心洲,岛上水源丰富,盛产这些野菜,尤其是蒌蒿。

六朝时张季鹰见莼鲈而思归,清代末年龚乃保有野蔬之念。龚乃保是南京人,长期客居异乡,十分想念家乡的野蔬。他说:"遥忆金陵蔬菜之美,不觉垂涎。"于是,他编辑了一本蔬菜谱——《冶城蔬谱》。书中列举了24种蔬菜,其中不少是野菜。

民国作家叶灵凤是南京人,他对家乡的野菜情有独钟,曾写有《江南的野菜》的散文。他在文中回忆在家乡吃野菜的美味,在他的心目中,马兰头是最有滋味的野菜。

关于野菜,南京人有许多叫法:比如,"春三鲜",是指荠菜、马兰头和枸杞头。"春三草",是指枸杞头、马兰头、菊花脑。"七头一脑",是指荠菜头、马兰头、香椿头、枸杞头、苜蓿头、小蒜头、豌豆头和菊花脑。"金陵十三菜",是指荠菜头、马兰头、香椿头、枸杞头、苜蓿头、小蒜头、豌豆头、菊花脑、马齿苋、芦蒿、茭白、地皮菜、二月兰(诸葛菜)。

南京人还有旱八鲜和水八鲜之说。"旱八鲜",是指苜蓿头、马兰头、豌豆头、菊花脑、枸杞头、荠菜(野菜)、芦蒿(蒌蒿)、香椿头。"水八鲜",是指茨菰、莲藕、荸荠、茭白(茭瓜)、水芹、菱角、茭儿菜、鸡头果。其实,"旱八鲜"、"水八鲜"中有的已经不属于野菜。不过话说回来,虽然有的说是野菜,但现在一经人工种植,也就不野了。

我一直在想一个问题:为什么南京人如此喜欢野菜?

我的解释是,南京地处江南,沟渠水面多,春来早,地气暖,适合野菜生长。尤其是南京的八卦洲和江心洲两个江中小岛,适合水边生长的野菜种类繁多。此外,南京是一座移民城市。很多市民都是从四面八方聚集到南京的。他们把各地的野菜吃法,都带到了南京,久而久之,南京人所吃的野菜品种就汇聚得越来越多。

赞美野菜的诗词很多。除了苏轼写蒌蒿,辛弃疾也说:"城中桃李愁风雨,春在溪头荠菜花。"在诗人的眼中,这野菜,具有乡野淳朴之美。在城里待久了的人,就会向往自由、散漫之野。

另外,早春时节,趁着踏青,来到野外的路边、田头,沐着春光,一边赏春,一边挑些嫩嫩的野菜,不失为一种野趣。

挑了嫩嫩的野菜,带回家炒成青青的一盘,品尝着野菜的味道,想象着屋外的春光,是和自然靠近了一大步。

春天,在南京人的舌尖上跳跃着!

烟水气·王气

气是何物,没有人能说清楚。

有人说是组成宇宙的元素,有人说是运势,有人是云象,有人说是地脉。

钟山紫气、金陵王气、六朝烟水气,都离不开一个"气"。南京,为这"气"纠缠了几千年。人们试图用"气"来诠释南京之谜、南京之魅、南京之魂。

六朝烟水气

说起烟水气,自然会想起《儒林外史》第二十九回的情节:天长才子杜慎卿过江来南京,同友人徜徉雨花台岗上,"坐了半日,日色已经西斜,只见两个挑粪桶的,挑了两担空桶,歇在山上。这一个拍那一个肩头道:'兄弟,今日的货已经卖完,我和你到永宁泉吃一壶茶,回来再到雨花台看落照。'杜慎卿笑道:'真乃菜佣酒保,都有六朝烟水气,一点也不差。'"在一般人看来,菜佣酒保、贩夫走卒都是底层百姓,是没有多少兴致花前月下的,但南京人不一样,不仅到永宁泉吃清茶一杯,还登雨花台看落照,他们身上透发出的是一种诗意,一种书卷气,一种文化气,这就是所谓的六朝烟水气。

烟水,本意是指雾霭迷蒙的水面。烟水是看不清、道不明的。后来的诗人们都把六朝说得十分朦胧。"烟笼寒水月笼沙,夜泊秦淮近酒家"是一种月色朦胧。"无情最是台城柳,依旧烟笼十里堤""愁绝驮铃催去急,白门烟柳晚萧萧"是一种柳色朦胧。"南朝四百八十寺,多少楼台烟雨中"是一种雨色朦胧。

可见,六朝,被后人集合成了一种说不清道不明的历史意象。

在文人的眼中,六朝是一个整体的概念。六朝先后300多年,江南地区经济得到了发展,作为南方的经济文化中心,建康城迎来了空前的繁荣。六朝造就的一座座文化艺术的高峰,让后人惊叹不已。从文学上来说,六朝开创了我国山水诗,出现了以谢灵运、谢朓、沈约、颜延年等为代表的一批文学大师。记录六朝人社会生活风貌的《世说新语》,对后世文学产生了深远的影响。刘勰的《文心雕龙》是我国第一部文学理论著作。从书法史上说,"二王"(王羲之、王献之)书法,是中国书法艺术史上令后人无法企及的高峰。从绘画艺术看,出现了顾恺之等杰出画家。从艺术史看,六朝雕刻造型生动、线条流畅,达到了非常高的水平。从园林艺术看,六朝的皇家园林如乐游苑和华林园是我国最早出现的皇家花园。六朝的这些艺术成就,总是令后人仰慕。

六朝繁华,是后人对建康城的总体印象。这块土地上积淀了深厚的文化气息,所以,后人每每踏上这块土地,总会有繁华之思,兴衰之感。他们的脚步轻轻,为的是不敢惊动陈土里层层叠叠的历史。

我们的古人习惯用形象的感知来解读事物。六朝烟水气,是对南京城市气质的概括。从来没有人能将烟水气说清楚,但又分明感觉到又能很确切地概括南京的城市气质。

如果一定要问六朝烟水气究竟是什么？六朝烟水气是一种历史沉淀的味道，是一种到处透发出书卷气的文化气息，是一种美丽与哀怨相结合的诗意。

六朝烟水气，只能慢慢感知。

这气息，泼在宣纸上，便成了朦胧的水墨画；泼在文字上，便是朦胧的诗歌；泼在空气里，便是江南的梅子黄时雨。

金陵王气

传说，楚威王听说金陵有王气，于是派人寻找，果然在幕府山西麓的金陵岗发现了王气，于是铸金人以镇压王气。秦始皇东巡北归途中，望见金陵有天子气，于是派人挖秦淮，以断金陵王气。

传说归传说，但一直影响着后人。在后来长长的历史中，不时有人出来说，金陵有王气。

孙权在选择首都时，他的高级幕僚张纮建议，金陵有"王者都邑之气"，天之所命，故能定都建业。

诸葛亮察看了金陵的地形后说：钟山龙蟠，石城虎踞，此乃帝王之宅也。

后代的人们相信，金陵具有王朝之都的气象。这样的结论，与金陵所处的地形不无关系。金陵濒临长江，有天然的江水屏障作保护，加上四周群山环抱，很多风水先生认为南京是风水宝地。但似乎与现实形成很大的矛盾。在南京建都的王朝都不长。最长的东晋有104年，东吴只有52年，六朝的宋、齐、梁、陈分别只有60年、23年、55年、32年，南唐只有39年，太平天国只有11年。似乎又证明了另外一个判断：南京哪里有多少王气？这就让后人很纠结了。所以,刘禹锡就说:"金陵王气黯然收。"李商隐说:"钟山何处有龙蟠?"许浑说:"玉树歌残王气终。"他们都对金陵王气产生了怀疑。明成祖朱棣在明代建都53年后,毅然迁都。要知道,这个决策当时遭到很多大臣的反对。难道朱棣也认为金陵王气已尽了吗?

一个时代的兴盛与衰败,与地形风水有多大关系,谁也说不清。在冷兵器时代,地形在战争中起到的作用自然不可小觑。比如,长江是绝好的天然屏障,但在很多时候,反而是很容易被攻破的。

战争成败的原因,只能从统治者的内部去找。所以,帝王之气,也只是古人的牵强附会之说吧。

我总以为,南京缺少作为首都的大格局,地势不够平坦,四周的山峦,加上地势倾斜,使得空气的对流不畅,春天短暂,夏天闷热,承受不了太多人口的聚集。从这一点看,朱棣的决策无疑是英明的。

如果说烟水气,是文化的,那么王气显然是政治的;烟水气是属于百姓的,王气则属于朝廷;烟水气是诗意的,王气则是虚拟的。

王气已矣!但烟水气似乎还在南京的空气中弥漫着!

南京爱情故事

朋友问我:南京是一座浪漫之城吗?

当然。你看南京山水城林,自然形胜,古迹众多,烟水之城,风花雪月,怎么不是浪漫之城?我脱口而出。

朋友再问:除了"秦淮八艳",南京还有哪些轰轰烈烈、让人传诵的爱情故事?

朋友的这个问题,倒触发我的思考。提起杭州西湖,会想到很多浪漫的故事。白娘子与许仙,梁山伯与祝英台,苏小小与阮郁,史量才与沈秋水,胡适与曹诚英,徐志摩与陆小曼,郁达夫与王映霞……他们的爱情故事都是以西湖为背景展开的。在很多人的印象中,南京是帝王之都,怀古之城,似乎与浪漫无缘。其实,仔细探究一下,南京还真的拥有不少的浪漫故事呢。

一

这是一个英雄爱美人的故事。

东吴政权的兴起,是孙家父子的功劳。孙权哥哥孙策少年英俊,为孙家开辟江东天下发挥了极为重要的作用。这位孙郎不仅作战英勇，而且还是一位美男子。他和他的同学、战友周瑜在战斗的途中娶了一对姐妹花，世人传为美谈。

东汉建安四年，孙策从袁术那里得到三千兵马，立志到江东创业。在同窗好友周瑜的扶持下，一举攻克皖城。在皖城东郊的乔公寓所，偶遇乔家两个女儿，这两个女儿长得可是国色天香，聪慧过人，远近闻名，但尚待字闺中。孙郎和周瑜向乔家老爷子求婚，得到了乔公的允许。孙郎娶了大乔，周瑜娶了小乔。一对姐妹花，同时嫁给了两个天下英杰，一个是雄略过人、威震江东的孙郎，一个是风流倜傥、文武双全的周郎，堪称美满姻缘。英雄配美女，惹得后世文人羡慕不已。后世文人以他们为题材，写了很多诗，比如杜牧说："折戟沉沙铁未销，自将磨洗认前朝。东风不与周郎便，铜雀春深锁二乔。"苏轼说："遥想公瑾当年，小乔初嫁了，雄姿英发，羽扇纶巾，谈笑间，樯橹灰飞烟灭。"辛稼轩说："醉里客魂消，春风大小乔。"

《三国演义》更是将大乔小乔拉进三国的斗智斗勇中。本来，曹操建铜雀台与大乔小乔没有一点关系。诸葛亮为了拉拢吴国去斗曹操，他和周瑜玩起了激将法。见到周瑜，诸葛亮佯装不知大乔、小乔是孙策、周瑜之妻，便说曹操是好色之徒，建铜雀台就是为了得到江东二乔。周瑜开始时不太相信，问诸葛亮有什么可以证明。诸葛亮说，曹操曾命他的儿子曹植做《铜雀台赋》。诸葛亮添油加醋背诵这个赋，其中两句："立双台于左右兮，有玉龙与金凤。揽二乔于东南兮，乐朝夕之与共。"周瑜听到此番狂语能不大怒？

大乔嫁给孙策之后，孙策忙于开基创业，东征西讨，席不暇暖，夫妻相聚之时甚少。仅仅过了一年，孙策就因被前吴郡太守许贡的家客刺成重伤而死，年仅 26 岁。当时，大乔也就 20 出头，青春守寡，她独自抚养尚在襁褓中的儿子孙绍。小乔的处境比姐姐好一些,她与周瑜琴瑟相谐,恩爱相处了11年。在这11年中,周瑜作为东吴的统兵大将,江夏击黄祖,赤壁破曹操,南郡败曹仁,功勋赫赫,名扬天下。可惜天不假寿,年仅36岁就病死了。这时,小乔也就30岁左右。

这个英雄爱美女的爱情故事,很适合人们传播,加上《三国演义》的影响力很大,使得大乔小乔的知晓度非常高。直到今天,台湾导演吴宇森在拍《赤壁》电影时,还把小乔作为一个重要的角色来塑造。

二

这是一个文人爱上妓女的故事。

东晋时代,建康是一个非常繁华的都城。王谢两大家族就居住在秦淮河畔。两大家族有很多故事发生,就爱情故事来说,王献之与桃叶的爱情故事算是最有名的。

王献之是王羲之的第七个儿子,子承父业,书法造诣也极深。王献之的第一个妻子,是他的表姐郗道茂。两人青梅竹马,感情笃深。可是这位大才子被皇帝的女儿新安公主看中。在那样一个士族社会里,做驸马是件非常荣光的事。可是王献之不愿意放弃自己的妻子,便采取了自残的方式来拒绝。可是在一个等级森严的社会里,与皇帝作对是没有好下场的,最终他还是屈服了。他娶了东晋简文帝的女儿新安公主司马道福。而他的发妻不得不在孤苦伶仃中老去。做了驸马,似乎也没有带给他多少快乐。在秦淮河畔遇见了秦淮名妓桃叶,两人一见钟情。王献之娶桃叶为妾。桃叶还有一个妹妹桃根,据传也做了王献之的妾。王献之对桃叶十分宠爱。桃叶的家也许就在秦淮河的北面,王献之经常到秦淮河的这个渡口迎接爱妾。秦淮河风浪很大,王献之还作歌安慰她:"桃叶复桃叶,渡江不用楫。但渡无所苦,我自迎接汝。"

一个是风流才子,一个是美人才女。才子爱上了青楼女子。女子做了才子的小妾。才子佳人的故事就这么定型了。后来秦淮河上发生的爱情故事,脱不了这个范式。王献之当年迎送桃叶的地方叫桃叶渡,后来成为金陵一处重要的名胜。后世文人到南京,总会想到到桃叶渡去看看,怀古之余,不无艳羡之情。吴敬梓说,人间重美人,古渡存桃叶。

三

这是一个不爱富贵、追求真爱的爱情故事。

故事的主角叫莫愁女,南朝时代莫愁女故事就流传甚广。梁朝开国皇帝萧衍在民歌的基础上创作了《河中之水歌》:"河中之水向东流,洛阳女儿名莫愁。莫愁十三能织绮,十四采桑南陌头。十五嫁于卢家妇,十六生儿字阿侯。卢家兰室桂为梁,中有郁金苏合香。头上金钗十二行,足下丝履五文章。珊瑚挂镜烂生光,平头奴子提履箱。人生富贵何所望,恨不嫁与东家王。"

这位洛阳女儿本是贫家女,嫁入富贵之家后,享受到了荣华生活,但她内心仍渴望着嫁给自己的心上人。唐代有人认为这个心上人是魏晋时的美男子王昌。元稹《筝》:"莫愁私地爱王昌。"李商隐《代应》:"本来银汉是红墙,隔得卢家白玉堂。谁与王昌通消息,尽知三十六鸳鸯。"也许诗人的"东家王"不是实指,而是指自己的意中人。

萧衍写的这个乐府歌辞,与南京本没有多少关系,他是根据民歌整理出来的莫愁女故事。但后来这个故事以讹传讹,将湖北钟祥的石城错认成了南京的石城,莫愁女也落户在了南京。南京还用了一个湖的名字作为报答。这个湖便是莫愁湖。

关于莫愁女的爱情故事,有多个传说版本。一说,莫愁来自洛阳,远嫁卢家,莫愁女勤劳、善良,婚后,丈夫奔赴边疆,音信久绝,她不堪受人欺负,投湖自杀。也有一说,莫愁是一位歌女,但她一直追求自己的爱情。不论什么版本的传说,有一点是肯定的,那就是这位莫愁女美丽、贤惠,她不羡慕富贵,对爱情忠贞不二。这个形象很符合传统文人的道德标准及审美范式。一汪美丽的湖水,加上一个爱情传说,湖水顿时生动了许多。后代文人到莫愁湖,不仅在"莫愁烟雨"上大做文章,还对这位美丽的莫愁女赞赏有加。

四

这是一个人鬼情未了的故事。

故事发生在东汉末,但流传在六朝时期。主角叫青溪小姑,是秣陵尉蒋子文的三妹。蒋子文因追逐强盗至钟山脚下负伤而死,与所乘白马一同葬于钟山。那时,他的三妹青溪小姑尚待字闺中。父母早已过世,现在又闻得哥哥的不幸,青溪小姑万念俱灰,一头扎进了青溪追随哥哥而去。后人在钟山脚下建蒋王庙,纪念蒋子文,在蒋王庙后殿为青溪小姑立像。再后来又在紫金山下的青溪河畔为之专门立青溪小姑祠。民间还流传这样的民歌:"开门白水,侧近桥梁。小姑所居,独处无郎。"好事的文人据此又编了一个故事:有一天,客居金陵的会稽人赵文韶,在青溪中桥下散步,忽然思念起故乡来了,就唱起《乌飞曲》。他情真意切的歌声,惊动了独处无郎的青溪小姑,遂前往对歌。二人一见钟情,分别时两人还互赠了信物,第二天,赵文韶路过青溪小姑祠时,发现自己送的信物竟然挂在神桌上,一看青溪小姑塑像,是昨夜对歌相许之人。青溪小姑还唱道:"日暮风吹,叶落依枝。丹心寸意,愁君未知。"

这个人鬼相恋的故事最早见于齐梁时代吴均的志异小说集《续齐谐记》,六朝时故事流传甚广。到了唐代故事还在流传。李商隐诗云:"重帷深下莫愁堂,卧后青宵细细长。神女生涯原是梦,小姑居处本无郎。"在中国古代,人鬼、人仙相恋的故事很多,这类《聊斋志异》的故事,很适合做中国人树下灯前、茶余饭后的谈资。

五

这是一个青梅竹马的爱情故事。

非常感谢李白,他在诗中为后人描绘了一幅纯净、清丽的爱情小品。

"妾发初复额,折花门前剧。郎骑竹马来,绕床弄青梅。同居长干里,两小无嫌猜。十四为君妇,羞颜未尝开。低头向暗壁,千唤不一回。十五始展眉,愿同尘与灰。常存抱柱信,岂上望夫台。十六君远行,瞿塘滟滪堆。五月不可触,猿声天上哀。门前迟行迹,一一生绿苔。苔深不能扫,落叶秋风早。八月蝴蝶黄,双飞西园草。感此伤妾心,坐愁红颜老。早晚下三巴,预将书报家。相迎不道远,直至长风沙。"(《长干行》)这是一首商人妇的爱情叙事诗。诗以商人妇自白的形式娓娓道来,抒写了她对远出经商的丈夫的真挚的爱和深深的思念。这对爱人从天真烂漫的童年嬉戏,到初嫁时的羞涩、新婚的喜悦、丈夫外出的思念,写得缠绵、细腻。尤其是诗人关于"青梅竹马,两小无猜"意象的提炼,后来成了中华文化的经典意象。

六

"秦淮八艳",但唯独有李香君的故居尚在。李香君故居位于秦淮河畔来燕桥南端,夫子庙钞库街38号。如果是外地人到秦淮河旅游,没有不去李香君故居参观的。如果是深谙南京历史的人一定知道,这个故居只是一个替身,真正的媚香楼早已消失在历史的尘埃里了。但用这样一个象征性的故居来纪念这位如桃花般灿烂的烈女,显示出南京这座城市的气度。

毋庸置疑,桃花扇的故事是南京最有影响的爱情故事。这个故事的主角就是李香君和侯方域。

明代末年,曾经是明朝改革派的"东林党人"侯方域逃难到南京,重新组织复社,和曾经专权的太监魏忠贤余党、已被罢官的阮大铖作斗争。在秦淮河畔,他结识了名妓李香君。两人产生了爱情,信誓旦旦,要相守一生。阮大铖匿名托人赠送丰厚妆奁以拉拢侯方域,被李香君知晓后坚决退回。阮大铖怀恨在心。弘光皇帝即位后,起用阮大铖。阮大铖趁机陷害侯方域,迫使其投奔史可法。阮大铖还强逼李香君嫁给田仰作妾。李香君坚决不从,血溅桃花扇。南明灭亡后,李香君入山出家。扬州陷落后侯方域逃回寻找李香君,最后两人出家学道。

《桃花扇》是清朝戏剧作家孔尚任用了十年时间苦心创作的传奇剧。《桃花扇》一问世就轰动京城,人人争相抄阅,一时洛阳纸贵。李香君因此在"秦淮八艳"中更加凸显于世。她的爱情悲剧故事也广为流传,成为家喻户晓的女性形象。孔尚任自己说,他的桃花扇故事是忠实于史实的,他是"借离合之情,写兴亡之感"。在那个改朝换代之际,一些士大夫放弃原则,随时准备改换门庭。反而是妓女们用性命来维持自己的贞节和道德大义,这实在是明朝末年的一大悲哀!李香君本来不过是秦淮河畔一个妓女,但是由于她深明大义、疾恶如仇,具有强烈的反抗精神和民族气节,虽平微之身,却具"威武不屈、贫贱不欺、富贵不移"的高贵品质。侯方域与李香君的爱情故事,打上了晚明社会的深刻烙印,交织着动荡时代的历史风云。读来让人有回肠荡气的感觉。由于触及到了政治,孔尚任也因此被康熙罢了官。

一段桃花扇的动人故事,让李香君成为中国历史上最著名的一位绝代名妓、秦淮河畔一颗璀璨的明珠。

七

这是皇帝宠爱自己女人的故事。

先要搞清楚一个问题:皇帝有爱情吗?皇帝万人之上,有着三宫六院,粉黛三千,佳丽如云,要谁谁敢说半个不字?但皇帝也是人,在中外历史上,皇帝的爱情不仅有,而且有的还感天动地。白居易写的《长恨歌》就是为唐明皇与杨贵妃的爱情唱的赞歌。

南京是十朝都会,有那么多皇帝在南京登基,其中有两个皇帝对自己的妃子有着非同一般的感情,如果叫爱情也无可厚非。只是很遗憾,他们都是末代皇帝,所以,感情也都被打上了悲剧色彩。

陈朝的最后皇帝是陈叔宝,这位陈叔宝非常喜欢他的妃子张丽华。为了讨心爱的人喜欢,陈叔宝在光昭殿的前面建造临春、结绮、望仙三阁,陈叔宝自己住在临春阁,张丽华住在结绮阁,龚、孔二贵嫔住在望仙阁,三阁之间还有通道可以互相往来。陈叔宝是一位很会享受的皇帝,他经常大宴宾客,写诗作词,配上乐曲歌唱。当时创作的曲子就有《玉树后庭花》《临春乐》等。好景不长,隋朝军队很快打到南京城,陈叔宝得知隋军已至,便与张丽华、孔贵嫔躲藏到井里。但被隋军兵士抓了上来。张丽华被处死在青溪旁。

南唐后主李煜,在皇后大周后周蔷死后,爱上了大周后的妹妹周薇。周薇长得漂亮,也十分聪慧。有史料记载,早在大周后生病期间,周薇就出入宫中,这让大周后十分生气。大周后病逝三年之后,李煜娶了如花似玉的小姨子。那年,小周后刚刚18岁。小周后非常喜欢打扮,很有情调,比如她非常喜欢绿色的服饰。李煜是一位文艺男,他作的词,也极有感觉。可以想见,李煜与小周后在一起是很浪漫的一对。可惜,李煜治国无策。赵匡胤的军队很快便打到了南京。南唐政权瓦解,李煜率领臣子、眷属做了俘虏,成了阶下囚。不仅如此,看到小周后如此美貌,宋太宗赵光义当上皇帝后竟然强奸了小周后。同时代有画家以此为题材画了一幅《熙陵幸小周后》。熙陵,指赵光义。对于李煜来说,这简直是奇耻大辱。这样的结局着实令人同情。

李煜的词写得好,现有的词中不少是缱绻缠绵之作,有人认为这些词有的就是为小周后而作的,比如《菩萨蛮·蓬莱院闭天台女》《菩萨蛮·花明月暗笼轻雾》《喜迁莺·晓月坠》等。

关于他们的爱情故事,明清时代都有演绎。明人王世贞撰写的传奇小说《艳异编》,对小周后的逸事有详细记载。清人张廷华的《香艳丛书》南唐卷、民国时期许慕羲的《宋代宫闱史》对李煜与小周后的爱情故事也有演绎。

八

这是一个新思潮冲击下的新爱情故事。

民国时期,在新的思潮冲击下,中国人的恋爱观发生了巨大变化,特别是在一些受过良好教育的知识分子阶层中更为明显。民国时期的一些名人往往都曾有过非同一般的婚恋经历就是一个明证。比如胡适、徐志摩、郁达夫、郭沫若、鲁迅等等,他们有的自小家庭有婚约,等到留学西洋东洋,睁眼看世界,觉醒起来,开始追求自由恋爱。有的对婚姻不满意,勇敢地放弃,开始追求新的恋人。在追求的过程中,他们往往又遭遇到了很多曲折。所以,民国那些名人的爱情故事,直到今天还为人们所津津乐道。

民国时期的首都南京,集聚着很多政要、教育家、学者、文人、艺术家等精英,这些精英往往具有中西文化教育的背景,思想相当开放,这里发生爱情故事也就不足为奇。在诸多名人爱情故事中,艺术大师徐悲鸿的爱情故事算是一个突出的代表。

徐悲鸿在南京生活了十年。他在南京傅厚岗6号的公馆"无枫堂"至今保存完好,这里算得上是他爱情的伤心之地。

徐悲鸿受聘为中央大学教授后,举家由上海迁来南京,在国民党元老吴稚晖的帮助下,在南京鼓楼坡的北面买了一块地,建了一座别墅。他和妻子蒋碧微就住在这幢别墅里。

徐悲鸿与蒋碧微的结合当时曾传为佳话。蒋碧微生于宜兴的望族,是蒋家的次女,本名棠珍。1916年其父蒋梅笙在上海复旦大学当教授,蒋碧微随父在上海读书。当时徐悲鸿从家乡宜兴到上海发展,经人介绍去拜访这位前辈乡贤,徐悲鸿的人品才貌不但深得这位前辈的赏识,也赢得了蒋碧微的芳心。可惜的是,蒋碧微在13岁时就由其堂姐做主,许配给了苏州的查紫含。徐悲鸿带着蒋二小姐偷偷到日本留学。徐悲鸿将刻有"碧微"二字的水晶戒戴到她的手指上,"蒋棠珍"由此成了"蒋碧微",时年18岁。女儿和人私奔,对名门望族的蒋家来说是件很不体面的事,蒋家无奈之下,只得宣称蒋棠珍已因疾病身亡,并在宜兴家中设了灵堂。在日本,在欧洲,蒋碧微和徐悲鸿度过了一段同甘共苦的日子,徐悲鸿曾以蒋碧微为原型创作了著名的《吹箫》。

后来情况发生了变化。徐悲鸿在中央大学艺术系任教时认识了女学生孙多慈。他非常欣赏孙多慈的艺术天赋。这位孙多慈可是名门之后,她的父亲是国民党安徽省常委孙传瑗,祖父是清末工、礼、吏、户部尚书和中国首任学务大臣孙家鼐。蒋碧微察觉到了他们之间非同一般的师生感情,曾经大吵大闹,弄得满城风雨。公馆落成时,孙多慈以学生身份送来枫苗百棵,蒋碧微得知此事,大发雷霆,让人拔去枫苗。徐悲鸿也不甘示弱遂将公馆称为"无枫堂",称画室为"无枫堂画室",并刻下"无枫堂"印章以示纪念。还将别墅命名为"危巢"。这是否意味着徐悲鸿与蒋碧微的感情也到了不可收拾的地步?

徐悲鸿与蒋碧微分了手。而慈悲恋也由于孙多慈的父亲强烈反对没有结果。孙多慈后来经人撮合嫁给了当时的浙江省教育厅厅长许绍棣。这位许绍棣后来与郁达夫的妻子王映霞传出绯闻。蒋碧微后来与张道藩成了一对恋人。徐悲鸿与廖静雯结成连理。孙多慈与蒋碧微都去了台湾。

1953年,年仅58岁的徐悲鸿英年早逝。据传,噩耗传到台湾时,蒋碧微正在中山堂看画展,她在展厅门口刚签好名字一抬头,正好孙多慈站在了她面前,这对几十年前的情敌,一时双方都愣住了。蒋碧微先开了口,把徐悲鸿逝世的消息告诉了孙多慈,孙闻之脸色大变,眼泪夺眶而出。孙多慈为恩师守了三年孝。

一代艺术大师徐悲鸿的爱情故事可谓是一波三折,他的故事折射出浓厚的时代特征。

天涯何处无芳草。芸芸众生,爱情如芳草连绵不绝。只不过,有的爱情是默默无闻,有的则是惊风泣雨。古往今来,南京的爱情故事何其多,以上撷取的只是不同时期发生在南京的几个流传甚广的爱情故事,有的是现实版,有的是传说版,有的是文学版,如此考察下来,我们会发现,南京的爱情故事有自己的特征:

一是南京拥有美丽的山水城林,古迹名胜众多,古有"四十八景"之说,城市拥有烟水气质,这些都为爱情的滋生提供了天然的土壤。尤其是千年秦淮河,简直就是一条爱情之河。秦淮风月,似乎概括了南京城市的另一种浪漫气质。

二是南京是帝王之都,王气之城,江南政权的第一重镇,政治色彩十分浓厚。在漫长的历史上,这个城市的方方面面似乎都抹上了政治色彩,爱情也不例外。以秦淮河畔的爱情故事,最具代表性。

三是南京给人的第一印象是古都,所以,在过往的历史上,人们对南京的印象就是怀古。在历代写南京的诗文中,怀古成了一以贯之的突出主题,而对于南京的爱情故事,则往往是忽略掉的。梳理一下南京的爱情故事,我们相信,南京不仅是怀古之城,而且也是一座浪漫之城。

天下几诗城

一

特洛伊城早已消失，但《荷马史诗》永存。

罗马城早已不是那时的罗马，但维吉尔、贺拉斯的诗歌永存。

六朝的建康城早已荡然无存，但谢灵运、谢朓歌咏建康的诗歌永存。

长安城早已成为历史名词，但关于长安的诗歌永存。

城池经不住战火的摧残、岁月的风化、人为短视的破坏。千百年来，时光之河冲刷下的城池，绝大部分变得面目全非。毁了再建，建了再毁。此城非彼城。

但，关于这个城池的诗，却能永久地流传下去。

所以说，诗是一个城的记忆，而且是最美好的记忆。诗，就像一个美丽的幽灵，长久地飘翔在这个城市的上空。

城市，真的应该感谢那些来过的诗人。他们用纤细入微的触觉，感知彼时的风物，并且用精炼、美妙的文字，固化成一片片美丽的"化石"。后来城里走过的一代代人，拨开历史的尘埃，端详这些美丽的"化石"，想象着这座城市往日的诗意与辉煌，顿时有一种似梦非梦的惊觉:啊,那时的城市是这个样子?

二

　　中国是一个诗的国度。在过去很长的时间里,人们对于诗一直是顶礼膜拜的。在中国的城市中,叫做"诗城"的还真不算少。

　　江油,四川的一个地级市。江油人坚信李白就出生于江油的青莲乡。如今,江油建有李白纪念馆。他们说,江油诞生出如此伟大的诗人,难道不是"诗城"?

　　成都,四川首府,西部重镇。在历史上,成都的地位一直很高,尤其在唐代,就有"扬一益二"的说法。扬州第一,益州(成都)第二。这个城市曾经很繁华,也很诗意。杜甫就曾说"花重锦官城"。杜甫在这里的草堂生活了4年,创作了200多首诗。后人捕风捉影建的草堂,今天成了成都的文化地标。历史上,到过成都的诗人,可以列出长长的一串,关于成都的诗歌也是不可胜数。成都人说,成都理所当然是一座"诗城"。

　　奉节,古称夔州,过去属于四川,现在属于重庆。一个长江边的古城。它还有一个很古老很响的名字——白帝城。李白那首《早发白帝城》很有名,读书人没有不会背诵的。还有,杜甫曾在这里生活了两年多,竟然创作了400多首诗。那首被后人称为"古今七律之冠"的《登高》(风急天高猿啸哀)就是在这里创作的。历代的著名诗人如陈子昂、王维、李白、杜甫、孟郊、刘禹锡、白居易、苏轼、陆游等都曾到过这里,并且留下佳作。奉节人很自豪地说,他们的城市是"诗城"。很可惜,长江三峡建起后,奉节老城已经被江水淹没。在新城里说"诗城",底气终归是不足的。

马鞍山，是长江下游的一个江滨城市。李白的归葬地就在离这个城市不远的当涂县青山。在马鞍山的采石矶上，还有纪念李白的衣冠冢、太白楼。李白晚年，投靠了他在当涂当县令的从叔李阳冰。已是人生暮年的李白，身体状况不好，自感时日不多，便将自己的诗集托付给了李阳冰。李阳冰将李白"十丧其九"的诗文整理成《草堂集》，这样李白的诗歌才得以传世。从行政区划来说，今天的当涂属于马鞍山市管辖。马鞍山这座工业城市，十分重视李白这个文化资源，每年都要举办李白诗歌节，迄今已经举办了20多届。他们一直坚称马鞍山是一座"诗城"。

济南，以泉水闻名天下。历代到过济南且写过泉水的诗人，也非常多。李白、杜甫、苏轼、欧阳修、曾巩、李清照、辛弃疾、黄庭坚、元好问、张养浩、李攀龙等诗人都与济南有过交集，留下了很多诗篇。济南人说：多少诗人生历下，泉城自古是"诗城"。

李白、杜甫，一个是诗仙，一个是诗圣，江油、成都、奉节、马鞍山这四座城市都因为与这两位大诗人发生过关联而称自己的城市为"诗城"，表达出这几座城市对于大诗人的崇敬、对诗歌的推崇。哪怕是出于宣传推介自己城市的目的，这样的自觉意识，本身就值得称道。一个对自己城市的历史、文化都不尊重的城市，很难给人留下什么印象，也很难有什么大的发展。至于他们的城市能不能称得上"诗城"，我想，还是让读者慢慢去接受吧。在诗国里，多几个诗城，应该是一件浪漫的好事。

在我的心目中，南京，真正能称得上"诗城"。

南京山水之美，古来共谈。孙中山就曾说过，南京不仅有山，还有水，加上平原，三者兼有，在世界城市中不多见。再加上千年的文化积淀，使得整个城市兼具山水之美与人文之美。明清以来，南京有"金陵四十八景"之说。在国内城市中，能够数得上四十八景的能有几个？从六朝的东吴开始，南京就作为都城存在，所以，积淀了深厚的文化内涵。也正是这种文化内涵吸引了很多文人前来膜拜。所以，每一个朝代都会有著名的诗人来到南京，他们或游览，或访友，或怀古，或居住，并且留下了多如牛毛的诗作。写中国古代诗歌史，毫不夸张地说，几乎有一半的篇幅涉及南京。在中国，只要稍具文化的人，就可以随口念出有关南京的诗歌。

南京还曾是中国诗歌评论的发源地。早在南朝，就出现了两部极为重要的文艺批评巨著，一本是刘勰的《文心雕龙》，一本是钟嵘的《诗品》。特别是《诗品》在很多方面开创了中国诗歌评论的先河。

南京的城市诗意，早就被人发现，并在一定程度上达成共识。比如，很早就有人说南京这座城市具有六朝烟水气，烟水气是什么，谁也说不清，其实，是一种文化的积淀，是一种诗意的氤氲，是一种文气的氛围。这种诗意，代代濡染、传承，它会溶化到这个城市的点点滴滴中。

因此，我以为，南京真的无愧于"诗城"这一称号。

三

城因诗显。诗的出名，对于城市的文化，不仅起到画龙点睛的作用，而且起到了很好的推广作用。比如，苏州的枫桥，因为张继的那首《枫桥夜泊》而出名。武汉的黄鹤楼，因为崔颢的《黄鹤楼》而增色。西安的大雁塔，因为杜甫、岑参、高适、白居易等人的诗歌而熠熠生辉。城池，因为这些智慧的杰作，而显得格外厚重。更重要的是，诗为城池增添了很多的诗意。

岁月之河，静静流淌。存在与消失，在河水中流转。"江山留胜迹，吾辈复登临。"很多城市的风景，不曾在时光里消失，幸运的留存，使后人多了一个访古怀旧的去处。走在风景里，念起多少年前的诗歌，会是一种穿越时光的诗意对话吧。

物换星移。城市留存下来的风景毕竟有限，很多都被淹没在时光之河里。比如，古都金陵就曾有很多的风景，凤凰台、赏心亭、新亭、劳劳亭、孙楚酒楼……曾经非常有名，然而今天都已经消失了踪影。不，从另一个意义上说，它们没有消失，它们至今仍存在于诗文中。在一个静静的夜晚，当你打开这个城市的诗卷，读到那些诗人彼时的所见所感，心里会微微一颤。那个时候，你会相信，这些城市的所有风景与诗意，不仅仅属于昨天，也属于今天和明天。

第二辑 怀古之城

古董铺子

去哪里怀古？

——南京。

我国有很多古都古城古镇,但我以为,最好的怀古城市是南京。朱自清先生曾经说过,逛南京,就像逛古董铺子。诚然!

西安、洛阳、开封、北京、杭州都是古都,当然也可以去怀古。北京,明清的建筑很多,但古味都被庞大的现代化水泥建筑所淹没了。到了杭州,你只想看西湖的自然美景。到了开封,你可能只记得那太有名的《清明上河图》,你定会循着历史的记忆去寻找宋代的影子,很遗憾你看到的都是现代人造景观。真正的开封古城是被几层淤泥覆盖了。洛阳,牡丹的名气太大,你可能只想一睹牡丹芳容,洛阳留下的古迹实在是太少了。西安,当然也是一座适合怀古的城市。但我总觉得,西安像它的四四方方的城墙和平坦的土地一样,宏阔而大气,但似乎缺少一种低回委婉与神秘莫测的气质。而这一点,恰恰是怀古所需要的。

南京不一样。从没有哪个城市像南京那样经历过大盛大衰、大喜大悲、大荣大辱、大起大落。这里有很多神秘的意象比如金陵王气、六朝烟水气等等,让人看不清,也说不明。这样的氛围也最能让人流连、叹息。所以,我说,南京确实是一座适合怀古的城市。

尽管南京是千年古都,但历史留存下来的实物并不多。要知道,中国古代朝代更迭,后朝对前朝总是报复性地毁灭。南京曾经历过多次的毁灭,所以,很难留下什么东西。从东吴开始,到"中华民国",先后有十个朝代在南京建都。建都的时间总共有450年。虽然看不到很多的遗物,但我想,这丝毫不妨碍你到这个城市去怀古。有时候,太完整太完美了,反而没有了沧桑感。断壁残垣、破砖碎瓦,更能让我们看到岁月的痕迹。

六朝历史看南京。

六朝300多年,在中国的历史上只是偏安江南,尽管不能代表整个国家,但积聚了当时最优秀的人才,经济、文化、宗教等都达到了一个相当的高度。我总觉得,六朝像一片飘忽不定的烟云,神秘莫测,让人玄想。所以,从唐代开始,历代的文人都喜欢到金陵来怀古,并留下了很多诗文。如果把这些诗文集在一起,是一本厚厚的集子。六朝的宫殿和其他的一些建筑早已没有了踪影,但到了这个城市,还是可以寻觅到很多六朝的印迹。石头城,是东吴大帝时代的遗物,尽管你现在看不到当年江水惊涛拍岸的情景,但透过那些经过淘洗的石砾,可以怀想东吴水军当年的盛况。台城是南朝宫殿之所在,但站在台城的旧址上,读着韦庄的"无情最是台城柳,依旧烟笼十里堤",你会仿佛看到六朝的杨柳迎风婆娑。走进乌衣巷,来到朱雀桥边,吟咏刘禹锡的"朱雀桥边野草花,乌衣巷口夕阳斜",你仿佛看见王、谢豪门贵族在这里进出的身影。胭脂井,你不可不去,它就在鸡鸣寺不远处的古城墙边。当隋军攻下建康城时,陈后主带领张贵妃、孔贵妃就躲在这个井内。六朝在这里画上了一个凄婉的句号。寻找六朝,一定要去看看六朝的石刻。那些散落在南京郊区的20多处六朝石刻,原来都是六朝王侯将相陵墓的标志,然而陵墓没有了,这些烙下六朝印记的辟邪、麒麟们仍然坚守在这块土地上,似乎仍在诉说着千年的沧桑。六朝松,你一定要去朝拜。它可是六朝时栽种至今唯一活着的生命。它就在今天东南大学的校园里。1500岁了,依然郁郁葱葱。

你如果要寻找明代,那你一定要去看看明城墙。在国内,保存有明代城墙的城市有南京、西安、辽宁的兴城、湖北的荆州与襄阳、浙江的临海、安徽的寿县,但只有西安和南京的明城墙保存得最长、最好。如果要看南京的城墙,那你一定要去明人修的城墙旁走走。城墙里的每块城砖上都刻有制作者的名字。相比之下,当代人补修的城墙,显得粗糙马虎,不足为观。明故宫遗址,那些巨大的石础,散落在原址上,孤零而寂寞,看见它们可以想象当年朱皇帝皇宫的辉煌。明孝陵前的墓道石刻,那些石骆驼、石象历经600多年的风雨,依然栩栩如生,仿佛在诉说着大明王朝的繁盛。

你如果寻找民国,那你一定要到东郊的梧桐树下走走,那些与民国同龄的大树都是关于那个时代最鲜活的记忆。太阳透过梧桐树叶落在路面上,留下了一丛丛斑驳的影子,像过去了的百年的日子,清晰而模糊。在这个城市里,还散落着近百处民国的老房子,你一定要找几处看看,那是民国的影子。站在那些西式的别墅前,静静地回首那些并不遥远的岁月,仿佛会觉得小楼的主人马上会走出来和你打招呼呢。

到南京去怀古,而不是旅游,那是断不可按照旅游指南上去跑的。旅游与怀古有着很大的区别。旅游,是"我到过了",是匆匆的一瞥,是几张正面的照片。而怀古,则是慢慢走,慢慢品味,慢慢感觉。

南京可供怀古的地方实在太多了。

就山来说,栖霞山有千年的古寺,牛首山有岳飞大战金兀术的古战场,钟山的周围有太多的历史遗迹,你可以慢慢地品味。就水来说，长江、秦淮河、玄武湖、莫愁湖，哪里都流淌着故事。水对南京来说，具有非同一般的意义，尤其是那条秦淮河，被人们想象着流淌着六朝金粉，那秦淮河畔曾发生了多少凄艳的故事。就寺庙来说，南朝四百八十寺，当然现在没有那么多了，但是走进古鸡鸣寺、栖霞寺、灵谷寺，都会让你若有所思、参悟人生。南京的老街巷，如长干里、乌衣巷、评事街、三山街、桃叶渡等等，每一个巷子里头都承载着说不完的故事。只是很可惜，在上个世纪 80 年代城市建设大潮中，拆掉了很多老街巷，现在剩下的城南老巷子，依然值得你去走一走。

到南京怀古，你得准备有一场"艳遇"。你肯定听说过"秦淮八艳"，其实，何止是"八艳"，从六朝开始，秦淮河畔就粉楼林立，佳丽如云。那些风尘女子，不仅如花似玉，而且很有才情，琴棋书画，诗词歌赋，似乎都不让须眉。才艺是她们生存的手段，是弥补身份卑微的重要砝码。但她们也是有自己品性的人，尤其是明末清初秦淮河畔的那些风尘女子，在国家沦亡时所表现出来的非凡气节，总是让后人津津乐道。从小的历史观看，她们在关键时候，确实表现出爱憎分明的民族气节。到秦淮河边的李香君故居去看看吧，那里还可以找到一点点"秦淮八艳"的影子。如果是月色朦胧的夜晚，走在古老的秦淮河畔，你的眼前也许会浮现那一张张想象中的"八艳"们的面孔。

到南京去怀古，一定不要忘记带上一本唐诗宋词，边走边读。历史上关于南京的古诗词，实在太多了。脚踩在六朝的土地上，吟咏古人诗歌，穿越时光，与古人神会，念想当年与曾经，感怀岁月之沧桑，悲矣？叹矣？

到南京去怀古，何时为宜？夏天和冬天是不适合去的。冬天，南京太冷。夏天又太热。最好是春天，或者秋天。若是春天，最好是江南烟雨天,那时到古金陵能让你领会到一份六朝烟雨般的朦胧美。若是秋天,那明代石象路上的秋色、那栖霞古寺旁的枫叶,会让你沉醉。最好是夕阳西下的时候,你到明孝陵的石刻前流连,在乌衣巷口徘徊,在六朝石刻前感怀。最好是趁着夜色,你去秦淮河泛舟。最好是月洒金陵,你再到城南的老街巷里,慢慢地走,你会发现,头顶上悬着的月亮仍旧是六朝月。

到南京去怀古,切忌大队的人马,最好是一二好友。还有,到南京去怀古,你的行程一定不能太急,得慢悠悠地走,慢悠悠地想,慢悠悠地品。

废墟的诗意

王朝的颂歌赞歌,能流传千古的,极少。而废墟,极容易触发诗人的灵感,继而开出让人感动的花朵来。

南京这座城市,从公元229年算起,至今已有1784年历史。在一千多年的历史里,十个朝代在这里建都。中国朝代的更替,总是伴随着摧毁。毁灭得没有一点印记才好,这样可以更换年号,一切从头再来。类似的改朝换代的大戏多次上演。所以,南京城,曾几度辉煌过,也曾几度毁灭过。南京在辉煌与毁灭中交替着。

辉煌的时候,南京是怎样的壮丽?六朝时期的南京城究竟是什么样的江左繁华?由于历史的久远,加上不断地毁灭,后人只能凭借想象去描摹当时的情景:巍峨的宫殿,宽敞的御道,如昼的灯火,富丽的园林,繁盛的市场,熙攘的人流……而在王朝繁盛的时候,总会有御用诗人去唱颂歌。最典型的要数陈朝的江总,此人很有才华,深得陈后主信任,官至尚书令。江总和一帮文人整天围着陈后主转,不持政务,宴游赋诗,莺歌燕舞,气象升平。殊不知,像江总这些弄臣的诗歌,文学史是不屑一顾的。

从辉煌到毁灭,似乎是南京在相当长时间内逃不过的劫。

毁灭的时候,这座城池几乎变成了一片废墟。

公元588那年,隋杨广渡江终结了江总服务的陈朝。他将前朝的宫殿焚毁殆尽。这座花了300多年经营的城池一夜之间几乎被夷为平地。所以，随后的唐朝的诗人们来到南京，看到的是一片废墟。

"吴宫花草埋幽径，晋代衣冠成古丘。"（李白）

"万户千门成野草，只缘一曲后庭花。"（刘禹锡）

"山围故国周遭在，潮打空城寂寞回。"（刘禹锡）

"商女不知亡国恨，隔江犹唱后庭花。"（杜牧）

"六朝文物草连空，天淡云闲古今同。"（杜牧）

"辇路江枫暗，宫廷野草春。"（司空曙）

"古堞烟埋宫井树，陈主吴姬堕泉处。"（陆龟蒙）

"楸树远近千家冢，禾黍高低六代宫。"（许浑）

……

我在看唐朝关于南京的诗歌时，一个总的感受就是——荒凉、失落、感伤、叹息。这些诗人到了南京后，总是要到六朝的宫殿去看看，总是要怀古、咏史。他们站在废墟前吟出的诗，总是与这些意象有关：倒塌的宫殿、野花野草丛生的道路、累累古丘、兀自摇曳的台城烟柳、朦胧的秦淮烟月、寂寞的潮水声……这些意象传达出的都是忧伤的底色。这是唐人定的调子，这个调子后来一直影响着后代人，以至于形成了诗人到了南京必会怀古、必会感伤、必会叹息的审美范式。

"晋殿吴宫犹碧草，王亭谢馆尽黄鹂。"（杨万里）

"六朝旧事如流水，但寒烟、衰草凝绿。"（王安石）

"六代衣冠委草莱，千官事业随云烟。"（王冕）

"寂寞避暑离宫，东风辇路，芳草年年发。落日无人松径里，鬼火高低明灭。"（萨都剌）

"空怅望，山川形胜，已非畴昔。王谢堂前双燕子，乌衣巷口曾

相识。听夜深、寂寞打孤城,春潮急。"(萨都剌)

"寂寞枯枰响沉廖,秦淮秋老响寒潮。"(钱谦益)

"前三国,后六朝,草生宫阙何萧萧。"(高启)

"六朝春草里,万井落花中。"(屈大均)

"秋来何处最销魂,参照西风白下门。"(王士禛)

"锦绣歌残翠黛尘,楼台已尽曲池湮。"(蒋超)

这样的诗句还可以列出很多。在有关南京的诗歌中,最能打动人的,就是这些怀古诗作,就是这些在废墟前的吟唱。

废墟,对于这座城市来说,是痛!是悲!对于诗人来说,废墟则是点燃诗思的火花,引发诗人感动的泪点。从这个角度看,废墟,成就了诗人。

余生也晚,加上上个世纪80年代才走进这座城市,自然见不到这座城市多少废墟了。但读有关南京的诗歌时,总是有一片片废墟在眼前晃动。有一天,我读到朱偰的《金陵古迹图考》《金陵古迹名胜影集》,看着南京百年前的那些老照片,心生无限沧桑感。一百年前的南京,还有许多废墟。如今,那些老照片里的古迹风景,大多消失了。当然,我心里很清楚,与其说是对废墟的留恋,不如说是对这个城市昨天历史的回味,是对废墟的诗意的回味。

今天的南京城经历过多次的大建设之后,已经很难见到一块空地,别说是很有年头的废墟了。崭新的水泥高楼和整齐的柏油路面,已经让物化的历史消失得无踪无影。如果要来南京怀古,只有翻看那些老照片了。

但有一处算得上废墟的古迹,幸存了下来,这便是明故宫部分遗址。整个明故宫南北五华里,东西四华里,现在保存下来的只是午门内的一小部分,但能够保存到今天已经是很了不起的了。自从朱棣迁都北京后,明故宫日渐荒废,到了清代,成了清兵驻守的场所。康熙三十八年(1699年),康熙皇帝第三次到南京,他在祭奠了明孝陵后,路过明故宫,看到的场景是:"道出故宫,荆榛满目,昔者凤阙之巍峨,今则颓垣断壁矣。昔者玉河之湾环,今则荒沟废岸矣。路旁老民,跽而进曰:若为建极殿,若为乾清宫,阶陛级,犹得想见其华构焉……顷过其城市,闾阎巷陌,未改旧观,而宫阙无一存者。睹此兴怀,能不有吴宫花草、晋代衣冠之叹耶!"昔日巍峨皇宫,今日成了一片废墟,见此情景,康熙皇帝感慨万千。后来,太平天国造宫殿,从明故宫遗址上移走了很多砖石。普陀山建庙,也曾从明故宫运走石料雕件。如此一来,一朝皇宫渐渐成了所剩无几的废墟。

万幸的是,后来的城市建设,将这里建成了明故宫遗址公园,保护了这片废墟。如今,午门仍在,内五龙桥仍在,还有奉天殿前的石壁雕刻仍在,巨大的柱础仍在,这些幸存的故宫遗物似乎在诉说着当年的巍峨与辉煌。抚摸已经被风雨打磨得光滑的石头,心里头似乎顿时领悟到了"岁月"、"兴衰"的含义,这也许就是废墟的魅力。

感谢地下

古人相信,地下会有另外一个世界。所以,他们中的很多人十分重视厚葬。于是,他们总是在最好的地方建造自己的陵墓。他们也不曾想到,日后有一天,这些陵园成了人们观赏的风景点,有的甚至成了人类的文化遗产。

在中国传统文化中,陵园成了一种独特的文化。地下成了久远年代物品保护的窖藏。我常常想,后人真的要感谢前人,感谢他们用另一种方式为我们保存了历史。如果没有远古时代墓葬遗址的发现,我们对于祖先的认识就会片面得多。如果没有兵马俑,如果没有法门寺及西安周边出土的那些文物,我们对秦代、唐代的历史认识,就不会像现在这样感性和全面。

外地的朋友来南京,陪他们去看南京的景点。末了,他们总会有这样的疑问:南京的陵园为何这么多？中山陵、明孝陵、雨花台、明代功臣墓、南朝石刻,等等,东西南北,到处都是与陵园有关的风景。我说,是的,这是南京文化厚重的一个独特标志。陵墓,用一种封闭的方式,为我们保存了物品、文化、历史的密码。如果没有这些陵墓,今天的南京恐怕什么也没有得看了。因为,这座城市的地上物品曾经多次遭受到彻底的毁坏。

南京从公元前 472 年越国大夫范蠡筑城长干里开始已经有

2500年的建城史，从孙权建都算起已经有450年的建都史。10个朝代在这里建都。很多王侯将相都与这座城市发生过关联。这座城市曾经历过极盛与极衰。盛的时候，极尽繁华。衰的时候，毁灭性的摧残。地面上的宫殿、珍宝，几乎被毁殆尽。所以，有的时候，这座城市除了名气大，除了一片废墟，什么也没有。但这座城市的地下则有着另外一个世界。那个世界里，伴随着帝王将相，埋葬有很多奇珍异宝。只是，有的已经被我们发现、打开，有的仍然尘封在地下。如果你留心南京的报纸，不时可以看见某某工地上又发现一个大墓、某某地方挖土机破坏了古墓之类的报道。最近几十年，南京挖出的古墓，已经不计其数。

在南京建都的10个朝代里，皇帝就有50多位，加上皇亲国戚，文臣武将，富贾巨子，他们死后一般都要去抢得好风水，再带一些宝物走。所以，在南京周边的山上、高地上，几乎都散布着各个朝代的陵墓。早在唐代，诗人许浑就说："楸梧远近千官冢，禾黍高低六代宫。"钟山之阳葬有孙中山、朱元璋、孙权等。钟山之阴葬有朱元璋的一些开国大臣。东晋的皇帝多数葬在富贵山和鼓楼岗南麓。南朝的一些王侯墓葬多集中在尧化门到栖霞山之间。幕府山西南的象山葬有六朝王氏大族。幕府山西侧的老虎山葬有颜氏家族。古石子岗（今雨花台一带）葬有谢氏大族。明代的一些大臣多集中葬在城南的雨花台、西善桥、将军山一带。近年来，城市建设脚步加快，人口增多，对过去来说很偏远的郊区如今也成了市区。由于建设挖地，这些古墓陆续被发现。

过去，我总认为，挖掘古人的墓，是件很不敬的事情。他们也曾是这块土地上的主人，为何要惊扰已经安息多年的古人？但又一想，南京这块土地上的陵墓实在太多了，而且都占得好位置。如果任其发展下去，这块土地不成了大坟场？还有，地下的那些宝物,永远埋于土中,任其腐朽,也实在太可惜了。

其实,在对待死亡的态度上,古人也是有很大反差的。少数人鉴于前朝陵寝被盗,主张薄葬。比如曹操就很通达,他的墓不树不封。曹丕也和他父亲一样,不主张厚葬。东吴大帝,只知道葬于钟山之阳,但没有人知道准确位置。但历史上多数皇帝、王侯是重厚葬的。他们要建造豪华的坟墓,希望在另一个世界继续享受荣华富贵,同时他们还用巨大的石头雕刻放在神道上,作为标志,向生人炫耀自己的身份。为了防止被盗,有的朝代还设有专职陵令之类的官位。尽管如此,陵墓被盗还是司空见惯的事。更何况这些皇帝、王侯在自己的墓前用神道上的石雕做了突出的标记。有的在皇帝死后不久就被盗,比如陈亡后,陈武帝霸先的政敌王僧辩之子王颁为父报仇,夜掘陈武帝陵。南朝以后,陵墓盗掘非常严重。宋代沈括说:"余又尝过金陵,人有发六朝陵寝,得古物甚多。"(《梦溪笔谈》)

如果都是薄葬,那也不存在地下的"保存"。所以,厚葬往往给后人带来了另外的惊喜。比如,南朝的皇帝、大臣喜欢建造豪华的神道,雕刻巨大的麒麟、辟邪石雕,放在神道上。六朝建都300多年,一座地上的房屋建筑也没有留下。只有分散在南京郊区的30多处石刻,成了六朝时代留下来的物品。今天,没有人知道那些王侯将相的墓在何处,但那些炫耀他们身份的石刻成了无价的珍宝。

过去,对于六朝时期的竹林七贤,我们只能通过有限的文字描述来了解他们,但直到竹林七贤画像砖的出土,我们的认识才更具体、更感性。这组画像砖是1960年在南京江宁西善桥宫山大墓中出土的。画像上每个贤人的神态、性格、气质,呼之欲出。如今,这组画像砖成了南京博物院的镇馆之宝。

元代青花瓷存世的不多。元青花"萧何月下追韩信"梅瓶1960

年从位于南京江宁观音山的沐英墓里出土,让人惊艳。沐英是明代朱元璋十分信任的开国功臣。他离世时带走了这只梅瓶。梅瓶高44.1厘米,线条圆润,雍容华贵,给人以凝重的美感。瓶上刻有"萧何月下追韩信"的故事。元代青花瓷国内存世的只有100余件,像"萧何月下追韩信"这样的青花梅瓶也只有3件,另两件已流传到国外,而且尺寸比这件小,釉色、纹饰也不及这件精美。这只梅瓶如今也成了南京博物院的镇馆之宝。

南京由地下发现的珍宝还有很多。比如,鼓楼岗附近的北阴阳营墓地共发掘了253座原始居民的墓葬,从这些墓葬分布情况看出,远在五六千年前,南京的原住民就生活在鼓楼岗一带。考古人员在死者的口中或身旁发现了47颗雨花石。这说明南京人早就喜欢雨花石了。

南京的地下还有多少珍宝?无人知晓。朱元璋花了30多年建造的墓至今未被发掘,他究竟带走了多少奇珍异宝,不得而知。南京的地下还有哪些王侯大族的墓葬,墓中还藏有哪些宝贝,只能留待时间说话了。

如果从古人厚葬的角度看,古人是自私的。但我想,我们也不要怨怪古人的自私。因为他们的自私,这些物品才得以保存至今。所以,对南京这座城市来说,真的要感谢古人,感谢地下,感谢陵墓。

六朝松

　　它生活在六朝的覆舟山即今天的小九华山下,玄武湖南边,东南大学校园里。

　　山,是六朝时的鸡笼山(今北极阁)、覆舟山(今小九华山)。湖,还是六朝时的玄武湖,只是水换了一波又一波。树,已经换了无数茬。只有你,一位老者,尽管身躯不再挺拔,腰肢已经佝偻,皮肤不再圆润,但拄着拐杖的你,依旧精神矍铄。屈指数来,今年的你应该有1500多岁了吧。

　　一个细雨如酥的春晨,走近你身边时,我惊愕不已。我带着膜拜的心情,虔诚地行着注目礼。我仔细打量着眼前的你:主干已经枯萎,完全靠树干外面的树皮传输养分。为了支撑整个树干,人们不得不在已经空洞的主干内注入了水泥沙石。令人称奇的是,你的虬枝依旧苍翠。你的生命力真的是太顽强了!

　　20年前,当我来到南京这个古老的城市求学的时候,就对六朝怀着十分景仰的心情。我在这座城市到处寻觅六朝的遗迹,感受六朝的气息。六朝,与南京这座城市密不可分。六朝就像梦一样缠绕着这座城市。这座城市的一切都濡染了六朝的底色。这座城市上空的月亮,被人们称为六朝月。这座城市的烟雨,被称为六朝烟雨。这座城市的烟水,被称为六朝烟水。这座城市的燕子被称为六朝燕。这座城市的六朝皇陵前的石雕,被称为六朝石刻。六朝,似乎就在城市的任何一个角落,但如果真的要去寻找、捕捉,又是无迹可寻。直到有一天,人们告诉我你的存在,我才确信我找到了六朝。因为你是六朝唯一活着的生命。

我循着讯息来到了你的身旁。人们告诉我,你的名字叫六朝松。人们还说,你是梁武帝亲手栽种的。

月升月落,斗转星移。一千多年过去了,南京这块土地上的很多生命都已经凝固了,定格了,消散了。只有你——六朝松,至今仍郁郁葱葱。

我知道,你生活的这座城市有着太多的苦难与屈辱。

我知道,你脚下的土地,是曾经的六朝宫苑。而就是在这里,曾经经受过一次次战火。辉煌的宫殿一次次被烧毁,而你却能逃过一次次劫难。梁朝时,侯景之乱,火焚水攻,建康城遭受了毁灭性的破坏,而你却侥幸存活了下来。隋朝时,隋文帝下诏将建康城荡平,并开垦成耕地,官署、宫殿等建筑全部拆毁,六朝古都再次化为一片废墟,而你又一次逃脱了厄运。1937年,侵华日军在南京大肆烧杀,你再次逃过了劫难。

我在想,这千年中,定会有暴雨如注,电闪雷鸣,南京城里定会有许多大树被闪电撕裂,而唯独你依然挺拔。

我在想,这千年中,定会有大雪压树,枝摧桠断,而唯独你经受住了雪压霜欺,巍然屹立。

我在想,就在你身旁的这块土地上,演绎了一幕又一幕繁华与衰落交替的悲喜剧,从你身旁走过了一代又一代人。那位不爱江山爱美人的陈后主和宠妃张丽华藏身的胭脂井就在离你不远处的台城旁。昭明太子就在玄武湖畔编辑《昭明文选》。李白、李商隐也曾走过你身边到玄武湖玩月怀古。上个世纪20年代,就在你旁边建起的东南大学礼堂里,英国哲学家罗素、美国教育家杜威、印度诗人泰戈尔曾在那里讲学,给这块古老的土地带来了异国文化的气息。古往今来,有太多曾经鲜活的人从你身旁走过,如今,他们都如云烟般飘散了。只有你,一位不朽的老者,依然见证着你身旁这块土地上发生的一切。

当我再次仰视你的面容,谦恭地行注目礼时,我仿佛看到你露出了慈祥的微笑。而这微笑,给我带来了平和、幸福、安宁的感觉。

天若有情天亦老。这世间,一切的一切都会老的。何况树呢?

曾经的你一定是挺拔俊俏,枝繁叶茂,可如今,是一身沧桑,从容淡定。你让我看到了岁月的无情,也看到了生命的坚守。

我多么希望你永远不要枯萎。一代代的南京人需要你为他们讲述六朝的故事,讲述这座城市的前世今生。

凤兮归来

凤凰，神鸟。

南朝宋元嘉十六年（公元439年）的一天，建康城西南面的一处高地上，飞来三只不同凡响的鸟。只见它们羽毛美丽，鸣声特别。众多鸟儿被它们吸引而来。人们惊喜地发现，这三只鸟就是人们盼望的吉祥之鸟——凤凰。从此，这处高地被称为凤凰台，而高地附近被称为凤凰里。

凤凰何鸟？传说中，人间光明和幸福的使者。每500年，它就要带着人世间所有的痛苦，投身于熊熊烈火中，以自己生命的终结，来换取人世间的祥和、安宁和幸福。《诗经》说："凤凰鸣矣，于彼高冈；梧桐生矣，于彼朝阳。"凤鸣于高冈，凤鸣于朝阳，预示着一种吉祥美好将要到来。

凤凰出现了，应该给当时的刘宋王朝以及后来的帝王江山带来好运，很遗憾没有。刘宋的江山只维持了59年，之后的齐只存在23年，梁只存在55年，陈只存在32年。南朝的四个朝代都是短命的王朝。史书上还有另外一个记载：陈王朝将亡时，钟山群鸟翔鸣："奈何帝！奈何帝！"意思是：皇帝啊，有什么办法呢？有什么办法呢？人们又从鸟的悲鸣声中看到了王朝没落的预兆。

时间过去了300多年，李白登上了凤凰台。他眼前只有滔滔

江水,翩翩江鸟,哪里还有凤凰的影子?诗人挥笔写下了《凤凰台》:

> 凤凰台上凤凰游,凤去台空江自流。
> 吴宫花草埋幽径,晋代衣冠成古丘。
> 三山半落青山外,二水中分白鹭洲。
> 总为浮云能蔽日,长安不见使人愁。

面对吴宫花草、晋代古丘,诗人是感伤的,失落的,忧愁的,疑惑的。诗人问:"借问往昔时,凤凰为谁来?"(《金陵凤凰台置酒》)南朝的凤凰,既然来了,为什么没有给这座城市带来什么好运?凤凰能再次飞回这座城市吗?"凤凰去已久,正当今日回。"诗人想象着,凤凰正翩翩飞回,也一定会再给这座城市带来好运。

凤凰台因为李白的到来,也因为李白的诗名声大显。后世到金陵的文人,总会想登上凤凰台看看,总会去感慨一番。所不同的是,曾经为六朝而感伤的李白也成了后人登临怀古感怀的对象。南宋诗人杨万里登上凤凰台后这样感慨:"千年百尺凤凰台,送尽潮回凤不回。白鹭北头江草合,乌衣西面杏花开。龙蟠虎踞山川在,古往今来鼓角哀。只有谪仙留句处,春风掌管拂蛛煤。"(《登凤凰台》)杨万里也说,江水东去,凤凰不回,李白的诗句犹言在耳,徒留金陵山川依旧。凤凰台下的这座城市里,依旧是刀光剑影,血雨腥风。平安何在?盛世何在?

在过去很长的岁月里,南京这座城市屡遭灾难,到处弥漫着感伤的气息。正因为如此,人们通过各种意象附会寄托着希望。比如,人们都相信这座城市是"龙蟠虎踞",是王气之城。相信这座城市里有麒麟、辟邪等祥兽保佑,也一定会为城市的生民带来好运。

所以，到南京来怀古的文人总爱登上凤凰台，总是在盼着：凤兮归来！他们相信，凤凰一定能给这座城市带来吉祥、好运与希望。

愿望是一回事，现实又是一回事。其实，与龙、麒麟、辟邪一样，凤凰只是悬在空中的意象，是寄托了人们希望的精神图腾。

自古以来，生于斯、长于斯的生民，深情地爱着这块厚重的土地。他们执着地讴歌它、赞美它。即便在一些失望的时候投以抱怨声、叹息声，也是出于对这座城市的热爱。即便在这座城市成了一片废墟的情况下，依然对这座城市的未来寄予希望。

江水西移，凤凰台早已湮没。如今，在集庆门方向还有凤台路、凤凰西街等名称在，算是对遥远过去的凤凰台的纪念。

凤凰，一个想象的意象，就这么若有若无地存在了千年，缥缈而富有诗意。

江水宽,江水窄

大江流日夜。

大江,从这个城市的西边静静地流走,千年不息。

大江,与这个城市有着太密切的关系,甚至与这座城市的命运紧紧相连。

在遥远的古代,江水是一种阻隔。江水滔滔,自然形成了江北与江南。这江水有时候很宽,深深的天堑,江两边的人只能望江兴叹。但有时候似乎又很窄,几十万大军就可以轻而易举地渡过滔滔江水,而每当这时候的结果肯定是江南政权的更替。所以,在历史上,南渡便成了一种标志:北方政权的胜利,南方政权的覆灭。

长江无疑是一位见证的老人。他见证着南渡的旌旗蔽日,见证着改朝换代,也见证着这座城市的兴与衰。

江的南边,又叫江左、江东。当年,孙权将这座并不起眼的江边小城定为首都的时候,他一定考虑到了长江这条天堑的作用。那时候,江的对面,就是曹操的魏国领地。稍有不慎,大兵南下,渡过长江,哪还有他东吴的江山?但孙权就是孙权,他有足够的自信,他看到了长江的险,所以,他建立了强大的水军。曹操要渡江,他给曹操写信:春水方生,公宜速去。要知道,曹操有80万大军,一直在觊觎着江南。可是东吴大帝的话,掷地有声。曹操面对滚滚长江,想到不可小觑的孙权,也就一直没有敢轻举妄动。魏文帝曹丕即位后再一次想完成父亲的统一大业,南渡,征讨东吴。他的这个念头可能动过无数次,但付诸行动的大规模集结起码有两次。公元225年(黄初六年)八月,魏文帝东征,在扬州附近的长江边上举行了一次规模宏大的阅兵式,参加阅兵的约有十万大军,旌旗绵延数百里。但看到孙权江面的严防情势,面对长江波涛,叹了一口气:"嗟乎!固天所以隔南北也!"他的意思是,唉,真是天意隔开了南北!那时的江水,显得那么的宽阔!

　　曹操与曹丕没有南渡,难道完全是长江天险的不可渡吗?非也。长江天险的背后,是东吴拥有特别厉害的水军。东吴的船队曾经出海到过台湾等地。但是,到了后主孙皓手里,一切都变了,长江变得不堪一击。晋军6路共20万大军大举伐吴。尽管东吴在江面上设置铁锁,也丝毫不能抵挡晋军的船只。无能的后主,让人捆起来,抬上棺材投降了。

　　具有讽刺意味的是,当西晋政权遭遇到永嘉之祸时,北方的晋政权想到了金陵——这个东吴曾经的首都,在这里可以据长江天险,过上偏安的生活。晋建武年间,晋元帝司马睿率中原汉族臣民南渡。据说南渡的人口有百万之多,有人用过江之鲫形容渡江人之众。这是中原汉人第一次大规模南迁。王导依赖南渡的北方士族,团结江东豪强,协助司马睿建立了东晋政权。这一次,他们凭借长江之险,将江山守了104年。

　　这个时代的中国,北方战乱连连,没有力量进攻南方,所以,使得偏安的宋齐梁陈得以延续了173年。当北方真正有一个强有力的政权时,长江又抵挡不住了。

　　当南方的陈后主在宫廷里过着花天酒地的生活时,隋文帝正准备挥戈南下。此时的长江,在大统帅杨广眼里,已经不算什么。

因为,为了渡江,他们已经准备了7年时间。隋文帝对大臣说:我为百姓父母,岂可限一衣带水,不拯之乎? 公元588年冬天,隋文帝下令伐陈。50万大军沿着长江一线,同时南渡。而陈朝的大臣竟然还讨好陈后主说:"长江天堑,古来限隔,虏军岂能飞渡?"当隋军渡过长江,打到建康城里的时候,陈后主和两个贵妃逃到了景阳殿的井里。

300多年后,历史又演出惊人相似的一幕。南唐后主李煜,本想依靠长江天堑稳坐江山。他整天躲在宫殿里念诗作词。当宋军攻至金陵城下时,李煜才恍然大悟。公元976年,后主肉袒出降,做了俘虏,最后落得个被毒死的下场。

900多年后,长江又一次上演渡江的一幕。这一次,是公元1949年4月20日晚至21日,解放军在西起江西省的湖口、东至江苏江阴的千里战线上强渡长江,迅速突破国民党军的江防。4月23日,解放军占领南京,国民党统治宣告破产。南京的历史翻开了新的一页。

"一江南北,消磨多少豪杰"(萨都剌),"滚滚长江东逝水,浪花淘尽英雄"(杨慎),就是这道江,曾经演绎了太多的故事,也淘去了无数英雄豪杰。

回顾历史,真的很有意思,大凡在江南偏安的,都不会有好的长治久安的结局。所以,我说,江水有时候很宽,有时候又很窄。当一个朝代行将灭亡的时候,这江水根本阻隔不了北方的大军。在漫长的历史上,很少有南方的政权渡江打到北方去。清代诗人屈大均发出这样的疑问:"如何亡国恨,尽在大江东?"为什么江左的政权,动不动就会灭亡? 大凡得到政权,在南方偏安的,都会想到利用长江来阻隔北方的入侵。而实际上,这滚滚江水很多时候并不起作用。清代郑板桥说:"一国兴来一国亡,六朝兴废太匆忙。

南人爱说长江水,此水从来不得长。"(《六朝》)

朱元璋统一中国后,有一天诗人高启登上南京城南的雨花台,当他看到长江滚滚东去,深有感触,写下一首《登雨花台望大江》。他说:"大江来从万山中,山势尽与江流东。钟山如龙独西上,欲破巨浪乘长风。江山相雄不相让,形胜争夸天下壮。"从古至今,在长江边的城市发生了几多战争,为争得江山,"几度战血流寒潮"。而今,大明王朝一统天下,再也不用江水的阻隔了,所以诗人发出了"从今四海永为家,不用长江限南北"的感慨。高启是对和平的呼喊。但也只是美好的愿望而已,在后来的历史上,长江照样演绎了很多残酷的战争。

如今,长江上已经架起了很多桥梁,江南与江北,已经没有过去的分割。在"天堑变通途"的今天,真正实现了"不用长江限南北"。

但,长江依旧滚滚东去,面对江水,我们还会想起昨天。

江水如果有灵,一定会为曾经逝去的无数生灵而呜咽。

江水如果有知,一定会为江边的这座悲情城市而流泪。

我们祈祷明天:让江水远离战争!

寂寞牛首山

在南京,牛首山的名气实在是太大了。

南京人,没有不知道"春牛首,秋栖霞"的。牛首、栖霞,一南一北,一春一秋,烙在了南京人的记忆里。

春天的时候,我慕名往牛首山去。十公里的路,坐车很快就到了。不去便罢,去了,大失所望。200多米高的牛首山,没有森林,没有花朵,只有乱石、灌木、杂草,显得杂乱无章。牛首山之所以叫牛首,原来山上有两峰相峙,犹如牛头上的两角,如今,一角在大跃进大炼钢铁时被挖掉了,现在成了一个巨大的石坑,石坑里满是锈水。放眼望去,整个牛首山只有一个古塔孤零零地矗立着。在山里的路上走走,没有多少游客。

牛首山真的是太寂寞了。

牛首山从六朝开始就很闻名。

东晋时,晋元帝司马睿定都南京,他站在都城正南的宣阳门观望,感到不够气派,意欲在门外建立双阙(即华表),宰相王导陪同他到牛首山附近去察看,王导从国家处于草创期财力薄弱的角度考虑,有意指着兀立的牛首山说:"此天阙也。"在王导的劝说下,司马睿打消了建阙的念头。因此,牛首山又称天阙山。

梁武帝时,大兴佛教,在牛首山建立佛窟寺,香火非常繁盛。

到了唐代,法融和尚在此讲法,创立了牛头禅。佛书中称之为"江表牛头"。南唐时,又在前人的基础上,扩建了毗卢殿、天王殿。在此后的数百年,牛首山佛事规模不断扩大,香火非常兴旺。

宋时,牛首山成了岳家军与金兵决战的战场。公元1130年,金兵骚扰杭州后回到镇江附近,被韩世忠的部队围困,几乎全军覆没。金兵只好向建康城附近突围。这时,岳飞抓住时机对金兵进行围歼,在牛首山与金兵决一死战,大败金兀术,一举收复建康。今天,在牛首山的东麓,还留存有岳家军用石头垒成的战壕。

明武宗朱厚照南巡,曾到牛首山上住了一夜,还发生了惊驾的事件。据《金陵琐事》记载,当时武宗车驾就歇息在牛首山的西峰祠堂中,从驾数千人,将宏觉寺僧房占得满满当当,一位叫明智的老僧露宿在塔的殿台基上,梦中翻身,掉到了地上,不觉中大叫一声,惊动了三军。随从将牛首山的和尚们抓进了城里,欲加以惊驾之罪。后来这些和尚们还是被释放了。明代文学家张岱和一帮文人还曾到牛首山打过猎。据他记载,他们打到1只鹿、3只麂、4只兔子、3只野鸡、7只野狸。这说明明代的时候,牛首山的生态环境还是很不错的,今天,这些动物在牛首山已经销声匿迹了。

在清代,牛首山山上遍植桃花,春季来临,云烟缭绕,桃花盛开,灿若云锦,引得金陵城里红男绿女倾城出动,到牛首山来赏桃花。"牛首烟岚"被列入"金陵四十八景"。

看来,六朝以来,大多数时候牛首山是不寂寞的。古人很重视南京南郊这块宝地。但唯独现代南京人,对牛首山这么好的资源无动于衷。我来南京从事媒体工作多年,经常报道关于牛首山规划、修整的新闻,但很遗憾的是,只听到雷声,从来没有看见过雨点。一任任的领导把规划做好后，也就没有了下文。我想，清代人还想到在牛首山植桃花呢，后代人怎么连这点收拾的意识也没有？南京人太缺少文化创新意识了。名记者黄裳曾经说，南京就是一座大的历史博物馆。但南京人是否也这么看呢？事实上，南京人对于自身拥有的历史胜迹之冷漠态度，简直有点令人惊诧。我想，这是不是南京城里有太多历史遗迹的缘故呢。多了，也就习以为常了，也就无所谓了。比如，明城墙是南京的一张名片，理应得到珍视和保护，但早几年，家住城墙周围的居民经常拿明代的城墙砖砌墙，搭建违规建筑，似乎那根本不是几百年前的古董。对很多相当有名的历史遗迹，也任其沉寂、消失下去。新亭，在历史上非常有名，"新亭对泣"的故事，感动了多少代人，这个典故也常常被文人所引用，但今天有谁知道新亭在哪里？比如，凤凰台，在唐代非常有名，而今消失得毫无踪影。如今南京城里叫凤凰台的倒不少，但与历史上的凤凰台没有任何关系。孙楚酒楼，在唐代非常有名，李白曾经在这里和友人唱和，直至明清时，还有文人到南京来访孙楚楼，今天也不为人所知了。南京拥有着别的城市无法比拟的文化资源，只是没有让这些资源浮出尘埃。所以，这些有名的遗迹，只能在书中找到了。这不能不说是一件很遗憾的事情。

在我写作此文的公元2012年的秋天，我欣喜地看到南京市宣布，开始建设牛首山遗址公园。根据报道，这个遗址公园将全面保护弘觉寺塔等历史文化遗迹，修建佛顶塔，再现双塔奇观；修复牛首山自然生态，恢复牛首双阙。还要利用矿坑建成地宫，长期安奉佛顶骨舍利。这是南京人对于老祖宗遗迹的一种尊重和觉醒。等到建成那日，"金陵春归处，牛首山水间"的景象也许不再仅仅是存在于诗文中的了。

大迁徙

人类集体的大迁徙，很多时候肯定不是出于自愿。或因为自然灾害，或因为战争，或因为国家机器的需要。

中国人一向安土重迁，如果要想让他们从生于斯长于斯的故乡迁走，是一件很不容易的事情。除非是战乱，或者皇帝至高无上的命令。

审视南京这座城市的历史会发现，它曾经过大起大落，大荣大衰。伴随盛衰，它经历了多次的人口大迁徙。这在中国城市中极为罕见。

孙权建立东吴，偏安一隅，52年的建设积累，让南京成为当时全国最大的城市，也为这座城市积聚了很多高素质人口。但东吴被西晋灭了以后，很多士族都被迫迁往了西晋都城洛阳。这是南京人口第一次大迁徙。

第二次大迁徙，发生在西晋灭亡后。西晋末年，由于北方战乱，一些大族纷纷南逃，逃到建康的有百万人之多。山东琅琊郡（今山东临沂一带）的王氏大族，河南陈郡阳夏县（今河南太康）的谢氏家族，都是那时候来到建康的。为了安置这些大迁徙来的人，东晋政府在建康附近建立了20多个侨县、侨郡、侨州，划出一大片土地供这些人居住。涌入建康城的人口数量超过了南京土著人口。此时的建康城算得上一个南北大融合的大都市。

到了隋朝,陈朝灭亡之后,南京的很多工匠都被迁到了江都(今扬州)。所以,唐朝的时候,扬州远比南京繁华。

明代南京又经历过几次大迁入和大迁出。

明代建立之初,朱元璋为了让都城南京有一个像样的规模,除了建设城墙外,还从外地迁入大量居民。当时从全国各地征集手工业匠户共45000户,粗略按照每户3个人计算,共有20万人口迁入。全国匠户有五分之一被迁到了南京。明朝政府又从安徽、浙江、江苏三省征集了2万多户从事劳役的脚夫,从浙江以及苏州、扬州一带征召了14000多户富户到南京来"充实京师"。皇帝的征召,谁敢不来?鼎盛时期南京的人口达到100多万,当时的南京无疑是全国最大的城市,放在世界上,也算是数一数二的。利玛窦来南京时就曾感慨其与罗马相比毫不逊色。

朱元璋对元朝统治下的土著南京人不太信任,便将很多原住民迁往云南、贵州等地。贵州的屯堡就是一个明代移民后代的村落。

屯堡,位于贵州安顺,距贵阳72公里。这个古镇上居住的都是600年前从南京迁来的南京人后代。几百年过去了,这里的方言还保留南京话的一些元素,妇女的装束则沿袭了明清秦淮汉族服饰的特征。1997年,屯堡的陈姓后裔还曾到南京来寻根,并找到了他们始祖的居住地。

朱棣迁都北京后,南京又经历一次大腾空。将几十万匠户迁到北京。

太平天国期间,江南一带兵祸连绵,尤其是清军围剿南京,"江南处处有啼痕",南京遭受了重创。此时很多难民外迁,大多没有返回。后来,从河南、湖北、苏北等地迁入大量贫民。所以,晚清到民国,南京郊区的河南人特别多。民国期间,还有人专门到南京来收集河南民歌。

1937年,日军攻城前,南京又经历了一次大迁徙。很多难民被迫逃出南京。

南京自古多浩劫。在中国的历史上,没有哪一个城市像南京这样经历过如此多的大规模人口迁入与迁出。大迁入与大迁出尽管是被迫的,但从客观上看,其实是大盛与大衰的表现。每当繁盛时,它具有巨大的吸附力,吸引着很多人走进它。而当衰落时,它又呈现出离心效应。这种大迁徙导致的结果是,城市的原住民越来越少,地域文化特色被逐渐消解。比如,从语言上说,尽管离常州、无锡、苏州等苏南城市不远,但南京话与附近这些城市的吴方言差别很大。南京话不像南方话,也不像北方话。似乎是北方话与吴方言的中和。从菜系上看,南京菜没有鲜明的特点,可以说它是淮扬菜系,也可以说它受徽菜系的影响较大。从建筑上看,南京没有形成自身特色,夫子庙一带建筑,借鉴的是徽派特色。从民俗上看,南京也没有形成鲜明的本土特色。

但是,大迁徙也带来了文化的多元融合。这对于文学艺术来说,也许不是一件坏事。它可以让来自不同地域、不同流派的文化星云,在南京的上空碰撞,从而生成新的文化星系。如果我们把目光引向南京的长空,就会发现在中国辽阔的文化天空中,打上南京印记的星星分外夺目,比如,东晋王羲之、王献之的二王书法,顾恺之的画,南朝谢灵运、谢朓的山水诗,南朝钟嵘、刘勰的文学理论,唐代关于南京的怀古诗作,宋代王安石的钟山诗作,曹雪芹借南京背景创作的《红楼梦》,吴敬梓在南京创作的《儒林外史》,等等,这些杰作无不是文化对流的结晶。

潮打空城
——唐朝的南京是什么样子？

我一直心存疑问：大唐时代，南京究竟是什么样子？

在众人的心目中，大唐盛世，统治近三个世纪（289年），那个时代被后人描述得气象恢弘，英才辈出，尤其是唐诗，达到了中国诗歌艺术的顶峰，一直让后人仰视。大唐帝国被公认为当时世界上的强国之一。在这个外面的世界轰轰烈烈的时代，南京作为前朝六个朝代的旧都却一下子变得冷冷清清。

在大唐之前，南京可以说是风光了几百年。"四十余帝三百秋。"从东吴建都开始的东吴、东晋、宋、齐、梁、陈六朝时期，历经300多年的积累，南京应该是一个很有规模、很有看头的都城，然而，历史似乎和南京开了一个大玩笑，在大唐帝国的近300年统治中，南京一片黯淡，与那个轰轰烈烈的时代失之交臂。南京几乎成了一个废都，成了大唐盛世的一个边缘城市，一个无足轻重的江南小城。不仅没有办法与附近的扬州比，还曾有一段时间归润州（今镇江）管辖。

人们都说六朝繁华，那么六朝时期的南京究竟繁华到什么程度？

李白说，南京是"当时百万户，夹道起朱楼"，"金陵昔年何壮哉，席卷天下英豪来"。据历史记载，当时的南京居民达到28万户,人口超过百万。左思曾经在《吴都赋》中说,当时的南京人们挥一挥衣袖,扬起的灰尘遮天蔽日,大家一起擦汗,汗水可以让道路变得泥泞。这当然是文学作品的夸张说法。但经过300多年的经营,南京的确是当时全国最大的城市。如此辉煌,竟然毁于一旦。公元589年,隋灭陈后,隋文帝下令荡平建康城,将宫殿城邑全部毁掉,改做耕地,只留下石头城作为蒋州治所。隋朝统治的37年里,南京可能一直处于被毁坏的状态中。随后的唐朝对这个前朝的旧都也没有什么好感。他们继续采取抑制南京的策略,将扬州治所自金陵迁至广陵即现在的扬州,曾一度取消南京州一级的建制,将南京的居民迁往扬州。整个唐代,南京也没有多少建设。南京城基本是一座荒凉的废都。所以,唐朝的诗人来南京看了之后,都留下了一个寂寞空城的印象。

与政治家的观点相反,南京在唐朝文人心目中的地位是相当高的。尽管是一座空城,但诗人们都喜欢到南京来看一看。于是,李白来了,杜甫来了,刘禹锡、沈彬、刘长卿、王昌龄、常建、杜牧、李商隐、陆龟蒙、唐尧臣、皮日休、孟郊、许浑、李德裕、罗隐、崔颢、李群玉、高蟾、刘沧、韦庄、孙元宴……唐代的很多诗人都来了。他们或者是专门来怀古的,或者是顺道来南京看看的。只要一踏上南京这块土地,诗人们就会生发出思古之幽情。

李白一生多次来过南京,他的长眠地当涂离南京不远。他对南京很有感情,一生写过的关于南京的诗歌就有70多首。他曾游过玄武湖、登过凤凰台、劳劳亭,到过长干里、板桥浦,还在孙楚酒楼和友人畅饮。在南京还有一个传说,李白见秦淮河中的明月太美了,遂从淮清桥跳下河中捉月而死。传说不足为信,但李白在唐代诗人中,确实是一位对金陵有着特殊感情的诗人。

杜甫20岁时到过南京一次,他在南京停留的时间很短,他特意跑到城南的瓦官寺里,看东晋大画家顾恺之的壁画《维摩诘居士像》,并且从他的江宁朋友许八那里得到了一份摹本。他对这个摹本非常喜爱,后来他在诗中还重温了南京的美好记忆。

刘禹锡曾在和南京一江之隔的和州做刺史。在诸多诗人的怀古诗中,他的怀古诗是最有名的,尤其是他的《金陵五题》,是吟咏南京的代表作。刘禹锡还有一首《西塞山怀古》,也是关于南京的怀古经典。

杜牧曾经几次到过南京,一次是公元833年,当时31岁的杜牧从宣州到扬州去做官,途中经过南京。第二年杜牧送弟弟到镇江当官,特地写了一首送别诗:"若到上元怀古去,谢安坟下与沉吟。"这"上元"就是指当时的南京。那段时间,杜牧几次游览南京,先后留下了多首名作,包括《泊秦淮》《江南怀古》《江南春》等。

李商隐在他45岁时也就是他去世的前一年到过南京,留下了《南朝》《咏史》两首诗。"三百年间同晓梦,钟山何处有龙蟠",是他金陵怀古诗的佳句。

与南京有过交集的还有两位著名的文人,一位是大书法家颜真卿,曾担任过半年的升州刺史。另一位是盛唐著名诗人王昌龄,曾一度出任江宁丞。他的故居就在青溪旁。他的朋友常建,在王昌龄离世后还专门来过金陵,在他的故居住过一晚。

唐代是一个崇尚诗歌的时代,尽管南京城市很冷寂萧条,但也出过一些诗人。明代周晖在《金陵琐事》中列举了江宁唐代诗人的名录,比如王昌龄、冷朝阳、庾抱、徐延寿、孙处立、许恩、孙革、陈羽、项斯、康洽等。王昌龄,有的典籍中说他是江宁人,据考证,他是唐代京兆(长安)人,由于他在江宁做官,人称王江宁。南京本土出身的诗人中,名气最大的要数冷朝阳。他大历四年登进士第,归江宁省亲时,当时著名诗人钱起、李嘉祐、韩翃、李端等集会为他饯行，赋诗送别，为一时盛事。很遗憾，他的诗多散轶。《全唐诗》仅存其诗11首。著名诗人韩翃曾有一首《送冷朝阳还上元》："青丝缆引木兰船，名遂身归拜庆年。落日澄江乌榜外，秋风疏柳白门前。桥通小市家林近，山带平湖野寺连。别后依依寒食里，共君携手在东田。"诗人想象着冷朝阳回江宁家乡时的场景，读来深情款款。

　　唐朝的南京，究竟是什么样子呢？现在，我们不妨循着诗人的足迹，想象一下——

　　那时的紫金山依旧矗立在城市的东方，见证着山下的荣枯；比现在大得多的后湖（玄武湖），波光黯淡，人迹稀少；大江日夜流，绕过空空如也的石头城下，滚滚东去；月上秦淮，映照朱楼酒肆，商女们还在歌唱前朝遗曲；朱雀桥边、王谢故居，都已经成了寻常百姓家；城中的六朝宫殿，已成废墟，杂草丛生，昏鸦乱鸣；只有台城的杨柳独自在春风中婆娑；台城附近的陈后主和张丽华曾躲藏的胭脂井旁，衰草连天，只见零星的几个人来这里悄然怀古；城西的凤凰台上，不时看到几个文人萧疏清冷的背影，在那里凭吊，站在台上向西望去，澄江似练，落霞成绮；劳劳亭边，不时有行人洒泪告别；临近秦淮河边的孙楚酒楼，因为李白的到来，变得十分有名，文人墨客纷纷登楼借酒浇愁；站在城南的雨花台上，斜阳古道，一片萧索；瓦官寺里，还不时有三两文人来看东晋大书画家顾恺之的《维摩诘居士像》；六朝时就建立的栖霞古寺香客寥寥，冷冷清清，只有门前的六朝松依然挺立。金陵郊外，散落着很多石麒麟，无语立斜阳，似乎在诉说着前朝往事……

　　这是一个繁华落尽的古都。

　　这是一个破败了的冷寂的废都。

　　这是一个让人叹息的有着太多故事的故都。

金陵不幸诗人幸。失去了繁华,但助了诗人的诗兴。诗人在废都上看到了兴衰,看到了沧桑,看到了荣辱,凝聚到了作品中,便有了惊世骇俗的沧桑之美。所以,中国最多、最美的怀古诗无疑是有关南京的诗篇。

有意思的是,在唐代有过两次迁都南京的梦。一次是李白做的梦。天宝十四年,安史之乱起,黄河中下游的贵族仓皇南奔,李白写了一篇《为宋中丞请都金陵表》,建议朝廷迁都金陵,把金陵作为唐朝的首都。第二年,李白应永王李璘之邀泊舟金陵城下。他的诗集中有《永王东巡歌》11首。后来,李亨继位,站错了队伍的李白被流放夜郎。

另一个是韩滉做的梦。783年,因藩镇为乱,唐德宗有意迁都,镇海军节度使韩滉就曾物色金陵,并对南京城进行了整修,后来不了了之。

今天你如果要在南京寻找唐朝的影子,几乎看不到了。南京经过了多次的火烧与毁灭,已经没有了任何唐朝的建筑。只有紫金山还是唐朝的紫金山,长江已是改了道的长江,秦淮河也已大变样了,唐朝诗人踏过的六朝遗迹,多数只剩下了名字,存于历史的文字中。真正的唐朝遗迹,只有栖霞古寺前的那块明征君碑了。

这块碑立于唐高宗上元三年即公元676年,全称为"摄山栖霞寺明征君之碑",在宠臣明崇俨的请求下,唐高宗李治亲自撰写了这篇碑文。碑文通篇2376字。正面的碑文由书法家高正臣书写,碑额"明征君碑"四字则为王知敬所篆,而碑的背面所刻"栖霞"二字,是高宗亲笔所写。这是南京地区现存最完整的唐碑,也是国内仅存的几块唐代行书碑之一。

如果你想礼拜唐朝,那么就只能来到这块碑前,去放飞思绪,穿越千年……

后庭花，不能承受历史之重

一首歌曲，能致国亡？

诗人们都是这么说的——

"天子龙沉景阳井，谁歌玉树《后庭花》。"（李白）

"商女不知亡国恨，隔江犹唱《后庭花》。"（杜牧）

"万户千门成野草，只缘一曲《后庭花》。"（刘禹锡）

唐代诗人这么说，宋代诗人也这么说："六朝旧事如流水，但寒烟、衰草凝绿。今商女，时时犹唱，《后庭》遗曲。"（王安石）

《后庭花》，是什么？是一支曲子的名称。

南朝的最后一个皇帝陈叔宝不理朝政，一心享乐，他在光照殿前，建造起临春、结绮和望仙三楼阁。陈叔宝住在临春阁，张贵妃住在结绮阁，龚贵嫔和孔贵嫔住在望仙阁。这三座楼阁，都用架空的平道相通，可以直接往来。陈叔宝经常召集宾客与贵妃在一起游乐、饮酒、作词作曲，并且挑选漂亮的宫女演唱。陈后主为贵妃张丽华作了这首《玉树后庭花》的曲子：

丽宇芳林对高阁，新装艳质本倾城。

映户凝娇乍不进，出帷含态笑相迎。

妖姬脸似花含露，玉树流光照后庭。

花开花落不长久,落红满地归寂中。

从艺术性来看,诗歌写得很一般,无非是高阁楼台如何气派美丽,贵妃如何娇羞可人。也没有写什么后庭花。后庭花,本是一种植物,开着深红或浅红或白色的花。在陈叔宝之前,乐府民歌中就有《后庭花》或《玉树后庭花》,它是用来表达爱情主题的。陈叔宝只是借这个曲名,填以新词。"花开花落不长久,落红满地归寂中",感叹时光易逝、胜景难再,但对于陈后主来说,这似乎是一语成谶,暗合了陈朝的"不长久"。陈朝灭亡后,《后庭花》便成了亡国之音的代表,再也没有人用它来表达爱情了。

我在想一个问题:陈朝的灭亡,就是因为陈叔宝创作了这首《玉树后庭花》?难道一首曲子能有如此大的作用?

陈叔宝在位的8年时间里,南北对峙的两个人物有着天壤之别的举动。隋文帝杨坚羽翼渐丰,修建了许多战舰,为渡江夺取江南做准备。而江南的陈叔宝则胸无大志,不问政事。隋文帝命晋王杨广、秦王杨俊、清河公杨素为行军元帅,总管韩擒虎、贺若弼等,率兵在千里长江沿线上摆开阵势,分道直取江南。而此时陈叔宝下令建大皇寺,并深居高阁,整日花天酒地。沿江州郡将隋兵准备入侵的消息飞报陈叔宝,陈叔宝不以为然。等到隋军发动全线攻击,州郡相继告急,陈叔宝依旧赋诗不辍,并且笑着对侍从说:"王气在此。齐兵三来,周师再至,无不摧败而去,彼何为者耶?"陈叔宝坚信,金陵有王气,谁还敢来入侵?都官尚书孔范说:"长江天堑,古以为限,隔断南北,今日隋军,岂能飞渡?边将欲作功劳,妄言事急。臣每患官卑,虏若渡江,臣定做太尉公矣。"孔都官说,这个长江天堑,隋军难道能飞过来吗?那些大将们为了升官,故意将情况说得危急。这样的皇帝和大臣,其结果可想而知。

取得胜利后,隋文帝杨坚说:"此败岂不由酒?将作诗功夫,何如思安时事?当贺若弼度京口,彼人密启告急,叔宝为饮酒,遂不省之。高颎至日,犹见启在床下,未开封。此亦是可笑,盖天亡也。"隋文帝的意思是说,如果陈叔宝能将作诗的工夫用于思考国家的安危大事,何至于到了国家沦亡的地步。时事告急,大臣紧急写信给皇帝,皇帝竟然饮酒大醉。等到对手打进宫中,这封信竟然还没有拆开。这样的皇帝还能当得下去吗?

说到底,陈叔宝的失败,归根结底是他不会管理国家。绝不仅仅是作了一曲《玉树后庭花》就导致国家灭亡。但后人尤其是诗人,总是会感性地思考原因,于是,便聚集到了一个意象上来,这个意象便是《玉树后庭花》。本是乐府情歌的《后庭花》,从此担上了骂名。这意象也从此成了亡国之音的特定代表。至于植物学意义上的后庭花,没有人去探究。我相信,这后庭花也是无辜地担得了骂名。这就是人类的移情作用。

并不张扬的后庭花,不能承受历史之重!

金陵春

金陵春,酒的名字,是一个响当当的名牌,不过是在唐朝的时候。

李白有诗:"堂上三千珠履客,瓮中百斛金陵春。"清人王琦注:"金陵春,酒名也。唐人名酒多以春。"(《寄韦南陵冰,余江上乘兴访之,遇寻颜尚书,笑有此赠》)王琦说,唐朝人喜欢用"春"来给酒命名。元代张铉《至正金陵新志》:"酒,李白诗:堂上三千珠履客,瓮中百斛金陵春。唐人多以春名酒。金陵春当时酒名也。水酒名有绣春、堂留都春等。"唐代乌程的若下春、杭州的梨花春、荥阳的土窟春、剑南的烧春、金陵的金陵春等名酒都是以春来命名,富有春光大好的意蕴。

唐朝的南京,尽管成了废墟,但仍有很多文人来这里凭吊、怀古。张籍说:"长干午时酤春酒,高高酒旗悬江口。"晚唐诗人杜牧也有诗:"夜泊秦淮近酒家。"可以想见,在长干里、秦淮河一代,还是有酒旗招展的景象。酒的品种也不会少,但南京产的金陵春很受旅人的钟爱。李白一生钟爱酒,什么好酒没有喝过,但到了南京之后,还是觉得金陵春好喝。李白写道:"解我紫绮裘,且换金陵酒。酒来笑复歌,兴酣乐事多。""昨玩西城月,青天垂玉钩。朝沽金陵酒,歌吹孙楚楼。"李白的诗中屡次提到"金陵酒",可见他对金陵酒印象非常深刻。金陵酒是泛指，而金陵春无疑是那时一个叫得响的品牌了。

在唐代，很多诗人都到过金陵来怀古，可以想象，他们在这座很冷寂但仍然透发出六朝气息的城市里，一定不会忘记喝上几杯"金陵春"。

"金陵春"这个品牌的酒后来何时消失的，已经无从查考。似乎到了元代，已经有了另外品牌的酒畅销。我们在明清的典籍中，已经没有见到关于"金陵春"的记载。到了清代，陈作霖、陈诒绂《金陵物产风物志》记载："酒，亦酿造品也。灵谷寺前霹雳沟之水宜之，故孝陵卫所沽者曰'卫酒'。甜而浓，易醉人，有迎风倒之名，即南乡封缸酒也。有土制烧酒，谓之大麦冲，城中饮此者甚鲜。"在明清时期，孝陵卫产的卫酒，其实是封缸酒，非白酒。其他诸如大麦冲之类的土酒，似乎只是乡下人的自酿自喝，没有多少名气。

"金陵春"这个品牌的消失，从一个侧面折射出南京这座城市所经历的苦难史。多次的毁灭，对这座城市的伤害实在是太大了。不仅仅城市里的古迹所剩无几，还有一些传承性的技艺，也早已销声匿迹。这是一件非常遗憾的事情。时下，有那么多名酒广告直晃我们的眼，要知道，很多都是最近一二十年创立的牌子，谈不上有多少历史。而南京的"金陵春"则有一千三四百年历史了，如果"金陵春"这样的牌子能传到今天，会是南京人莫大的骄傲！

民国期间，在夫子庙贡院街有一家酒馆叫"金陵春"，算是对"金陵春"这个品牌的承继。最近，南京也有酿酒的企业想复活"金陵春"这个牌子，还拿出李白的诗歌来佐证。我想，恐怕难有回天之力，毕竟南京已经没有产酒的现实与氛围。

作为一座有着两千多年建城史的南京，有很多的老字号，很可惜没有流传、承继下来。有的为战争所毁灭,有的是人为的割裂,即便是近代民国时期的一些老字号如魁光阁、奇芳阁、六朝春、老正兴、马祥兴等等,也都渐渐被人们遗忘。十年浩劫,很多被作为"四旧"凿掉了,致使南京文脉的很多枝干发生了断裂。这真是文化的莫大遗憾!

秦淮碧

我一直有一个疑问:这秦淮河的水曾经有过清澈的时候吗?我在读有关秦淮河的古诗文时,经常可以看见碧绿、蔚蓝等字样。

南朝词臣北归客,归来唯见秦淮碧。
池台竹树三亩余,至今人道江家宅。
——刘禹锡《江令宅》

到如今,只有蒋山青,秦淮碧。
——萨都剌《满江红·金陵怀古》

十里清淮水蔚蓝,板桥斜日柳毵毵。
——王士禛《秦淮杂事诗》

诗人们真真切切地说,秦淮碧,水蔚蓝。诗歌,当然不是科研报告,但也绝不会把白的说成黑的。我相信诗人的话,在过去相当长的时间里,秦淮河里的水,曾经是清澈的。

秦淮河全长110公里。早在远古时代就是长江的一条支流,也是南京地区第一大河。秦淮河有两个水源头,北源在句容市宝华山南麓,称句容河。南源在溧水县东庐山,称溧水河。南北二源合流于江宁县方山,沿途再收纳吉山、牛首山诸水,进入南京市区。

其中流经南京城内的一段被称为"十里秦淮"。在六朝时,秦淮河称作小江,是相对于大江——长江而言的。直到唐朝诗人李白、杜牧等人的诗作后,秦淮河才被人们叫开来。

六朝时的秦淮河要比现在宽得多,是进出南京城的一个重要水道。从东南方向进出的,一定要走秦淮河。谢灵运有一首《邻里相送至方山》的诗,就是写他往东南方向去,邻里一直把他送至方山:"祗役出皇邑,相期憩瓯越。解缆及流潮,怀旧不能发。析析就衰林,皎皎明秋月。"诗中写他离开都城时的依依不舍之情,船行秦淮河中,空中明月皎皎,两岸树林萧瑟。

六朝时,秦淮河有多宽?没有确切的记载。但据当时秦淮河上建有二十四航(浮桥)推测,河面是很宽的。浮航其实就是一种浮桥,是用一只只船连接起来搭成的一座桥,上面铺上木板、稻草等,供人和车辆在上面行走。浮航是介于船和桥之间的一种渡河工具。桃叶渡,就是二十四航之一。当年,王献之经常要在桃叶渡口迎接他的佳人桃叶。明清时期,"秦淮渔唱"是"金陵四十八景"之一,也可以想象,当时秦淮河里还有打鱼船穿梭往来。

一千多年来,秦淮河有过两次最兴盛的时期。一次是六朝时期,王谢大族就住在秦淮河南岸,淮水水面上舟楫往来,两岸市场繁荣。另一次就是明代,朱元璋建都南京,秦淮河一片歌舞升平景象。到了清代,秦淮河畔仍然是南京最繁华的地区。吴敬梓在《儒林外史》中这样描述秦淮河:"城里几十条大街,几百条小巷,都是人烟凑集,金粉楼台。城里一道河,东水关到西水关足有十里,便是秦淮河。水满的时候,画船箫鼓,昼夜不绝。"吴敬梓生活在康熙、乾隆年间,这样的描写也是他看到的情景。余怀在《板桥杂记》中说:"长板桥在院墙外数十步,旷远芊绵,水烟凝碧。"秦淮河里的水也是碧茵茵的。

从清末开始,秦淮河走向衰落。随着城市人口日益增加,河床淤塞,圩堤坍塌,秦淮河变得越来越狭窄。到了冬季水枯,秦淮河甚至不能通航。水满的时候,河水已经很脏。朱自清1923年写的《桨声灯影里的秦淮河》中说:"秦淮河的水是碧阴阴的;看起来厚而不腻,或者是六朝金粉所凝么?"钟敬文1930年写的《南京记游》里说:"秦淮河,不过是一弯污浊的死水!这种咒诅声,我早就从许多青年们的诗文中看到了。这样一条负荷着那么华丽的历史荣名的河流,在实际上只是这么一回事,心中自然有些惋惜的意味。"有人说秦淮河是翡翠色的,作家钟敬文这样解释:"虽然他这话里究竟是咒诅的成分多,抑赞赏的成分确不少,我们姑不必深问;但我这时的心里,却深感到它的确是一个富于诗意的品词。"可见,在文人眼里,尽管秦淮河水已经很脏,但仍被赋予了一层诗意。

黄裳是一位非常关注南京的散文家。1949年,散文家黄裳到过南京,他看了秦淮河后这样写道:"至于板桥旧院的原址。是可以知道的。但是这块地方现在早已荒秽得一塌糊涂,到处都是垃圾堆,臭水。"(《白鹭洲》)再过三十年的1979年,黄裳再次来到他喜欢的南京。他看到的秦淮河是这样的:"穿过街去,就到了著名的秦淮。……过去对河挂了六朝小吃馆店招的地方现在是一色新修的围墙。走进去凭栏一望,不禁吃了一惊。秦淮河还是那么浅,甚至更浅了,记忆中惨绿的河水现在变成了暗红,散发出来的气味好像也与从前不同了。"(《秦淮拾梦记》)

上个世纪80年代我到南京求学。当我第一次慕名来到秦淮河边,看到秦淮河水时,也是大吃一惊。原来这么大名气的秦淮河,河水如此污浊,根本不如我家乡的小河清澈。1988年,我读到了南京大学教授、诗人赵瑞蕻写的《秦淮河上的遐思》。他眼中的秦淮河是这样的:"从东水关一路看到西水关头,秦淮河不但旧貌依然,而且河水从暗红变成污黑,或者说,五颜六色了。我们只有叹气,感到痛心!"他所写的秦淮河,基本上是我们上个世纪八九十年代看到的情形。

这样算下来,在最近一百年内,这秦淮河肯定与碧绿、蔚蓝等无缘了。人为的污染、挤占,自然的淤塞,让秦淮河变样了,变得肮脏不堪。

最近20多年,我一直在秦淮河边工作、生活。媒体也经常报道,政府花大本钱治理秦淮河。但效果一直不太理想。治理总赶不上污染的进度。秦淮河水依旧浑浊,味道依旧难闻。只有在夜幕降临的时候,霓虹灯亮起来,映照在河水里,污浊不见了,河水才变得波光粼粼。如果是外乡客,坐在游船里,也定为霓虹灯和秦淮河两边的建筑倒影所陶醉。也只有在夜晚才能感受到桨声灯影里的秦淮河之美吧。

南京人在很多时候,在文字中、口号中将秦淮河视作母亲河,那么,何时能让母亲河变得清波荡漾呢?

秦淮碧,但愿不仅仅是诗中的句子。

山形依旧

这世界,有太多的物质,经不起时间的淘洗,或泯灭,或变化,或走样,所以,古人常常有沧海桑田、物换星移的感叹。

相对于水来说,山的变化可能是最小的。孔子看到的泰山,与我们今天看到的泰山是一样的。苏轼看见的庐山,与我们今天看见的庐山是一样的。徐霞客看到的黄山,与我们今天看见的黄山是一样的。除非是地震造成的山崩地裂,或者愚公式的人为挖凿,否则,山的变化是极小的。山,已经存在了亿万年。

所以,刘禹锡说:山形依旧枕寒流。

特别喜欢刘禹锡的这句诗。在南京生活的我,经常吟咏这句诗,尽管我也清楚这首诗写的不是南京,山形不是指南京的山形。刘禹锡写的是湖北黄石市东面的西塞山山形,那里是六朝时期有名的军事要塞。尽管写的是西塞山,但与南京有着密切的关联。"一片降幡出石头",写的就是南京发生的事情。所以,我一直有一种错觉,这首诗写的就是南京。每当我在南京周边看到一座座山时,就情不自禁地吟咏起诗人的"山形依旧枕寒流"。不少时候,我在琢磨这句诗好在哪里?它捕捉到了一个经常见到的意象——山形依旧。一百年、一千年,山,依旧还是那样的山形,改变的只是时间。山的旁边就是江水,江水滔滔,逝者如斯。一个"枕"字让山与水,生动地联系了起来。而一个"寒"字又透出了苍凉的情感色彩。所以,这样一句诗写出了古往今来人们的共鸣点,让人百读不厌。

因了这首诗,不知从哪一天起,我特别留意起南京的山形来。

南京城里城外的山,很多。所以,刘禹锡说:山围故国周遭在。明代诗人高启说:白下有山皆绕郭。清代文人梅曾亮就说:江宁城山得其半。皆言山多。

南京的东边有山:钟山、汤山、青龙山。北边有山:栖霞山、幕府山、小红山、狮子山、覆舟山、富贵山、鸡笼山。西边有山:五台山、清凉山、鼓楼岗。南边有山:牛首山、雨花台、三山。南京的山,一般都不高,很多山只有几十米高,甚至谈不上是山,只是一座高地,如鼓楼岗、雨花台等都是地势比较高的高地,古人叫台或冈。这些山冈、高地,是上天赐予南京这座城市的礼物。它们为这座城增添了起伏感,避免了一览无余的单调,加上这座城市濒临长江,城中、城边都有水,使得这座江南城市拥有得天独厚的山川之美。

经过一千多年文化的浸淫,这座城市的山川草木都被烙上了人文的印记,甚至可以说,这座城市里的一山一水都有来历,都有故事。像钟山、牛首山、栖霞山这些名山,都有专门的山志。历来吟咏的诗人多的是。即便是一座很不起眼的甚至几十米高的小山也有山志。如位于玄武湖南边的小九华山,古代叫覆舟山,山不过五六十米,但后人专门辑有《覆舟山小志》。再比如雨花台旁边的凤台山,严格地说不是山,只是几十米高的高台,前人就辑有《凤麓小志》。

抬头见钟山。紫金山是南京城里最有名的山。因为我的办公室窗户就面对着紫金山,每天放眼望去,我总会看到同样的山形。起伏的山脊线,像是毛笔不规则的渲染而成,自东向西蜿蜒开去。古人用"钟山龙蟠"来描述钟山的山形,是有道理的。从古至今,钟山在人们心目中的地位非常高。有太多的文章写它,有太多的诗篇赞它,也有太多的画家画它。在没有高楼的古代,在雨花台,在小仓山,在城市的很多角落,都可以看见它的芳容,看到钟山戴帽,看到钟山晴云,看到钟山紫气。住在钟山脚下的王安石有一段时间没有见到钟山,就会想念起钟山:"京口瓜洲一水间,钟山只隔数重山。春风又绿江南岸,明月何时照我还?"钟山,在南京人的心目中,是故乡的代名词,是标志。我想,千百年来,定会有无数人像我一样凝视过紫金山的山形。谢朓看过,李白看过,苏轼看过,王安石看过,陆游看过……他们也会像刘禹锡一样,发出"山形依旧"的慨叹?

其实想想,沧海变桑田,山形怎么会永远依旧呢?

比如钟山,这二三十年,林立的高楼,已经阻隔了山下人的视线。如今的我们只有登上十多层以上的高楼,才能看见钟山之形。或者只有走到太平门,出了中山门,才能看到它的面貌。最近三十年,为了保护钟山,山脚下已经拆掉了不少房子,让不少山体露了出来,但仍旧有很多楼房挡住人们的视线。我在钟山脚下的西边行走,就被一幢幢高楼挡住了视线。我在想,钟山何时才能完整地呈现在人们的面前呢?

去看看牛首山的山形吧。南朝四百八十寺。古代的南京庙宇多。牛首山就是另一个与佛教有着密切关系的名山。古代的牛首山。遥望两峰争高,如牛角耸然。很可惜,如今牛首山的牛角只剩下一只,另一只在1958年大炼钢铁时被挖去。山形难以如旧。

去看看栖霞山的山形吧。以"栖霞丹枫"著称的栖霞山,也是佛教圣地,被乾隆皇帝誉为"金陵第一明秀山"。然而,最近一百年里,栖霞山周围的水泥厂、炼油厂等污染企业,将栖霞山变得灰蒙蒙的。栖霞山下开采的铅锌银矿,使地下水位严重下降,东南部山形也早已改变。还能说山形依旧吗?

去看看幕府山的山形吧。濒临长江的幕府山在清代"金陵四十八景"中占有六席,是历来兵家争夺的要地。南京的另一个称呼"白下",就源于此。苏峻叛乱,征西将军陶侃在此筑白石垒,屯兵据险。南齐永明中,移琅琊城于此,名"白下城"。可惜的是,从上个世纪50年代开始,这里开采石灰石,几十年下来,如今山头已经被削平,植被遭到严重毁坏,哪里还能山形依旧呢?

更有甚者,这座城市里的不少山已经消失了。比如小仓山,你知道在哪里吗?就是今天的五台山。清代诗人袁枚的随园就在这里。袁枚在《随园记》中有这样一段话:"凡称金陵之胜者,南曰雨花台,西南曰莫愁湖,北曰钟山,东曰冶城,东北曰孝陵,曰鸡鸣寺,登小仓山,诸景隆然上浮,凡江湖之大,云雨之变,非山之所有者,皆山之所有也。"小仓山虽然只有几十米高,但那时候站在山顶,就可以鸟瞰全城。后来太平天国期间,被太平军削为田地,小仓山也就永远消失了。

曾经的雨花台,有三座山峰,都在五六十米高。东部与中部的冈相连,中部的叫凤台山,有名的凤凰台就在这里。古代,这三座相连的山叫聚宝山、玛瑙岗、石子岗。到过这里的诗人也很多。明初,诗人高启登上雨花台,眺望大江,浮想联翩,写下《登金陵雨花台望大江》。如今,你登上雨花台,还能望到大江吗?

山形的消失或改变,有的是自然的力量造成,更多的则是人为的毁坏。前者让我们感叹,后者让我们惊悚。在愚公移山的时代,在现代人制造的动力强大的推土机面前,还有什么山推不掉的呢?

所以,山形依旧,可能只存在于美好的诗意中。

石头记

我所生活的这座城市与石头有着非同寻常的关系。

这座城市最早的城池,就叫石头城。那还是两千多年前的事,楚威王打败了越王无疆,在长江边的石头山上建金陵邑。再过了500年,孙权在这里建都,都城就叫石头城。所谓石城虎踞,正是从此处来。石头城、石城后来便成了南京的代称。

人们都知道,《红楼梦》最初的名字叫《石头记》。曹雪芹说的故事也是从石头开始的。曹雪芹的好友脂砚斋一直把曹雪芹的书称之为《石头记》。有此一说,曹雪芹所写的石头与金陵也有着密切的关联呢。

曹雪芹故事里说的石头,可不是一般的石头。女娲补天,剩下一块石头未用,弃在大荒山无稽崖青埂峰下。一日,茫茫大士、渺渺真人经过此地,将动了凡心的石头带回人间,幻化成了宝玉口中的"通灵宝玉"。书中对"通灵宝玉"的描绘是:"大如雀卵,灿若明霞,莹润如酥,五色花纹缠护。"有学者认为,这"通灵宝玉"的原型就是南京的雨花石。曹雪芹在南京生活了十几年,他构想的"通灵宝玉"是否受到雨花石的启发,只有他自己心里知道。

这雨花石可是名石。石头上五彩缤纷,纹理形成的各色造型,富有意境,文人们尽可以根据自己的联想去给这些石头起名。上个世纪，金陵曾经发现一处新石器时代的墓葬群——北阴阳营新石器时代原始墓葬，共发现了253座原始居民的墓葬。考古人员惊奇地发现，有的骨骸身边或口中放有雨花石，总共有47颗。由此可以推断，在5000多年前，南京的先民们就已经喜欢上了雨花石。

不知从何时开始，人们在城南的山坡上发现了很多彩色的石子，于是，给这个山坡起名石子岗。不过，早时候的人们，称这种彩色的石头为玛瑙石。大约从唐代开始，石子岗被称为雨花台。这可能与天雨花的传说有关。传说六朝时期，云光法师在石子岗说法，上天感动，为之雨花。故名雨花台。但那时这里的彩色石头还不叫雨花石，而是叫"五色小石"。据现有文献记载，从明代开始，才称之为"雨花石"。明末文人张岱曾作《雨花石铭》："大父收藏雨花石，自余祖余叔及余，积三世而得十三枚，奇形怪状，不可思议。"明代陈继儒《太平清话》："甲午八月游秣陵，贾客以白瓷盅贮五色石子售之，索价甚高。"明代文人很喜欢收集雨花石，他们用白瓷碗盛上水，将雨花石置于其中。水中的雨花石更显得圆润、玲珑。最近百年来，南京出现了不少雨花石收藏大家。这座城市每年都要举办雨花石展。

这座城市与石头还有什么关系？

回望历史，宫殿倒了，房子倒了，街道毁了，还剩下什么？石头，只有石头！

历史其实很脆弱。在我们过去的历史上，改朝换代通常的做法就是火烧，彻底地毁灭，这样做才能解心头之恨。所以，在金陵这样一个古老的城市里，找不到一座很久远的完整建筑。如果要寻找前朝的印记，可能只有石头了。

那么，能寻找到什么样的石头呢？

——六朝的石头在"鬼脸城"。在清凉门到草场门之间的城墙拐弯处,有一块突出的椭圆形石壁,远看隐约可见耳目口鼻,酷似一副狰狞的鬼脸,南京人称之为"鬼脸城"。这可是南京最早的石头城遗址一角。一千多年前,这里濒临长江,后来江水西移,这里变成了陆地。今天走在坚硬的岩石下,依然可以想见当年惊涛拍岸的情景。

——六朝的石头在野外。我说的是六朝石刻。这可是南京的宝贝。散落在南京周边的辟邪、麒麟,总共有30多处。这些巨大的石头,虽然经历了一千五六百年的风雨,仍然造型生动,腾空欲飞。从它们身上,你会读懂什么叫沧桑。

——唐朝的石头在栖霞山。这是一块坐落在栖霞寺门口的石碑。碑上的文字是高宗李治所撰,唐代著名书法家高正臣书写,碑的阴面还有"栖霞"两个大字,是唐高宗所书。巧的是这块碑还是一块动物化石。碑表面梅花状斑纹是2.8亿年前生长于浅海中的动物海百合茎与珊瑚化石。

——南唐的石头在栖霞寺。南朝四百八十寺。但金陵多劫难,很多寺庙都毁于战火。唯有栖霞寺里的这座南唐石塔经历了千年风雨后依然矗立。当南唐的工匠们在认真雕刻着这座石塔的时候,李后主正在宫中写着他的春花秋月的美词呢。

——宋代的石头在瞻园。瞻园原是明朝中山王徐达的私家花园。园里有两块太湖石,一块是仙人峰,一块是倚云峰,据说是宋代花石纲的遗物。那个逼上梁山的水浒故事,就是从花石纲说起的。

——明代的石头在明孝陵神道、汤山、明故宫。明代离现在也就六七百年时间,照理说,昔日辉煌的首都,应该留下一些建筑才对,遗憾的是,明代遗留下来的房屋几乎没有。留下来的只有石头。比如明孝陵神道上的那些巨大石雕,明孝陵神道入口处的圣德碑,至今仍躺在阳山的巨大碑材,还有明故宫遗址上的那些巨大的石础、石雕,看看这些巨大的石头,似乎还能想象一下大明王朝的恢弘气势。

——清代的石头在鼓楼、总统府。走进南京市中心的鼓楼公园里,就会看到一块巨大的石碑——训诫碑,碑上刻有康熙1684年南巡时对当时官员的训话内容。还有一块清代的石头,在今天的总统府里。清代时,总统府是两江总督府所在地。在熙园的水面上,有一个巨大的石舫,名为不系舟,舟身全部为青石砌成,为乾隆时期两江总督所建。洪秀全占领南京后,经常和天国诸王在舟上议事。后来,孙中山也曾在此会见客人。石舫旁边的很多建筑,早已不是当年的模样,唯有这块巨大的石头,不曾改变容颜。

石头城里觅石头,不觅也罢,越觅越让人心生感慨。时光真的很厉害,它消磨了无数英雄豪杰,消逝了千千万万鲜活的生命,湮没了无数座建筑,只留下这些石头。

石头无言,但也有言,因为每一块石头,都藏着历史与时光的信息。当面对这些石头时,我们似乎看到了曾经和我们一样凝视石头的古人,也感悟到了时光的力量。

孙楚酒楼

南京，一千多年前，就是拥有百万人口的大城市。那城里头的酒楼可以说是成百上千，但是几乎所有的酒楼都被历史的尘埃所埋没，唯独那个叫孙楚酒楼的，活在了人们的记忆里。

这是一个以人名来命名的酒楼。有人认为，是西晋诗人孙楚。这位孙楚为人耿直，敢于直言，诗赋成就颇高，"漱石枕流"的典故即来源于孙楚。当代学者程章灿先生考证，这位孙楚并没有来过南京。所以，孙楚酒楼与西晋孙楚没有关系。也许只是酒楼主人的名字，后人以讹传讹，张冠李戴，搞成了孙楚酒楼。

不知道李白来这个酒楼喝酒具体是什么时间，只知道，是一个月光很好的夜晚。李白用诗歌记录了那个晚上喝酒的经过。这首诗的题目很长：《玩月金陵城西孙楚酒楼，达曙歌吹，日晚乘醉，著紫绮裘乌纱巾，与酒客数人棹歌秦淮，往石头访崔四侍御》。在题目中，李白说，那天夜里，他们在金陵城西的孙楚酒楼喝酒赏月通宵达旦，都喝醉了。第二日晚，十多个朋友在秦淮河乘船去石头城访一个叫崔侍御的朋友。诗是这样写的：

昨玩西城月，青天垂玉钩。朝沽金陵酒，歌吹孙楚楼。忽忆绣衣人，乘船往石头。草裹乌纱巾，倒被紫绮裘。两岸拍手笑,疑是王子猷。酒客十数公,崩腾醉中流。谑浪棹海客,喧呼傲阳侯。半道逢吴姬,卷帘出揶揄。我忆君到此,不知狂与羞。一月一见君,三杯便回桡。舍舟共连袂,行上南渡桥。兴发歌绿水,秦客为之摇。鸡鸣复相招,清宴逸云霄。赠我数百字,字字凌风飙。系之衣裘上,相忆每长谣。

在孙楚酒楼的那个夜晚,李白十分开心,天上月如钩,十多位好友一边赏月,一边喝酒,觥筹交错,急管繁弦,不知不觉,天色将曙。

李白诗里,也就这一首写到孙楚酒楼。孙楚酒楼在什么位置?李白只是说,孙楚酒楼在金陵城西,而且临近秦淮河,他们上船十分方便。据后来的典籍记载,孙楚酒楼位于西水关上。在今天的水西门附近,内秦淮和外秦淮合流处,有一个云台闸的地方,孙楚酒楼就建在云台闸上。这个酒楼因为李白来喝过酒而名气太大,后人来南京,总喜欢步诗人的后尘,登上这个酒楼,喝喝酒,吟吟诗,感受一下诗仙当年饮酒的气氛。后来,这个酒楼几经损毁、重建,到清朝时仍临水矗立在水西门秦淮河畔。在明清时代的"金陵四十八景"中,"楼怀孙楚"位列其中。后人因为李白的缘故,干脆将酒楼称为李白酒楼。

李白为酒楼做了一个大广告。因为大诗人来过,所以,就一传十十传百,以至很多名人都到这里来寻觅诗人的足迹,而且留下了很多的诗歌,这座酒楼简直可以称之为诗楼。

唐代以后的岁月里,到孙楚酒楼来喝酒的诗人不计其数。宋代诗人王庭珪《和胡观光登酒楼》云:"李白夜登孙楚楼,楼中玩月苦淹留。定知公等非凡客,要是人间第一流。"明末清初诗人余怀《孙楚酒楼》说:"江南城西酒楼红,无数杨柳迎春风。孙楚去后李白醉,千年不见紫髯公。"清代诗人方文《答汪大年京师见怀》:"雪满荆轲市,云停孙楚楼。"清代诗人陈文述以《孙楚酒楼》为题作诗:"秋色三山雨,江流六代烟。偶谈孙楚事,因过酒楼前。花月唐天宝,风流李谪仙。凭栏同一醉,高咏二千年。"当然诗人所说的孙楚酒楼,有时候表达的只是一种意象,未必就是实指。到了南京,就会想起有这么一个酒楼,足见这个酒楼的影响力有多大。

南京是一座多灾多难的城市,很多历史的建筑都在战火中被摧毁。据说,孙楚酒楼毁于太平天国战火中。

不久前看到一条消息,南京市有关方面打算复建孙楚酒楼。我觉得没有必要。孙楚酒楼究竟在什么位置,至今也没有一个准确的说法。如果建造一个酒楼,那肯定也是一个假古董。有些东西消失了,存于人们的想象中,魅力也许会更持久。

浴火重生

南京如果从孙权公元229年建都开始,迄今已经有1700多年的历史了,先后有10个朝代在此建都,然而令人遗憾的是,这一千多年来,遗留下来的历史陈迹非常少。

一个非常鲜明的对比是,我们在欧洲的英国、法国、意大利等国游览,你会看到保存很好的宫殿、教堂以及雕塑。然而,在南京,能看到些什么呢?

六朝,除了陵墓前的石刻,地面上的建筑早就没有了。明代除了城墙和庙宇,其他的建筑也都消失殆尽。很多出现在古籍里的地点,比如六朝时的王谢故居、瓦官阁、凤凰台、石头城、新亭等等,早已成了书中的风景。明代的故宫以及前朝的所有宫殿,悉数消失。只有遗址上留下一座午朝门,几块巨大的石础,让人生出几许沧桑感。

中国人改朝换代,通常的做法除了杀戮,就是要毁掉前代的印记。而毁掉一个朝代的普遍做法就是一把火烧掉。中国古代建筑的主体结构大都是木建筑,是经不起火烧的。比如,那个著名的阿房宫就是公元前206年被项羽一把火烧掉的。那把大火据说整整烧了三个月。

有了这样的"传统",我们还指望能留下多少古迹呢?

就南京来说,还真的是一只火凤凰,在火的屡次焚烧中获得新生。翻翻历史,南京最起码被烧了七把大火——

第一把火是东晋初年历阳内史苏峻放的。这苏峻既是朝廷命官,又是流民之帅。由于破王敦有功,东晋朝廷曾任命他在江北的历阳(今和县)做官。公元327年,苏峻联合另一只江北叛军的首领祖约率兵进攻建康,发动叛乱。他们攻入首都建康(今南京),焚毁东晋宫室。叛乱历时一年多,都城建康满目疮痍,所剩无几。

第二把火是200多年后侯景放的。这侯景本是东魏将领,梁武帝为收复中原将他招纳入朝,封为河南王。梁宗室子弟萧渊明被东魏俘获,梁武帝打算用侯景与东魏交换。这件事激怒了侯景。公元548年侯景举兵反叛,率军攻入京城建康,大肆放火焚烧民宅、营寺、楼馆、城门,又引玄武湖水灌入台城,并焚烧东宫台殿,建康城再一次遭受毁灭性的破坏。

第三把火是隋文帝杨坚放的。隋朝军队占领建康后,隋文帝下诏将建康都城、州城、郡城等统统荡平为田地,官署、宫殿等建筑全部拆毁,六朝古都化为一片废墟。

第四把火是金兀术放的。金朝大将金兀术率领大军于1130年4月渡江占领建康城,在掠夺了大量金银财宝后,纵火烧城,建康城再次化为灰烬。

第五把火是朱棣放的,也有的说是朱允炆放的。燕王朱棣打着"清君侧"的旗帜,一路打到南京城下。此时,宫殿里一片火海,建文帝朱允炆不知所终。有说烧死,有说逃走了。

第六把火是太平天国与湘军放的。1853年3月,太平天国大军攻取江宁(今南京),将其改名天京,定为首都。在攻取的过程中,也是大肆焚烧。大报恩寺及大报恩寺塔就是这时候被焚毁的。1864年7月,曾国藩的湘军攻入天京,洗劫之后,纵火烧了七天七夜,南京城里的房屋基本被烧毁。"十年壮丽天王府,化作荒庄野鸽飞。"那些幸存下来的建筑与文物古迹,再一次遭到焚烧。

第七把火是侵华日军放的。日军1937年12月13日攻占南京后,也是对南京城肆意地烧杀抢掠。

这七把大火烧下来,南京城还能剩下多少前朝的印记?

且慢,焚烧的行为,还在继续。"文革"期间,南京城很多古旧的东西,被当成"四旧",再添一把火,化为灰烬。

南京,真是一个多灾多难的城市。一次次被毁灭,又一次次站了起来,大有"野火烧不尽,春风吹又生"的意味。我想起了一只神鸟——凤凰,它是人间光明和幸福的使者,每五百年,它就要带着人世间所有的痛苦,投身于熊熊烈火中,以自己生命的终结,来换取人世间的祥和、安宁和幸福。而南京古时候城西南真的有一个凤凰台。李白还写过一首著名的《登金陵凤凰台》:"凤凰台上凤凰游,凤去台空江自流。"李白看到的是,凤去台空,祥鸟已经飞走,曾经繁华的六朝早已没落。李白之后,凤凰几度浴火重生,南京又经历过几度盛衰。尽管曾遭受了多次的毁灭,火凤凰传递的金陵文脉,千年不绝,绵延久长。

所以,我总以为,说南京是悲情的城市,说的也是实话,不过,也不是一直哭哭凄凄的悲,它还有壮怀激烈的一面,有悲壮的意蕴。它是一只再生的火凤凰,坚强而伟岸。它穿越千年,徘徊在紫金山下、秦淮河畔,也徘徊在世世代代南京人的心头⋯⋯

消失的亭子

亭子，真好，走累了，可以到路边的亭子里歇歇脚，看看风景。

文人雅集在这里，送别在这里，看风景的也在这里，这亭子真的富有诗情画意。

我说的是古代。现代人还能看得到几个亭子？

那时候，送客的人，非要送到郊区的一个标志物——亭子边，摆上随身带来的酒，与即将分别的人喝上一杯，互诉衷肠，然后才依依不舍地告别。所以，才有劳劳亭。所以，李白说，何处是归程，长亭更短亭。那时候，文人雅集，常常聚集在亭子里，大家海阔天空，把酒言欢，其乐融融。

因此，有太多的亭子被载入在文学的史册，比如醉翁亭、丰乐亭、喜雨亭等等。

亭子是没有墙的，透着的，从里面可以看到外面的风景。亭子的顶盖，有圆的，也有方的，有六角的，也有八角的，亭子一定是在一个山水相宜的地方。多数是立于高处，远远地，就可以望见，因此，亭子常常成了一处风景点的标志。

在金陵这座古老的城市里，亭子曾经很多，它们都是一道美丽的风景线。但有三个亭子特别有名，因为它们的背后有很多的故事。这三个亭子是新亭、劳劳亭与赏心亭。

新 亭

新亭,在六朝时期非常有名。南朝宋刘义庆的《世说新语·言语》:

> 过江诸人,每至美日,辄相邀新亭,藉卉饮宴。周侯中坐而叹曰:"风景不殊,正自有山河之异。"皆相视流泪。唯王丞相愀然变色曰:"当共戮力王室,克复神州,何至作楚囚相对!"

东晋初年,从北方南渡而来的士族,经常在新亭聚集,当时的仆射周顗感叹说:"风景跟往昔一样,江山却换了主人。"大家听了都相视流泪。只有王导丞相豪迈地说:"应当共同合力效忠朝廷,最终光复祖国,怎么可以相对哭泣如同亡国奴一样?"

新亭何人所建,建于何时,已无从考证。只知道,在东吴时代就已经有了。那时,新亭紧靠长江边,是南朝时代建康的西南要塞。而从建康城到南边去,必须经过新亭。

这个亭子,南朝诗人屡有提及。比如谢朓有《新亭渚别范零陵云》,阴铿有《晚出新亭》。写的都是新亭。新亭因为《世说新语》的记载,显得格外出名,它几乎成了故园之思的经典意象。后代的诗人每有登临,都有感慨。唐代的很多诗人都到过这个亭子。李白有《金陵新亭》诗:"金陵风景好,豪士集新亭。举目山河异,偏伤周顗情。四坐楚囚悲,不忧社稷倾。王公何慷慨,千载仰雄名。"

南宋时史正志《新亭记》记载:新亭"南去城十二里,有岗突然起于丘墟坛堑中,其势回环险阻,意古之为壁垒者,或曰此六朝所谓新亭是也"。那时的亭子其实已经消失,但人们还记得亭子的位置,为此,史正志还复建了新亭。南宋张敦颐《六朝事迹编类》说新亭"去城西南十五里,俯近江渚"。据后人考证,新亭大致位于今天的菊花台附近。那时,大江从旁边流过,江边的山丘上,立着新亭。

可以想见的是,那时候,进出城的人,远远地就可以看见这个亭子。

就是这个新亭,曾经上演过一起"鸿门宴"的故事。

东晋简文帝司马昱时代,谢安、王坦之都是朝廷的重臣,征西大将军桓温为朝廷作出过重大贡献,但他对得不到重用耿耿于怀。简文帝一死,形势骤然发生变化。驻在新亭的桓温心里痒痒的,他邀请朝廷重臣谢安和王坦之来新亭雅集,想乘机害死他们,为自己当皇帝扫平道路。当时,王坦之非常害怕,问谢安怎么办。谢安说:"晋祚存亡,在此一行。"谢安是桓温的旧部下,桓温虽然暗藏杀机,表面上还是客客气气的。聚会的时间到了,谢安、王坦之走进新亭时,发现亭子四周埋伏着刀斧手,王坦之紧张得汗流沾衣,而谢安从容镇静。入席而坐后,谢安对桓温说:古时候有道的诸侯、大臣在防身时是讲究距离的,明公今天怎么在墙后布置起兵来了呢?桓温尴尬地说:我的身份和地位在这里,不能不做点防备。随后桓温命令潜伏的士兵退下。谢安临危不惧,谈笑间为东晋朝廷化解了一场政治危机。

一代枭雄桓温后来得了重病去世了,想当皇帝的想法自然成为泡影。

明清以后,这个亭子渐渐消失于人们的视野。

劳劳亭

南京的劳劳亭,听说过吗?如果没有,先看一首李白的诗——

　　天下伤心处,劳劳送客亭。
　　春风知别苦,不遣柳条青。

　　这劳劳亭,又称为临沧观、望远楼,是东吴时期南京的一个非常著名的送别场所。位于当时首都建康城城南十多里的地方,可能在今天的雨花台以南。当时向西南方向去的人,必经过劳劳亭。
　　劳劳,依依不舍意。建康人送别一般都要送到劳劳亭,洒泪言别。李白还有一首《劳劳亭歌》:"金陵劳劳送客堂,蔓草离离生道旁。古情不尽东流水,此地悲风愁白杨。"这说明劳劳亭唐代还在,在宋元明时代,劳劳亭还经常被作为送别的意象出现在诗歌中。
　　劳劳亭,早已被历史的烟尘覆盖了,今天的南京已经无处寻觅它的踪影。据记载,劳劳亭离建康城有十五里路程,古人所用的车、马、驴等交通工具,速度不快,要送到十里二十里以外的地方,肯定要花上好几个时辰,但古人不管这些,他们要相依相伴,诉说衷肠,一直将亲人友人送到劳劳亭,才肯挥泪而别,这是怎样的一种真情表达啊?缱绻,而绵长……
　　有时候,我在想,现代人有这样的表达吗?我们的心思都放在忙碌中了。我们的生活一切都显得匆匆忙忙。哪里还有一个饱蘸感情的长亭送别?现代人交通条件改善了,生活好了,生活方式也发生了很多的变化。然而,人与人之间变得冷漠了,情感变得粗粝了,生活也失去了很多诗意。

赏心亭

赏心者,赏心悦目。

金陵有个亭子叫赏心亭,赏心亭位于何处?据《景定建康志》记载:"赏心亭在下水门之城上,下临秦淮,尽观览之胜。"下水门即今天的水西门秦淮河入江处。

赏心亭建于何时?宋王辟之《渑水燕谈录·书画》:"祥符中,丁晋公出典金陵,真宗以《袁安卧雪图》赐之,真古妙手,或言周昉笔,亦莫可辨。至金陵,择城之西南隅旷绝之地,建赏心亭,中设巨屏,置图其上,遂为金陵奇观。"南宋曾极《金陵百咏》载:"赏心亭下临秦淮,尽观览之胜,丁晋公谓建。"明代陈沂《金陵世纪》亦载:"赏心亭,在下水门之城上,下临秦淮,尽观览之胜,丁谓建。"都说赏心亭是丁谓所建。据《景定建康志》载,丁谓于北宋大中祥符九年十一月至天禧三年五月(公元1016—1019)曾知升州府(天禧二年改升州为江宁府)。赏心亭即丁谓在金陵任期内所建。当时,丁谓把真宗赐给他的《袁安卧雪图》挂在赏心亭上。此处成了宋代文人墨客雅集的一个所在。

赏心亭在宋代的名气很大。宋代很多诗人都曾登临过这个亭子。陆游、辛弃疾、张孝祥等曾在赏心亭登高赋诗。

陆游的《登赏心亭》说:"蜀栈秦关岁月遒,今年乘兴却东游。全家稳下黄牛峡,半醉来寻白鹭洲。黯黯江云瓜步雨,萧萧木叶石城秋。孤臣老抱忧时意,欲请迁都泪已流。"陆游结束了川陕生活,顺江而下,于秋天的时候来到金陵。诗人登斯楼也,想起当年主张迁都金陵,以图收复中原,可是朝廷根本无视他的上书,不禁悲从中来。

辛弃疾三次登上赏心亭。第一次是1168年,辛弃疾任建康通判期间。由于他一直主张抗金复国而遭到排挤。他登上赏心亭时,触景生情,感慨万千,写下《念奴娇》(我来吊古,上危楼,赢得闲愁千斛)。

两年后,辛弃疾再次登上赏心亭——

青山欲共高人语,联翩万马来无数。烟雨却低回,望来终不来。人言头上发,总向愁中白。拍手笑山鸥,一身都是愁。

淳熙元年(1174年),辛弃疾赴任滁州,路过金陵,第三次登上赏心亭。辛弃疾将满腔的悲愤,发而为诗,这便是那首最著名的《水龙吟·登建康赏心亭》:

楚天千里清秋,水随天去秋无际。遥岑远目,献愁供恨,玉簪螺髻。落日楼头,断鸿声里,江南游子,把吴钩看了,栏干拍遍,无人会,登临意。休说鲈鱼堪脍,尽西风,季鹰归未?求田问舍,怕应羞见,刘郎才气。可惜流年,忧愁风雨,树犹如此!倩何人唤取,红巾翠袖,揾英雄泪!

这首词是宋词中的名篇。整首词,一口气贯下来,郁闷之情,无从表达,大有捶胸顿足之痛!

南宋时还有不少诗人登临过赏心亭。比如曾极有《金陵百咏·赏心亭》、张孝祥有《水调歌头·桂林中秋》词,都是表达登临之感。明清很多诗人都曾登赏心亭赋诗。明代的刘基《渔父词》诗云:"白鹭洲边好月明,赏心亭下暮潮平。"赏心亭,作为诗歌意象,一般与悲壮、失意等情绪相关联。

三个亭子,都有各自的风景,也演绎着各自的故事。它们承载着彼时的诗情画意和人文内涵。它们不仅是一道道风景的点缀,同时也积淀成了诗的意象,演变成了一个文化符号。后人提起亭子,便会想出另外的含义,比如提起新亭,便想到故国之思。提起劳劳亭,便勾起离别之思。提起赏心亭,便想起壮志难酬。

三个亭子,作为实体早已湮没在历史的尘埃里,作为意象,它们一直存在于诗文中,供人们永远吟咏、回味!

对于日益拥挤的城市来说,今天谈起亭子实在是一件奢侈的事情。人们恨不得将一块块土地塞得满满的,哪里还有雅兴和诗性去建造一个亭子呢?对于寸土寸金的商人来说,他们还会想到去建造一个亭子吗?

公元 229 年

我的外婆已经 92 岁高龄了，许多事情已经遗忘，但能清楚地记得我、我父母的生日。这让我深为感动。外婆生活在家乡的一个山洼里，我们常年不在一起，也只有逢年过节回去看望下，但她能一直记得我的生日。外婆说，生日像一个人，记得生日，也就是记得他了。

原来，在外婆眼里，生日就是一个标志。生日，是母亲经历苦难后带来新生命的日子。对于我们每一个人来说，生日，是最不该、也最不会忘记的。记得别人的生日，是一种想念，一种尊重，也是一种纪念。

人的生日是这样，城市的生日也一样。古都南京有 1700 多年的建城史，有很多值得纪念的日子，但我以为，南京人最不该忘记的是这座城市的生日——公元 229 年。

公元 229 年，这个数字对于现今的许多南京人来说很陌生。因为，很多人已经忘记了自己这座城市的生日。

这一年的九月，孙权放弃了经营 8 年之久的武昌，将吴国的都城迁到了建业，从此开创了南京作为首都的历史。所以，孙权是定都南京第一人。

其实，当时孙权可以有多个选择。最初他以会稽（今浙江绍兴)为根据地,拓展江东。后来曾经以吴(今江苏苏州)作为治所,再后来又将治所迁往京口(今江苏镇江)、公安(今湖北公安)、武昌(今湖北鄂州)等地。这些地方都有可能成为东吴的首都。如果选择了其他城市,说不定,现在的南京还只是长江边一个默默无闻的小城呢。

孙权的这个决定,开启了南京的都城史。有了这次建都,才有了后面五个朝代的延续建都,南京才有"六朝古都"的美誉,此后南唐、明、太平天国和"中华民国"等都定都于此,故南京又有"十朝都会"之称。即使这座城市后来历经多次毁灭与重建,但南京始终在中国历史上占据着重要的位置。孙权功莫大焉!

当然,南京还要感谢另一位东吴大臣——张纮。张纮是广陵(今江苏扬州)人,孙权身边的重臣,在选首都这个问题上,他以秣陵山川形胜为由,建议将首都放在秣陵(即南京)。张纮说服孙权的理由是这样的:秣陵从楚威王开始就已经有建制了,这里山冈逶迤,秦始皇东巡时,看风水的就告诉他此地有王者都邑之气,所以秦始皇命人掘断连冈,改名秣陵。现在此地仍然有很好的地气,好似上天所赐,故宜为都城。孙权最终采纳了张纮的建议。要知道,这个建议遭到了很多人的反对,他的爱妃朱氏眷恋武昌(鄂州)山水不愿到建业,孙权见朱妃意决,遂差人在沼山建朱妃庵。到了建业后,孙权坐镇江东,成了威震一时的东吴大帝。

孙权死后,就葬在钟山之阳即今天的梅花山。由于东吴东晋都不作兴在陵墓前摆置石刻,东吴大帝的陵寝究竟在哪里,始终没有人知道。南京对于这位东吴大帝,似乎也没有什么特别的记忆。

明代朱元璋在钟山选墓地时,有人说孙权墓就在墓址的前面,要不要迁走,朱元璋说,孙权也算条好汉,就留在那里给我守护吧。我们现在看到,朱元璋墓的神道到梅花山那里确实转了一个弯,这似乎印证了这种说法。

其实,孙权一表人才,少年老成,英勇果敢,举贤任能,创业江东,叱咤风云,是三国时期在位最久、寿命最长的一代帝王。他凭什么要替你朱元璋守墓?

过去相当长一段时间,我们这座城市对孙权似乎是遗忘的。我记得,上个世纪90年代在南京梅花山东侧,建立了一座孙权的雕像,除此之外,就没有别的了。2012年,南京市政府在孙权大帝的归葬地——梅花山建造了孙权纪念馆。我想,这是南京人最应该做的事情。永远缅怀这位南京城市的开创者,是一种懂得感恩的表现。

寻找六朝

这个城市是六朝古都。

这个城市与六朝的关系,实在太密切。六朝烟水气。六朝繁华。六朝三百年。孙吴大帝。

我在这个城市中寻觅六朝,寻找六朝的影子。

六朝的宫殿,早已消失。断砖残瓦,已经深深地埋在这块土地里。英雄无觅,孙仲谋处。英雄美人,早已尘土。孙权建设的石头城,如今只有沙砾一堆,杂草几丛。王谢家的乌衣巷,只留其名,不知何处。王献之迎接桃叶的渡口,似是而非,多半为后人的牵强附会。昭明太子读书台、新亭、赏心亭也早已不见踪影。杨柳依旧,可台城不在。南朝四百八十寺,如今又在哪里?

这个城市似乎到处都有六朝的影子,但又看不见,摸不着。

六朝究竟在哪里?

不是说六朝粉黛吗?难道都被秦淮河流走了?

不是说六朝烟水气吗?难道都被历史的秋风吹得烟消云散?

不是说六朝王气兴旺吗?难道都被楚威王、秦始皇泄去了?

一个秋阳高照的午后,我来到城市的郊野,走进巷陌田畴,寻找六朝。

我远远地看见了它们的身影,雄伟而峻拔。它们是一群祥兽。

它们的名字叫麒麟、天禄、辟邪。它们或在道路旁,或在田野中,或在山脊上。有的腾空欲飞,有的怒发冲冠,有的冲天长啸,有的怒目圆睁,有的温柔宁静,有的凝神仰望。

它们曾是帝王将相的守卫者,可如今,帝王将相早已化为尘埃。一千多年过去了,春秋几度,万物凋零,只有它们仍然活着,仍然在守望。

哦,原来六朝就在这里。

我在一个巨大的辟邪前盘桓,远处是紫金山,近处是栖霞山。我小心翼翼地抚摸它坚硬的身躯。岁月的风雨,让它们的皮肤变得异常的光滑。但丝毫没有改变它锐利却又温柔的目光。它的前腿已经抬起,似乎随时都可以腾空而起,乘云破雾。

这分明是鲜活的神兽,它穿越了千年的时空,此刻来到了我的面前。

你好,神兽,是什么信念,支撑着你千年的守望?你守卫的王侯将相早已零落成土,没有人知道他们的名字,没有人记得他们的容颜。只有你,披着六朝的烟云,身影如此矫健。

神兽,今夜的初月,迷蒙而浑浊,这是六朝的月吗?它也像你一样,穿越了千年,来到了今晚的夜空?你一定沐浴过唐风宋云,你一定浸润过明雨清雪,你也一定见过那些来金陵怀古的愁苦的诗人们。你曾经经历过多少朝代的电闪雷鸣,那么,为何你至今面不改色,容颜依旧?

神兽,今夜的南京,平和如玄武湖的静波。可是千年以来,你眼皮底下的金陵城里几度战火几度沉沦,大厦倒塌,火光连天,你一定看见了那刀光剑影,你也一定听见了喊杀连天,你也一定经历过血雨腥风的洗礼。你目睹了金陵的极盛与极衰。今晚,你能告诉我,为何一个个在此建都的王朝都如此短命,难道真的是王气黯然、蟠龙沉睡？为什么你守望的这个帝王之州如此多灾多难？

神兽，今晚你究竟要去哪里？

请你带上我，一起去穿越千年，寻找那迷惑了千年的答案！

静海不静

秋天的一个下午,踏着秋阳,我走进了位于南京下关的静海寺。

坐落在狮子山下的静海寺,陈列有关鸦片战争以及《南京条约》的历史资料。下午游人很少,只有几个家住附近的老人推着摇篮车,在院子里拉着家常。

静海寺,对我来说曾经是那么熟悉。1997年香港回归祖国那年,我在一家电视台做记者,由于要拍摄一部纪录片,三天两头走进静海寺拍摄。记得那一年,静海寺真的不平静。由于割让香港的《南京条约》就是在静海寺议定的,这里成了中外记者争相采访的一个重要地点。那时,不仅记者多,很多部门、单位都会在静海寺里组织各种教育活动,一时间,静海寺人潮如涌。

而在这之前,南京人没有几个知道静海寺的。在那一阵热闹之后,静海寺又重归宁静。十多年过去了,静海寺也整修一新,尽管成了教育基地,但依然门庭冷落。几天前,我在寻找一堆录像资料时,看见当年在静海寺拍摄的许多镜头,屈指数来,今年是《南京条约》签订160周年,这勾起了我重游静海寺的念头。于是,我又一次走进静海寺。

我在宁静的静海寺里,漫无目的地走着,想着……

静海寺不远处，就是扬子江。扬子江，从南京的下关向东流去，流向大海。

扬子江畔的古刹千万座，可是没有哪一座古刹像静海寺这样集辉煌与耻辱于一身。

说它辉煌，是因为静海寺因辉煌、壮举而建。创造辉煌和壮举的是明成祖和郑和。那是明初永乐九年（公元1411年），郑和第二次下西洋回国时，明成祖为褒扬他航海归来建此寺，以表彰他的壮举。取名静海，即取"四海平静"之意。那时的静海寺占地两万平方米，有殿宇僧房80多间。与静海寺毗邻的天妃宫，建于明永乐十四年（公元1416年），是明成祖为郑和第三次远航归来而建。明成祖希望四海之内，永远静海无波。

明代的静海寺，依江而建。站在静海寺里，就可以看见滔滔江水。然而，沧海桑田，江水改道。我们今天所见到的静海寺距离下关的长江边已经有两三公里了。

岁月悠悠，香烟袅袅。静海寺的确平静了400多年。然而，没有永远的静海。海欲静，风不止。大清帝国的海面上，又出现了舰队，不过，这不是清代的舰队，而是远在地球另一边的英国舰队。他们可不像郑和那样是谦谦君子。他们的大炮对准了郑和的祖国那片古老的土地。

此时，是公元1840年。当英帝国在南海对清王朝宣战时，道光皇帝慌忙问大臣，英国在什么地方，可有陆路相通？从北京城坐马车能不能到达英国伦敦？道光皇帝在扬威将军奕经的折子上批下四个问号："该女主年甫22岁，何以被推为一国之主？有无匹配？其夫何名何人，在该国现居何职？"该女主就是缔造了"日不落帝国"辉煌的维多利亚女王。此时，闭关锁国的清王朝对外面的世界一无所知。

当时,清王朝的军队力量非常薄弱,常备军只有 90 万人,用的都是长矛大刀,沿海只有 1000 艘兵船。英国人很快摸清楚了清王朝的底细。他们疯狂叫嚣只要一艘兵舰,就可以打败这 1000 艘兵船。真是所言不虚。当英军炮打广州时,那位叫杨芳的将领竟然命令士兵用女人用过的马桶来对阵。战争的结局可想而知。

那时的静海寺,不知道有没有听见中国南部沿海不平静的炮火声?不知道当时有多少南京人知道英国在什么地方?不知道当时南京人有没有人想到有一天英国舰队会开到南京来?

来了,很快就会来的。

1842 年 6 月,英军从浙江沿海侵入长江,攻打吴淞炮台。江南提督陈化成英勇抵抗,最后壮烈牺牲,上海、宝山陷落。

7 月下旬,英军进攻镇江,守城官兵在副都统海龄的率领下,与英军进行了激烈的巷战,镇江失守。

8 月 4 日,英军八十余艘战舰,满载着 4500 余名士兵开进了扬子江,停泊在南京仪凤门外的草鞋峡一带江面上。战舰上的英国全权公使叫亨利·璞鼎查,领头的海军少将叫威廉·巴尔克。令他们喜出望外的是,他们在进攻南京时没有遇到任何抵抗。而此时南京城内不是没有军队,驻守南京的八旗兵有 6000 人,绿营兵有 9000 人。可是,一群乌合之众还敢抵抗吗?负守城之责的江苏按察使黄恩彤不懂军事,江宁将军德珠布已逾八旬,两江总督牛鉴从上海溃逃回来后,谈英色变。面对此情此景,最得意的就是那位璞鼎查了。他下令登陆。一路进军迈皋桥,另一路到达最高点紫金山,架上大炮,扬言要炮击南京城。牛鉴急忙致信璞鼎查,哀求英军不要攻城,并派人请耆英、伊里布来宁主持谈判。

那位清道光皇帝一开始也不准备求和的,他常常咬牙切齿地表示要与英国决战,但那时的大清王朝已经是一艘腐朽不堪的船,早已没有气势也没有能力去乘风破浪了。在坚船利炮的恐吓下，道光皇帝最终还是妥协了。在道光皇帝的授意下，钦差大臣耆英、两江总督牛鉴、前协办大学士伊里布出面和英国方面谈判，谈判的地点就在静海寺内。当时清政府官员竟然找不到一个会说英文的官员充当翻译，翻译只能由英国人担任。8月12日、13日、14日双方在静海寺谈了三次。在英军的软硬兼施下，清政府同意了英国人提出的条件。8月29日上午8时，耆英、牛鉴登上了"康华丽"舰的甲板。英国人为了庆祝他们的胜利，将"康华丽"号布置得像过节一样，水兵们都穿上了礼服。中英两国就在富丽堂皇的船舱里，举行了《南京条约》的签字仪式。条约用中、英文分别书写，装订成册，一共缮写了4份。耆英、伊里布、牛鉴和璞鼎查4人在其中的两份上分别盖印签字。英军鸣放礼炮21响。9月下旬，英国舰队得意洋洋地开走了。

扬子江蒙受了巨大的耻辱。静海寺蒙受了巨大的耻辱。

三国时代的孙权就曾将扬子江与海洋联系在了一起，他曾派舰队从石头城下的扬子江出发，到达了今天的海南岛、台湾岛以及南洋群岛。而当时石头城下江面上停泊的有来自伊朗、印度以及南洋诸国的上千船只。

明朝郑和带领他的庞大的船队，就是从南京下关的江面上出发的。他的船队七下西洋，最远到达东非，与30多个国家建立了外交关系。郑和的航海比哥伦布要早整整80年。英国科学家李约瑟博士曾经惊叹明代中国的造船业已经远远走在了欧洲的前头。郑和，对于沿途到达的那些弱小国家是那么的友好。而今，人家打到南京来，在紫金山上架着大炮：签，还是不签？这是怎样的一种反差？

金陵王气，长江天堑，钟山龙蟠，石城虎踞，一切都已烟消云散。

《南京条约》开创了一个列强入侵中国的恶例。近代中国与列强签订的条约有1100多个,割地150万平方公里,赔款8次,累计10亿多银元。

签约10年后,静海寺遭受了一场大火,烧掉了很多建筑。似乎天公也为静海寺蒙受的耻辱而震怒。幸好,静海寺没有彻底毁掉,它太有存在的价值了。它的存在,时时警示国人——

海欲静,而风不止。

大手笔

600多年过去了,这块巨大的碑材还静静地躺在南京的郊区一个叫作阳山的地方,身上满是斧痕。

这里离南京城也只有23公里,由于知名度不高,外地来的游客并不多。来到这块巨大的碑材面前,你不得不惊呼:真的是大手笔!这是明成祖朱棣的大手笔!

说是碑材,原来是块雕刻成型的巨石。由于依山开凿,已经现出石碑的形状,后人以阳山这个地名命名,所以叫阳山碑材。

碑材有三块,碑额与山体已经分开,碑身、碑座也只有一端相连。如果将碑座、碑身、碑额加在一起,总高为73米,足有二十几层楼那么高吧,重达3.1万吨,据说是世界第一碑。这碑材是明成祖朱棣为父亲朱元璋树碑立传用的,原本是要放在明孝陵墓道的前面,也就是现在四方城的位置。现在四方城那块碑的体积只有阳山碑材的九分之一。如果当年这块碑材真的能运到太祖陵前,那气势肯定非同一般。

清代诗人袁枚就曾惊叹:"碑如长剑惊天倚,十万骆驼拉不起。"这样的庞然大物,当年怎样能运到相隔20多公里的南京城呢?后人有多种猜测。有人说用圆木滚动,有人说利用冬天泼水成冰,再一点点慢慢滑动,究竟打算用什么方法,现代人已不得而知。碑,最后没有完成就停工了。为何停,也惹得后人揣测纷纷。有人说,如此庞大的石碑,即使做好了,也没有办法运到南京。就这样,它们在这山洼里沉睡了六百多年。今天,站在碑材旁,抚摸被刀斧凿出的痕迹,仿佛看见成千上万名石匠在此刻凿的情景,也宛若听到刀砍斧凿的叮当之声。

这个朱棣皇帝,真有些大气魄。不做则已,一做就做最大。这样的原则在他一生中多次彰显。

比如,当时南京城里另一项巨大的工程——大报恩寺与大报恩寺塔。据说这一次是朱棣为纪念他的生母碽妃而建造的,这个工程历时19年。寺内有号称第一塔的大报恩寺琉璃塔,此塔9层8面,高达78.2米,和阳山碑材的那3块碑加在一起的高度差不多,也有二十多层楼高。在当时的南京城,方圆数十里都可以看见琉璃塔。明清时代,一些欧洲商人、游客和传教士来南京,必游此塔,并称之为"南京瓷塔"。认为它是中世纪的一大世界奇观。1839年安徒生就在《天国花园》中提到南京的这座塔:"我(东风)刚从中国来——我在瓷塔周围跳了一阵舞,把所有的钟都弄得叮当叮当地响起来。"可惜报恩寺塔后来毁于太平天国的战火,后人无缘一睹它的风采。明代的张岱说:"报恩寺成于永乐初年,非成祖开国之精神、开国之物力、开国之功令,其胆智才略足以吞吐此塔者,不能成焉。"

这个朱棣还有更大的手笔——建造北京皇宫紫禁城。紫禁城建了14年。直到今天,紫禁城仍是北京的一张名片。此外,朱棣组建了当时世界上最大的船队,派郑和带领船队七下西洋,到过30多个国家,最远到达了非洲。还有,朱棣派人搜罗典籍,编辑了那部史无前例的百科全书——《永乐大典》。又是最大!

后人对明成祖朱棣评价最多的是四个字:雄才大略。这四个字,还真的是抓住了朱棣的特点。

在这个地球上,有凡人,也有少数的杰出之人。凡人过着普通的平淡的日子,杰出之人则英才天纵,挺立时代潮头,以非凡的魄力和眼光、非凡的领导力执行力,做出几件惊天动地的大事,轰轰烈烈地推动着历史的车轮,或者垒起一座座智慧的金字塔。

所谓的大手笔,是一种智慧,是一种创造,是一种创新,是一种杰作。大手笔,需要具有穿越时空的眼光,需要具有超前的意识,还需要经得起时间的检验。

中国的长城是大手笔,埃及的金字塔是大手笔,智利复活岛上的石人雕刻是大手笔,埃菲尔铁塔、凡尔赛宫、卢浮宫是大手笔,它们都是地球上人类创造的智慧经典。我们为人类自己的智慧而自豪。

不做则已,做了就能成为经典,而不是垃圾。这对急功近利的当代人,是否具有些启发意义呢?

南京的民国背影

如果要在南京这座城市里寻找民国的影子,有很多的地方可去。雄浑、大气的中山陵,典雅、文气的原中央大学、原金陵大学、原金陵女子大学校园,幽静、洋气的颐和路,象征着民国政权的总统府、政府部门办公楼,散落在大街小巷风格各异的名人旧居,被高大的法国梧桐树覆盖的宽阔的马路……都会带给你民国的气息。而我更喜欢在秋日的午后,沿着陵园大道去寻找民国。那时,晶亮的秋阳,透过密密的梧桐树叶,投在洁净的陵园路上,斑斑点点的影子,在眼前晃动着,一如时光般迷离。抬头朝远处望去,陵园路两旁整整齐齐的法国梧桐树,一直绵延到路的尽头。我知道,再往前走,就是民国奠基人孙中山的安息地,那气势非凡的陵园建筑,透发出民国特有的中西合璧的味道。而在陵园路不远的拐弯处,就是美龄宫之所在,民国两个极为重要的人物蒋介石、宋美龄就曾在那里住过。如今那幢楼的屋里还仿照曾经的模样进行了布置,置身其中,仿佛觉得屋里的主人还没有走远。走在这条路上,我时常会产生一种幻觉:回到了民国。民国就像一个熟悉的老朋友,刚刚还照面过,说过话,一转身已经往远方走去。再想想,这一转身,也已经过去了六七十年。民国的背影,清晰如昨,但又模糊如梦。

一、民国之缘

南京这座城市，与民国真是太有缘分了。

上个世纪初，革命党人起义那会儿，国内与民国发生密切关联的城市还有不少，比如武汉、北京、上海、广州、天津等。武汉是武昌起义的发生地，湖北都督黎元洪就曾主张在武昌定都。孙中山早前也曾主张在武汉建都。北京是当时北方的政治中心，末代皇帝、袁世凯、段祺瑞等都在北京活动。包括章太炎在内的许多文人政要都主张在北京建都。上海是当时中国最大的城市，革命党人陈其美发动了上海起义，随后担任都督。江浙方面的革命党人都主张将新的政治中心放在上海。

那时的南京一点也不占优势。虽然是清朝两江总督府所在地，但当时已经很破败。经过了太平天国的攻占，以及清代湘军的反扑毁城，南京几乎被摧毁成一片废墟。谭嗣同到了南京后看到的是一片破败景象。他曾经感叹说："金陵遂永穷矣。"武昌起义后，各省都在积极响应，江苏也不例外。但盘踞在南京的两江总督张人骏、江南提督张勋负隅顽抗。江浙联军对南京发动了总攻，1900年12月2日南京光复。这个胜利帮了南京大忙。此时正当武汉失守，情势危急。各省代表迅疾作出决定，转移到南京召开联合会议。1900年12月12日，各省代表会议在南京召开，正式筹组"中华民国中央临时政府"。以同盟会委员为主的参议院在讨论国都问题时，出现了南京与北京之争。主张建都北京的有20票，南京只获得区区5票，还有2票为武昌，1票为天津。孙中山审时度势，毅然放弃了在武汉建都的主张，认为在北京建都甚为不妥，转而支持在南京建都。后经孙中山、黄兴等人一再坚持和劝说,参议院复议时才确定在南京建都。

如果没有江浙联军取得攻打南京的胜利,如果没有袁世凯对武汉的反攻,如果没有孙中山、黄兴的坚持,那民国的首都必定是在武汉或北京了。当然,历史没有如果。历史再一次选择了南京。

历史出现了惊人的相似。这让人想起早在东吴建国初期,就有过一次在武昌建都还是在南京建都之争。那时候,武昌差一点成了东吴的首都。南京人感谢孙权作出了最后的决策。现在,南京应该感谢孙中山、黄兴的决策。孙中山后来在他的《建国方略》中对南京给予了极高的赞美:"南京为中国古都,在北京之前,其位置乃在一美善地区,其地有高山,有深水,有平原,此三种天工,钟毓一处,在世界中之大都市诚难觅如此佳境也……南京将来之发达,未可限量也。"再后来,他选择了南京钟山作为自己永久安身之地,也足见他对南京的喜爱。

在南京建都时间最长的王朝算是东晋,有104年,最短的王朝是太平天国,只有11年,其次短的便是南朝的齐和"中华民国",都只有23年。民国在南京建都的时间虽然只有短短的23年,但对南京的建设与发展起到了至关重要的推动作用。可以说,没有民国在此建都,南京的城市格局会小得多,南京也没有机会登上近代历史的舞台,南京的城市文化底色会黯淡得多,南京城市建设也会慢得多,南京后来在国际上的影响也会小得多。

南京人应该感谢民国的选择。

二、民国之美

  南京虽说是六朝古都、十朝都会，但民国以前没有留下什么建筑，除了少数陵墓建筑。1949年这一次改朝换代不同，南京几乎没有遭到什么破坏，就连前朝的总统府都仍然完好无损地保留着4月23日之前的陈设。这一次的渡江解放军表现出了非凡的历史与人文情怀。

  于是，民国的美被保留了下来，成了我们民族的物质与精神的遗产。

  今天，你在南京城中走一走，会发现主要的道路都以中山命名，比如中山东路、中山北路、中山南路等，此外，像中华路、长江路、珠江路都是民国时期规划建设的。如果说朱元璋用城墙圈出了南京城市的框架，民国则用道路细分了南京城的经纬纹理。十年的填充，十年的建设，让南京变得丰润许多、美丽许多。

  走在民国开辟的马路上，最有感觉的是道路两旁茂密的梧桐树。国内不少城市都栽种法国梧桐树，但都没有南京多，树也没有南京的高大、齐整，没有南京的味道。南京的梧桐树有什么味道？民国味道。南京的梧桐树总是与民国的道路相匹配的，总是与民国的那些老房子相匹配的。

  南京梧桐树后面的那些老房子有改造过的中式大屋檐，有传统的雕梁画栋，也有纯粹西式耸屋檐，有简单的平屋顶，房子的墙面有青灰、青蓝、米黄、土黄。和法国梧桐树一样，民国的建筑只要瞥上一眼，就能立即判断出是民国的。

  南京的民国建筑，保存完好的有很多。如果在南京的大街小巷行走，说不定在哪条路上就会碰见一座民国老房子。老房子的围墙里有高大的法国梧桐树或者雪松相伴，每一幢老房子里都盛满了故事。

上个世纪八十年代，我在南京大学上学，从南园到北园的教学区，每天都要经过一个叫斗鸡闸的小洋楼。后来得知，这座典型的西班牙风格小洋楼，就是大名鼎鼎的何应钦公馆。何应钦曾留学日本，参加过辛亥革命，曾是黄埔军校少将总教官，胡宗南、杜聿明都是他的部下。在民国历史上，何应钦算是一位叱咤风云的人物。我每次路过这座别墅，总要打量房子外面那棵高大的雪松，和雪松掩映着的米黄色墙壁的房子。我知道，就在这幢房子里曾经演绎了很多惊心动魄的故事。陈独秀被国民党逮捕后，就曾关押在这里。西安事变发生后，何应钦强硬主张去讨伐张学良，欲置蒋介石于死地。后来还是宋美龄亲自来到这幢房子里，阻止了何应钦的行动。

还有，南京大学中文系的小楼也是一座著名的民国建筑。那幢小洋楼是著名文学家赛珍珠的故居。赛珍珠的丈夫曾在金陵大学农学院担任教授。他们在这幢房子里住过8年。赛珍珠在这里创作了《大地》等。1937年侵华日军进入南京城前后，当时国际友人拉贝、魏特琳、贝德士、威尔逊等人经常在这里开会讨论安全区问题。

在南京，像这样有故事的民国建筑，还有不少。颐和路虽然只有600米长的马路，但享有极高的知名度。"一条颐和路，半部民国史。"说得尽管有些夸张，但就保留民国风貌的角度看，有道理。颐和路两边三四十幢建筑曾经是国民党达官贵人的公馆，汪精卫、林森、孙科、宋子文、于右任、白崇禧、陈诚、陈布雷、阎锡山、汤恩伯等国民党政要都居住于此。此外，这里散落着加拿大、墨西哥、巴西、葡萄牙、印度、巴基斯坦、菲律宾等国的使（领）馆。这些使馆风格各异，很有异国情调。六七十年过去了，颐和路两边的建筑依然保持着当年的风貌，只是主人换了一茬又一茬。走在幽静的颐和路上，打量这一幢幢旧时的建筑，会有一种穿越时光的感觉。

从1927年到1937年的10年间，国民政府快速修建了不少建筑。据统计，南京现存民国建筑900多处，1500多座。就风格来说，总体上是中西结合，但偏洋一些。有中国传统式的，比如励志社大礼堂、金陵大学大礼堂、中央研究院、中央博物院、第二历史档案馆，都是仿明清宫廷建筑。有西式古典建筑，如中央大学的礼堂，具有法国文艺复兴时期古典建筑风格。中央银行南京分行采用西方古典罗马柱的形式，坚实华贵。有纯粹西式的别墅，如颐和路两边的使馆建筑。很多的建筑则是中西风格的结合，比如中山陵就是中西艺术的结晶。当时的建筑师像杨廷宝、吕彦直、奚福全、童寯等都曾经留学欧美，深受西方建筑风格的影响，但他们又具有深厚的传统文化功底，使得他们的设计兼具中西特点。我佩服民国的建筑师们，他们做起建筑来一点也不马虎。直到今天，这些建筑仍然看起来很美。很可惜，民国的建筑风格在这座城市后来没有得到继承。

站在南京的梧桐树下、老建筑前看民国的背影，很实在，很真切，有一种典雅之美。

三、民国之风骨

在民国人中，有一个群体给我们这个时代的人留下了极为深刻的印象，那就是活跃在教育界、学术界、艺术界的学人。他们以中西兼备的学养、开山凿路的精神、刚正不阿的品质,构建了一道道美丽的彩虹,直到今天仍然让我们为之惊艳。

民国,是一个新旧交替的时代。要从几千年积淀下来的文化体系中,转换到新的文化体系中,不是一件容易的事情。让人佩服的是,那个时代涌现出了很多杰出的大师级人物。前几年,有一部关于民国精英的纪录片《民国先生》反响很大。《民国先生》讲述了民国国家讲坛上蔡元培、胡适、马相伯、张伯苓、竺可桢、陶行知、陈寅恪的故事。其实,民国先生还可以列举出很多位来。就南京来说,当时活跃在讲坛、学界的民国先生就有吴梅、胡小石、唐圭璋、徐悲鸿、潘玉良、陈鹤琴、张钰哲、朱偰等。民国先生们在新旧文化交替时,担当了文化启蒙的重任。他们是一群筚路蓝缕、以启山林的拓荒者,是一个个学科新体系的缔造者,是一门门学问的奠基者。他们不仅会穿灰色的长袍,也会穿西装打领结。他们不仅具有深厚的传统文化功底,而且也经过西方现代文化的熏陶。他们不仅深谙之乎者也,也精通外语。他们不仅继承传统,也广泛吸纳现代。所以,在那样一个很多学科近乎空白的时代,他们爆发出了惊人的创造力。他们将使用了几千年的文言文打碎,重新排列,让汉字焕发出新的生命力。他们建造了一个个"桥梁",贯通了过去与现代,让后来人很顺利地走进了新时代。他们耕耘出的很多经典成果,至今仍为研究者所重视。比如,研究诗词的,不能不看王国维的《人间词话》;研究现代教育的,不能不关注陶行知、蔡元培、吴贻芳、陈鹤琴;研究哲学、逻辑学的,不能不去读金岳霖;研究《红楼梦》的,不能不关注胡适、俞平伯;研究建筑学的,不能不关注杨廷宝、吕彦直、梁思成、林徽因;研究现代小说的,不能不关注鲁迅、张恨水;研究新诗的,不能不关注徐志摩、胡适;研究绘画的,不能不研究张大千、刘海粟、徐悲鸿、傅抱石;研究气象学的,不能不关注竺可桢；研究天文学的，不能不关注张钰哲；研究性学的，不能不关注张竞生……

这些民国先生不仅教书育人、在学术研究上多有建树，同时在人品上也是辉映长空。蔡元培践行"思想自由、兼容并包"的人生理想，陈寅恪追求"独立之精神、自由之思想"，刘文典不畏权威敢于与蒋介石对骂，梁漱溟毫不隐瞒自己的观点，朱自清饿死不领救济粮，陶行知教育救国百折不挠，鲁迅以文为刀枪敢于批判一切……民国先生是一些铮铮铁骨的硬汉子。后人用"民国风骨"、"民国风范"来赞美他们。

一个新时代的开启，多亏了这些开拓者。因此，从文化的角度看，民国先生的背影伟岸、刚直，令我们景仰。

如果说民国的建筑、梧桐树，是一种有形的美、物质的美，那么，民国先生们的风骨，则是一种精神的美、内在的美。

四、民国之痛

说民国的美，说民国的好处，可以说出不少来，但是，一定不要忘了民国之痛。民国之痛，是我们民族之痛，尽管六十多年过去了，回味起来至今仍让人有锥心之痛。

这个痛就是发生在民国期间的南京大屠杀。不要忘了，大屠杀的发生地是国民党的首都！

我始终难以理解的是，一个国家的首都怎么保护不了？日军再强，也是离开本土作战。淞沪之战，国民党投入了50万兵力作战，结果死伤30万，而日军只死亡4万多。国民党政府就是那么不堪一击？对于日军攻占首都的计划，国民党政府事先不是不知道，但为何还是束手无策，没有采取有效的措施？国民党政府事先已经做好了放弃的准备，竟然还让少量的将士去守城，这不是草菅人命又是什么？我们固然要谴责日军的侵略行为，难道我们不更应该谴责政府的无能？

联想到12年后这个政府土崩瓦解、逃之夭夭，也就不奇怪了。这样的政府怎么能够担当得了统领全国的重任？

你还能说民国这个朝代有多么伟大吗？即便是怀旧主义者恐怕也难以列出多少让人信服的理由来。

最是仓皇辞庙日。站在总统府前看民国的背影，你会发现那是一个失败者的背影。黯淡无光，足够让人们寒心。

五、民国之热

这几年，国人对民国渐渐重视起来，甚至最近几年渐渐形成了一股"民国热"。关于民国方面的书籍一本接一本出版。关于民国的美誉也渐渐多起来，诸如"民国风范"、"民国先生"、"民国风骨"、"民国风雅"、"民国味道"……关于民国的戏剧影视作品也接连不断地出来。在南京，有饭店推出民国大餐。有服装店推出民国旗袍。保存民国建筑较多的南京大学、东南大学、南京师范大学校园里，每逢毕业季，总有男生学着民国先生的样子穿着灰色长袍，女生扎着民国辫子穿上民国旗袍，在民国建筑前照相，似乎过足了一把"民国瘾"。今天，民国的"粉丝"还真有不少。

"民国热"的形成是有其社会原因的。解放后一直到"文革"期间，国人对于民国讳莫如深。由于涉及政治，对于旧政权以及旧政权统治下的一切似乎都不愿去触及。对于民国的美，更没有人敢去肯定。理论界对于民国的研究也是战战兢兢。随着改革开放带来的思想解放,很多禁区被打破,人们开始全面、客观地审视离我们这个时代很近的前朝,结果发现,这个尽管失败的前朝并不是一无是处,它曾经创造了美的物质与美的精神。这些美的东西是我们民族的前辈们创造的,理应得到我们尊重、继承。民国是中华文化链条中一段抹不去、剪不断的历史。民国的精华,更不应该被遗忘。

但是,我们不能从一个极端走向另一个极端,用一个方面去掩盖另一个方面。漠视与遗忘,固然不可取,盲目与偏见,同样可笑。要看到,民国既是胜利者,但也是失败者。民国推翻了帝制,但被日本打进了自己的国家甚至连首都也守不住。民国有民国先生,但更有很多身着破旧棉袍、手插在袖筒里袖手旁观的愚昧平民。民国的南京有颐和路,有洋气的公馆,但也有凌乱的大街、肮脏的小巷。桨声灯影里的秦淮河,只是文学家的描述与渲染,其实,那时的秦淮河已经很糟糕,整个民国期间,秦淮河也没有进行多少整治,可以说是脏乱不堪。所以,如果一味认为民国什么都好,那会落入想象的泥淖中。

民国,是一个复杂的背影。有时候看起来很美,那是时间的作用,也是想象的结果。

城墙砖上的明代人

"贾一""李大""李二""王三""张九四""孙富""陈贵""王福""铁柱""李黑"……走在古老的明城墙旁,摩挲着青黑色的城砖,辨认着漫漶不清的铭文,念着这些简单得不能再简单的名字,顿时有一种穿越感,仿佛穿过由这些青黑色城砖砌成的岁月之门,到了六百年前,看到那些健硕的窑匠们在彤红的窑洞前劳作的身影……

明朝开国离现在已经有六百多年了,那时候的建筑今天已经所剩无几,但南京的明城墙依然有二十多公里保存完好,不少城墙砖上的文字清晰可见。当我念着明城墙城砖上这些名字时,有一种肃然起敬的感觉。这些"铁柱"们制造的城墙砖虽然经历了六百多年的风雨吹打,至今仍然十分坚固。在历史的长河中,历朝历代能够在史书上留下姓名的只是极少数人,或是声名赫赫的官员,或是有作品传世的文人,或是富甲一方的商人,绝大多数底层普通百姓是没有机会留下名字的。南京城墙则保存了明朝成千上万生活在底层的百姓的名字,这实在是一件万分侥幸的事情。这要归功于朱元璋在建城墙时实行严格的"物勒工名"责任制,一块城墙砖上最多的刻有十一层负责人的名字,从府、州、县的官员,到下面农村的总甲、甲首、小甲,再到窑匠、坯匠、役夫,都一一注明。也就是说，一块城墙砖上最多的时候能留有十多个人的名字。从目前发现的城墙砖产地看，主要来自江苏、安徽、江西、湖北、湖南五省，37个府（直隶州），160多个县，近200个制造单位。今天，我们在辨认明城墙砖上的这些名字时，像是在读一本明代城墙建造工匠名录，真实可感。摩挲着或凸或凹的文字，似乎能感觉到历史的温度，也仿佛透过历史的底片看到六百年前芸芸众生的身影。南京的明城墙总长达35.2公里，用砖上亿块，由于很多城砖是砌在城墙里的，也不可能看到，砌在外层的城砖，经过风雨侵蚀，自然风化，有的字迹已经很难辨认。所以，今天能看到的城砖铭文并不是很多。《南京城墙砖文》（南京市明城垣史博物馆编）收录了各地生产的城砖拓片1000多张。管中窥豹，也能略见一斑。透过部分城砖上的这些人名，能看到这个符号背后的一些信息。

张富与余贵

一块来自江西行省袁州府宜春县的城砖上刻着"袁州府宜春县提调官主簿高亨司吏陈廷玉烧砖人李受人户张富"，人户是直接参与烧砖工役的最普通役夫，包括取土、过筛、搅拌泥土、装坯、烧制等繁重的体力活，都由他来承担，有的称为造砖人、人夫。这位张富是宜春县乡下的一位役夫，他的父辈给他起了一个包含"富"字的名字，希望他将来富贵相随。一块来自常州府江阴县的城墙砖上铭文为"常州府江阴县提调官主簿魏勉司吏李受正作匠余贵"，作匠就是烧制城砖的窑匠，这位余贵就是烧制这块砖的窑匠。他的父辈对他也曾寄予厚望，孰料他长大了也只是做了一名卖体力活的窑匠。明城墙砖上人名中嵌入"富""贵"字的很多，比如用

"富"字的,孙富(黄州府蕲州作匠)、王必富(应天府江宁县小甲)、徐文富(安庆府潜山县甲首)、胡文富(临江府新喻县窑匠)、曾文富(赣州府瑞金县总甲)、朱兴富(庐州府庐江县小甲),等等。用"贵"字的,如杨贵(扬州府泰州总甲)、陈贵(扬州府海门县小甲)、黄贵(常州府宜兴县造砖人夫)、徐贵(黄州府蕲州小甲)、丁贵(扬州府泰兴县甲首)、张贵(临江府新喻县造砖人夫)、李贵(九江府德化县总甲)、朱二贵(武昌府武昌县人户)、张安贵(庐州府庐江县甲首)、高大贵(太平府当涂县造砖人夫),等等。

"夫贵为天子,富有天下,是人情之所同欲也。"(《荀子·荣辱》)自古以来,富贵一直是人们的愿望与追求。对于这些生活在社会底层的百姓来说,尽管富贵离他很远,但并不妨碍他们表达美好的愿望与梦想。除了"荣""华""富""贵"这些字外,明朝人起名还喜欢用"福""禄""寿"等字。比如"福"字,南京城墙砖上就有王福(常州府武进县作匠)、汪福(武昌府兴国州人夫)、陈福(长沙府醴陵县典吏)、但福(安庆府太湖县小甲)、梅福(扬州府泰兴县甲)、姚福(九江府德化县造砖人夫)、李添福(长沙府宁乡县典吏)、夏天福(扬州府兴化县造砖人夫),等等。光宗耀祖,自古以来就是很多国人的愿望。明城墙砖上很多名字中有"祖"字,比如李兴祖(庐州府合肥县提调官)、马兴祖(武昌府武昌县提调官主簿)、陈兴祖(武昌府武昌县甲首)、胡兴祖(池州府石埭县窑匠)、胡显祖(安庆府太湖县总甲)、陈光祖(太平府当涂县总甲)、陈振祖(太平府当涂县甲首)、曹振祖(黄州府提调官)、张胜祖(太平府当涂县总甲)、苏胜祖(池州府建德县窑匠)、朱胜祖(南康府都昌县造砖人夫),等等。

此外,明城墙砖人名中比较常见的字还有"德""顺""荣""文""贤"等字。比如用"德"字的,有徐德(庐州府庐江县)、王德(荆州府潜江县）、曹德（常州府江阴县）、姜德（扬州府通州）、赵德（安庆府太湖县）、陈德（临江府新淦县）、胡秀德（临江府新淦县），项有德（太平府当涂县）、焦德（沔阳州景陵县）等。用"顺"字的，如袁顺六（太平府当涂县）、余顺三（抚州府临川县）、鲍顺一（抚州府临川县）、刘顺一（吉安府安福县）、肖顺一（吉安府安福县）、张奇顺（袁州府萍乡县）、孙顺成（赣州府雩都县）、赵顺德（吉安府安福县）等。用"善"字的，有汪从善（宁国府泾县）、李从善（武昌府德安州随县）、阚善（宁国府南陵县）、段善（南昌府南昌县）、消志善（瑞州府高安县）、杨愿善（南昌府南昌县）、谢原善（赣州府兴国县）、周胜善（袁州府萍乡县）、王惟善（广信府上饶县）、洪惟善（抚州府崇仁县）、冯惟善（抚州府临川县）、张善庆（武昌府兴国州），等等。

　　由于某些字特别受到人们青睐，难免会造成重名，自古以来皆然。比如陈贵，我们发现扬州府海门县造的一块城砖上，一位小甲叫陈贵，而黄州府黄冈县的一位甲首也叫陈贵。庐州府合肥县一位司吏叫徐德，而袁州府万载县一位小甲也叫徐德。太平府当涂县制造的一块城砖上一位总甲叫张胜祖，宁国府泾县造的城砖上也有一个张胜祖，不过他是一位造砖人夫。还比如，宁国府泾县的一位司吏叫汪从善，常州府无锡县丞叫贾从善，太平府当涂县甲首叫魏从善。还有，明初喜欢用数字入名字，就更容易造成重名了。比如李大，庐州府庐江县窑匠叫李大，而安庆府桐城县也有一个窑匠叫李大。

张九四与韩四九

　　张九四、焦九四、蒋九四、韩四九……这些都是明朝城墙砖上的人名。张九四是临江府新喻县小甲,焦九四是扬州府高邮州兴化县的窑匠,蒋九四是扬州府泰州的总甲,韩四九是临江府新喻县小甲,明城墙砖上还有很多人名是用姓加上数字构成的。学者早就注意到元代及明初喜欢用数字入名的现象。比如,清代学者俞樾在《春在堂随笔》中说:"元制庶人无职者不许取名,止以行第及父母年齿合计为名。"意思是说,元朝的制度是普通老百姓都不能取名,只能用行第和父母年龄合计为名。比如,朱元璋祖宗五代名字都含数字。朱元璋的高祖叫朱百六,曾祖叫朱四九,祖父叫朱初一,父亲叫朱五四。朱元璋自己叫朱重八。朱元璋手下大将常遇春,父亲叫常六六,爷爷叫常重五,爷爷的父亲叫常四三。由此看来,元末用数字起名,是一种风气。俞樾认为元朝政府不准没有正式职业的汉人起名字,似乎不是事实。从南京城墙砖上的名字看,即便是最下层的窑匠、坯匠、人夫,也都是有名字的,只不过很多名字比较简单,有的就直接在姓后加上一个数字。比如贾一(扬州府泰州小甲)、严一(武昌府兴国州作匠)、李二(庐州府合肥县窑匠)、李三(吉安府庐陵县造砖人)、季三(吉安府庐陵县造砖人)、汪三(宁国府宣城县窑匠)、王三(常州府无锡县造砖人夫)、何四(抚州府乐安县窑匠)、曾四(黄州府蕲水县造砖人)、周五(武昌府汉阳县总甲)、黄五(南昌府新建县窑匠)、刘六(赣州府兴国县窑匠)、张七(武昌府蒲圻县窑匠)、王九(扬州府兴化县作匠)、李六三(镇江府丹徒县窑匠)、徐和十一(抚州府金谿县总甲)、朱胜十二(赣州府雩都县窑匠)、夏十五(武昌府武昌县小甲)、刘廿二(赣州府会昌县小甲)等。用数字入名,有几种情况。一是按兄弟排行,如李大、李二、李三等。二是按照父母的年龄相加得出数字。清朝学者俞樾认为,"夫年二十四,妇年二十二,合为四十六,生子即名'四六'。夫年二十三,妇年二十二,合为四十五,生子或为'五九',五九四十五也。"(《春在堂随笔》)三是按照出生的年月来起名。如邓正六（抚州府崇仁县窑匠）可能是正月初六出生的。张正四（扬州府泰兴县窑匠）可能是正月初四出生的。四是在名字的最后一个字用数字。比如邓文七（南昌府奉新县窑匠）、李笑三（临江府清江县窑匠）、陈兴二（扬州府泰州窑匠）、马仁七（扬州府泰兴县造砖人夫）、陈荣七（常州府宜兴县窑匠）、袁顺六（太平府当涂县窑匠）。江西行省抚州地区的窑匠，很多人这样起名，如许名七、王名一、吴兴一等，这也是当地的一种习俗？

从已经发现的明城墙砖上的名字看，官员的名字很少用数字，用数字的绝大多数是社会底层的窑匠和造砖人夫。

铁柱与黄牛四

来自吉安府龙泉县一块城砖上的铭文显示"造砖人夫铁柱"，这位铁柱姓什么？这完全是一个乡下孩子的俗名。自古以来，乡下叫"铁柱"的多的是。来自临江府一块城砖上铭文显示"窑匠黄牛四"，难道他姓黄？还是这是一个俗名？或者他在兄弟中间排行老四，所以在"黄牛"后加了一个"四"字，直接成了他的名字。对于一个底层的劳动群众来说，起名字是很随意的事情，古人有"贱名好养"的说法。直到今天，在农村仍然有叫"狗子""锁子""二黑""大傻""栓子"的。过去，有的农民一辈子也没有一个正式的名字。有一块来自南昌府宁县城砖上有"总甲李黑"，推测一下，小时候由于长得比较黑，长辈们干脆给他起名"李黑"吧，类似于当代的"小二黑""小黑子"。还有一位南昌府南昌县的造砖人夫叫吴睡，用"睡"字入名字的极少见，难道这位叫吴睡的小时候就喜欢睡觉，所以大人叫直接喊他"吴睡"？来自抚州府临川县的一块城砖上铭文为"窑匠吴仁四造砖人夫马蛮生"，马蛮生，让人联想到野蛮生长。城墙砖上的"李大"（庐州府庐江县窑匠）、"李二"（庐州府合肥县窑匠）、"李三"（吉安府庐陵县造砖人），都是很简单、很随意的名字。来自江西行省南康府星子县一块城砖上有铭文"三十三四都人夫曹锁住"，另外一块砖上有"人夫潘保住"，锁住、锁子、栓住、保住，这都是乡下人常用的名字。方有余（应天府上元县总甲），希望年年有余。于兴隆（应天府江宁县造砖人夫），寓意生意兴隆。王必富（应天府江宁县小甲），希望生活富起来。孙兴旺（应天府溧水县窑匠），寓意子孙兴旺。董逢吉（广信府上饶县人户），希望逢凶化吉。阮大用（南昌府靖安县造砖人夫），父母希望他长大了成为大用之才，很遗憾，他最终也只能做一位役夫。这些名字直白、浅显，颇具乡野风。

　　乡下人起名或者是没有文化的爷爷父亲辈给起的，或者就是请有文化的乡村先生给起的，所以，我们在明城墙砖上看到了很有意思的反差。比如，邓允中（临江府新淦县小甲），李允中（吉安府吉水县小甲），刘执中（南昌府靖安县甲首），黄执中（饶州府余干县造砖人夫），这样的名字很明显来自《尚书》里的话"人心惟危，道心惟微，惟精惟一，允执厥中"。如果没有读过书，肯定起不了这样的名字。常九鼎（广信府上饶县总甲），寓意一言九鼎。董维新（宁国府泾县总甲），来自"周随旧邦，其命维新"（《诗·大雅》）。温景行（抚州府宜黄县小甲），来自"高山仰止，景行行止"。王鼎新（吉安府永丰县甲首），取革故鼎新之意。杜日新（太平府当涂县小甲），来自"苟日新，日日新，又日新"（《礼记》）。涂文质（太平府当涂县小甲），取文质彬彬之意。朱自省（南昌府丰城县人夫），取"吾日三省吾身"（《论语》）之意。涂大志（南昌府南昌县小甲），取胸有大志之意。这些名字是有些文化底蕴的，与"铁柱""黄牛四""李大"之类形成了鲜明的反差。

刘芷娘与谢妹

明朝城墙有女人参与城墙修建吗？窑匠中有女人吗？回答是肯定的。一块来自江西吉安府城砖上有铭文："吉安府委提调官沈宣府吏吴彬庐陵县丞章道庸司吏刘孝礼总甲孙用中甲首王文枢小甲王与文窑匠刘海一人夫刘芷娘。"这位刘芷娘肯定是一名女性，她是一位干劳力活的女人，这在明代是很了不起的。

一块来自吉安府龙泉县城砖上有铭文："吉安府提调官王庸府吏吴彬龙泉县提调官白敬先司吏李仁总甲肖民甲首□道存小甲宋文珍窑匠郭氏造砖人夫陈中青"，这位郭氏肯定也是一名女性，她当时当然是窑匠。一块来自吉安府吉水县的城砖上有铭文："吉安府吉水县提调官主簿李诚司吏郭伦总甲高敬可甲首□初小甲匊立宵窑匠彭氏造砖人夫匊立宾"，这位彭氏是一个女的。烧窑不是一个轻活，而且是很讲究技术的，而郭氏和彭氏都是很能干的窑匠。宋代范致明《岳阳风土记》："江西妇人皆习男事，采薪负重，往往力胜男子。"可见，在古代江西，很多女子像男子一样干重活，所以，出现女窑匠也就不奇怪了。

来自池州府青阳县一块城墙砖上有铭文："总甲胡伯高甲首王伯川小甲陈善民窑匠谢妹造砖人夫陈伯原"，这位窑匠叫谢妹，肯定是女的。不过，在明城墙砖上，发现的女子姓名并不多，也只有这几块，显得弥足珍贵。

福东海与寿南山

有两块来自江西南昌府新建县烧造的城砖，铭文上分别印着"窑匠黄五人夫福东海""窑匠黄五人夫寿南山"。这两名烧砖役夫一个叫"福东海"，一个叫"寿南山"，难道这是他们的真实姓名？有专家认为这是使用了吉语的化名，表达"福如东海""寿比南山"的寓意。巧的是，在安徽桐城县烧造的一块城砖上，也出现了"寿南山"这个名字——"桐城县提调官司吏寿南山"，这个寿南山是在安徽桐城县署中负责办理文书的小吏。朱元璋建国伊始，颁布建造京城的诏令，没有人敢不听，加上他的手段一贯毒辣，有人竟敢不用真名？所以，也有人认为这是他们的真实姓名。来自南昌府新建县造的一块城砖上有铭文"窑匠黄五人夫远近中"，难道有人姓远？"远近中"，难道有人会开这种玩笑？朱元璋在建造明城墙中，要求实现严格的"物勒工名"制，从绝大多数城砖来看，层层责任的姓名是刻得很清楚的，但也出现极少数马虎的铭文。比如，"广信府玉山县窑匠徐僧"，这位徐僧是一个和尚，只有姓，没有名。"镇江府丹徒县造砖人夫郑和尚"，和尚只知道姓郑，也没有写详细名。来自太平府当涂县的一块城砖上写道"窑匠陈道人"，这个陈道人是道观里的道人，也没有写出他详细的名。知道哪个庙宇、道观，一般是跑不掉的。如果说这样简单的铭文还情有可原的话，那么另一块来自荆州府江陵县的城砖上的铭文就显得有点不可思议了，铭文为"荆州府江陵县提调官庞司吏赵作匠沈老"，提调官只写了姓庞，司吏姓赵，而窑匠姓沈，由于沈老年纪比较大，干脆就刻上"沈老"。这种简单的铭文，在明城墙城砖中极为罕见。这让人产生疑问,难道荆州府的官员不知道朱元璋的严格规定?这些砖又是如何通过地方官员验收的呢?

刘德华与胡兵

在明代瑞州府烧造的一块城砖上,两次出现了"刘德华"的名字:"甲首刘德华窑匠晏文叁造砖人夫刘德华。"在明代的造砖系统中,"甲首"是烧制城砖过程中的基层组织管理者,"造砖人夫"则是直接参与烧制城砖的普通百姓。"甲首刘德华"和"造砖人夫刘德华"应该是同一个人,故乡就在如今的江西省上高县。有意思的是,这个六百年前的"刘德华"与当代香港影星刘德华撞名了。可见,刘德华的名字在历朝历代中使用频率会很高。

来自吉安府的一块城砖上有"吉安府委提调官沈宣府吏胡兵",明朝的胡兵是一位小吏,而现代的胡兵则是一位知名的演员男模特。来自南昌府都康县的一块城墙砖上"甲首吴京",当代的吴京是一名演员,近年来以拍摄《战狼》而闻名。来自应天府上元县的一块城砖上,有"提调官县丞李健",现代叫李健的不在少数,比较出名的李健是一位歌手。来自安庆府的一块城墙砖上,有"总甲余华甲首陈胜",两个人名很有意思,当代一位知名作家也叫余华,陈胜则是秦末农民起义领袖。来自江西抚州的一块砖上"司吏黄裳",当代有一个散文作家也叫黄裳。来自太平府的一块"甲首陈升",现代台湾一位著名音乐人也叫陈升。来自镇江府金坛县的一块城砖上有"总甲谢安",而东晋时的谢安非常有名,他是著名政治家军事家,曾经指挥过著名的淝水之战。来自长沙府湘潭县的一块城砖上有"总甲宋玉"的字样,宋玉是战国时期的楚国人,著名的美男子，也是屈原之后的辞赋家。来自南康府都康县的一块城砖上，刻有"十三都人户李敬"，而道家学派创始人老子的父亲叫李敬。来自瑞州府高安县的城砖上有"司吏雷震"，与宋代著名诗人同名。宋代雷震的那首诗《村晚》"草满池塘水满陂"非常有名。这些撞名从一个侧面反映了汉字起名的特点。某一个时期，人们很喜欢用同一个名字，比如在当代，很多人喜欢起名王伟、王芳、王秀英、李秀英、李娜等，据说这样的名字每一个都有几十万。明城墙城砖上有的名字，放到今天，使用频率仍然是很高的，如陈刚、吴彬、朱敏、彭华、王琪、李中、刘中、汪文、林川、王玲、刘志、陈烨、陈志、陈真、刘海、刘康、王华、王彬、王进、马立、李贞、李真、余斌等。

黄奇翁与巢成翁

一个现代人起名是不会用"翁"这个字的，因为会让人想到"老翁"。可是，在古代的江西行省，就有人喜欢用"翁"来入名。从目前发现的城墙砖看，有这样一些带"翁"的名字：赣州府兴国县甲首邓祥翁、袁州府萍乡县总甲喻成翁、瑞州府上高县小甲黄奇翁、瑞州府新昌县甲首巢益翁、瑞州府新昌县造砖人夫巢成翁、饶州府乐平县甲首丁琼翁、饶州府德兴县甲首叶吉翁、吉安府永新县小甲肖引翁、袁州府萍乡县甲首易得翁。据周运中先生考证，用"翁"的集中在赣南、赣东赣中的六个县。在南宋时，吉安府就曾出过一位比较著名的诗人刘辰翁。可见，用"翁"字入名，其来有自。

赤盏从敬与万文九进

汉字的人名,绝大多数是两字或三字,复姓一般四个字。从明城墙砖文看,两字、三字名字居多,四字的很少。来自南昌府南昌县的一块城砖上有铭文:"南昌府南昌县提调官典史陈司吏赤盏从敬甲首陈以和人夫吴睡",这位司吏姓赤盏,是复姓,赤盏氏是女真人,洪武年间,政府实行南北官员对调。这位赤盏氏肯定是从北方被派往南方来做官的。来自岳州府华容县的一块城砖上注明"提调官皇甫从龙","皇甫"是复姓。

来自饶州府德兴县的一块城砖上有"总甲万文九进"铭文,而另一块来自饶州府德兴县城砖上有"造砖人夫李大三进"铭文,万文九进、李大三进,都是四个字。来自赣州府雩都县的一块城砖上有铭文"窑匠朱胜十二",来自抚州府金溪县的一块城砖上有铭文"总甲徐和十一","朱胜十二""徐和十一",都是用数字入名,也许是根据兄弟排行命名,也许是根据出生年月命名。

《红楼梦》中的南京元素

读《红楼梦》，不时可见"金陵""姑苏""维扬"；说《红楼梦》，不能不提南京、苏州、扬州三大古城。"红楼"四城（京都、南京、苏州、扬州），江苏有其三。而在江苏三城中，南京又最是突出。细读《红楼梦》，会发现很多"南京元素"。曹雪芹的曾祖父、祖父、父辈三代人曾任职江宁织造，在南京生活了六十年左右。曹雪芹的童年、少年时代是在南京度过的。江南一带的历史、遗迹、物事、风俗、习惯，他都了然于心。"秦淮风月"构成了他一生美好而惆怅的记忆。后来，南京元素化成了涓涓细流，汇入到了作者的心灵之河。本文从小说的文本出发，梳理出其中的南京元素，从中不仅可以看到南京为《红楼梦》这座巨峰的形成所做出的贡献，更可以感受到南京文脉渊源之流长、文化底蕴之丰厚。

一、南京是"红楼"重镇

《红楼梦》虚虚实实，真真假假，实写的地名并不多，但涉及南京、苏州、扬州又直接写来，毫不含混。作者把故事的主要场景放在了"一北一南"。北方即京都（长安、神京、神都、都上），南方则是包括南京、苏州、扬州在内的江南。在第五回中,作者借贾宝玉之口写道:"常听人说,金陵极大。"作者还有意识地将籍贯是苏州的林黛玉、妙玉列入"金陵十二钗"。小说中创造的"金陵省"其实是一个包括南京、苏州、扬州在内的类似于清代江南省的大概念。书中经常出现的"南方""南边""江南"也就是指这一区域。

"秦淮风月忆繁华。"(敦敏《赠芹圃》)南京,是曹雪芹的出生地,他在这里生活到十三岁。"锦衣纨绔之时,饫甘餍肥之日",对他一生产生了重大影响,所以,才有日后的"忆繁华"。作者把小说的主要场景放在了南京。南京的别称有四十多个。最为常见的则是金陵、应天、江宁、南京。金陵之名,始于战国时期。应天府之称,始于元末明初。江宁之名始于六朝。南京之称,始于明代。这几个名称,在《红楼梦》中经常出现。第一回就写道:"曹雪芹于悼红轩中,批阅十载,增删五次,纂成目录,分出章回,则题曰《金陵十二钗》。"第二回写贾雨村与冷子兴说:"去岁我到金陵地界,因欲游览六朝遗迹,那日进了石头城,从他老宅门前往过,街东是宁国府,街西是荣国府。""去岁我在金陵,也曾有人荐我到甄府处馆。"第三回写道:"不上两月,便选了金陵应天府。"第四回写道:"如今且说贾雨村授了应天府,一到任就有件人命官司详至案下。"第十三回写道:"江南江宁府江宁县监生贾蓉。"第三回贾母说凤姐:"南京所谓'辣子',你只叫他'凤辣子'就是了。"第十二回写道:"老爷正在看南京来的东西。"第三十三回写道:"我和你太太,宝玉儿立刻回南京去!"……在小说所有出现的地名中,"南京"(包括金陵、应天、江宁、石头城)出现的次数最多,其中又以"金陵"为最,仅仅前五回,"金陵"就出现二十多次。

《红楼梦》主要人物涉及贾、史、王、薛四大家族。《红楼梦》第十六回小说中引用的谚语道:"贾不假,白玉为堂金作马。阿房宫,三百里，住不下金陵一个史。东海缺少白玉床，龙王来请金陵王。丰年好大雪，珍珠如土金如铁。"贾、史、王、薛的老家都在金陵，后来迁居都城。包括"金陵十二钗"正册、副册、又副册在内的三十六个女子都是金陵籍人。

《红楼梦》写了一个甄府，一个贾府。贾府在京都，而甄府则在南京。两家来往非常密切。这个甄府就是"金陵城内，钦差金陵省体仁院总裁甄家"。在第十六回，赵嬷嬷说："现在江南的甄家，嗳哟哟，好势派！独他家接驾四次，若不是我门亲眼所见，告诉谁谁也不信的，别讲银子成了土泥，凭世上所有的，没有不是堆山塞海的，'罪过可惜'四字竟顾不得了。"这个甄家有一个孩子，叫甄宝玉，与贾宝玉长得一模一样。其实，金陵的甄宝玉与京城的贾宝玉是合二为一的形象。这是作者真真假假的神来之笔。

二、曹雪芹笔下的金陵胜迹

金陵大地，钟灵毓秀，文脉流长，名胜众多。《红楼梦》中直接写到的金陵名胜古迹就有——

六朝遗迹。在《红梦楼》中出现过两次。第二回中写到："去岁我到金陵地界，因欲游览六朝遗迹，那日进了石头城。"第八十七回写林黛玉听到史湘云说起南边的话后，"便想着'父母若在，南边的景致，春花秋月，水明山秀，二十四桥，六朝遗迹……'"六朝指建都于建康（吴称建业）的东吴、东晋、宋、齐、梁、陈。隋灭陈后，将南京荡为耕地，所以，六朝遗留下来的建筑物并不多。李白说："吴宫花草埋幽径，晋代衣冠成古丘。"宫殿没有了，但遗迹还是有的，比如蒋山、石头城、桃叶渡、乌衣巷、凤凰台、胭脂井、台城、栖霞寺、鸡笼山等，作者对这些遗迹一定非常熟悉。

石头城。出现在第二回中。孙权迁都秣陵，改称建业，并在清凉山原有城基上修建石头城，作为水军基地。后来，石头城成了南京的代名词。刘禹锡有《石头城》诗："山围故国周遭在，潮打空城寂寞回。"作者起初将小说起名《石头记》。

凤凰台。出现在第十七至十八回中。"李太白'凤凰台'之作，全套'黄鹤楼'，只要套得妙。"相传南朝刘宋文帝元嘉十六年，有三只凤凰栖落在南京城西南凤游寺附近的一棵树上，招来大群鸟类随其比翼飞翔，呈现百鸟朝凤的盛世景象，后人在此筑台，名凤凰台。李白曾来此遗迹访古，并作《登金陵凤凰台》诗。唐朝崔颢曾有名篇《黄鹤楼》，作者认为李白虽然借鉴了《黄鹤楼》的写法，但不失自己的创造，所以也堪称经典。

钟山。出现在小说第五十一回中。薛宝琴写有《钟山怀古》诗："名利何曾伴汝身，无端却招出凡尘。牵连大抵难休绝，莫怪他人嘲笑频。"钟山就是南京东郊的紫金山，古代又称蒋山。薛宝琴的诗，说的是发生在南齐周颙隐居钟山的故事。周颙先是隐居，后有出为海盐令，孔稚珪作《北山移文》讥笑他故作高蹈。周汝昌认为，这首诗是有用意的，曹家四代人在南京任织造，并非自愿，而是不得已为之，牵连难以断休。钟山有很多历史遗迹与传说，作者一定非常熟悉。

桃叶渡。出现在第五十一回中。薛宝琴作《桃叶渡怀古》："衰草闲花映浅池，桃枝桃叶总分离。六朝梁栋多如许，小照空悬壁上题。"位于秦淮河上的桃叶渡特别有名。相传东晋书法家王献之有个爱妾叫桃叶，她往来于秦淮两岸时，王献之放心不下，常常在渡口迎送，并为之作《桃叶歌》。后世很多文人写过关于桃叶渡的诗词。清吴敬梓说："世间重美人，古渡存桃叶。"（《桃叶渡》）对作者来说,秦淮河想必十分熟悉。"秦淮旧梦",如影随形,终其一生。

由此可见,作者对南京的两个主要景点——钟山、秦淮河都写到了,而"六朝遗迹"则又是对南京历史文化遗迹的总写,再加上"街东是宁国府,街西是荣国府"的描述,《红楼梦》故事的南京氛围就再清楚不过了。

三、曹雪芹笔下的金陵人物

《红楼梦》是一部涉及面极广、容量极大的小说。小说中写到很多历史人物,有的通过小说中的人物之口表达对历史人物的评价。金陵人文荟萃,古往今来,人才辈出。小说中直接提及的金陵历史人物有多位。

王谢二族。出现在小说的第二回。作者借贾雨村之口历数各朝"聪俊灵秀"但"乖僻邪谬"的名人,其中提到"王谢二族"。晋永嘉之乱后,琅琊王氏和陈郡谢氏族人,从北方南迁至金陵,后因王导、谢安及其后继者们于江左权倾朝野、文采风流、功业显著而显赫一时。所以,后世人说:"王谢风流满晋书。"(羊士谔《忆江南旧游二首》)刘禹锡有诗:"旧时王谢堂前燕,飞入寻常百姓家。"(《乌衣巷》)

王羲之。出现在小说的第七十回,他出自王谢二族中的王家。紫鹃走来送给宝玉一卷东西,拆开一看,却是一色老油竹纸上临的钟王蝇头小楷。钟王指三国魏时的钟繇和王羲之,都是大书法家,被历代推尊为楷书、行书之祖,王羲之有"书圣"之称。

顾虎头。出现在小说第一回中,被列入"聪俊灵秀"但"乖僻邪谬"之列。顾恺之,字虎头,晋陵无锡人,但他与南京的关系非常密切。他博学多才,尤善绘画,时人称之为三绝:画绝、文绝和痴绝。顾恺之与曹不兴、陆探微、张僧繇合称"六朝四大家"。顾恺之曾在南京城南的瓦棺寺壁上画维摩诘像。唐代的杜甫还曾到瓦棺寺来观看过,并写下了"虎头金粟影,神妙独难忘"的诗句。

张僧繇。出现在小说的七十六回。张僧繇是苏州人,是南朝时梁武帝时著名画家。他与南京的关系非常密切。"画龙点睛"的故事就出自他。作者借林黛玉之口说出了"张僧繇画一乘寺的故事"。张僧繇曾在南京一乘寺门上用古印度技法画凹凸花,产生浮雕般效果。

寿昌公主。出现在小说的第五回,描写秦可卿的房内陈设时,"上面设着寿昌公主于含章殿下卧的榻"。《太平御览》引《杂五行书》记载:"宋武帝女寿阳公主,人日卧于含章殿檐下,梅花落于公主额上,成五出花,拂之不去,皇后留之,……宫女奇其异,竞效之,今梅花妆是也。"寿阳公主,南朝宋武帝刘裕的女儿。作者将寿阳公主写成寿昌公主是有意为之,还是笔误?

达摩祖师。出现在小说第八十五回。小说讲到贾母和薛姨妈等在看戏,"第五出是达摩带着徒弟过江回去,正扮出些海市蜃楼,好不热闹"。其实,这里演的是明代张凤翼《祝发记》第二十四出《达摩渡江》。达摩渡江的故事就发生在南京。禅宗祖师达摩见到梁武帝后,不受待见,便毅然离去,乘一苇飘然过江。南京六合至今仍存有达摩到过的长芦寺。

陈后主。出现在小说第一回中。作者借贾雨村之口历数各朝"聪俊灵秀"但"乖僻邪谬"的名人,陈后主在其中。陈后主是六朝陈朝最后一个皇帝陈叔宝,他喜爱诗文,在他周围聚集了一批文人骚客。陈后主还十分宠爱张丽华,为她作曲《玉树后庭花》。

颜真卿。出现在小说第四十回。探春房内挂着的一副颜真卿手书的对联："烟霞闲骨格，泉石野生涯。"据考证，颜真卿没有写过这样的诗句，想必是作者代拟的。颜真卿是唐代著名书法家，曾任升州刺史。他在南京的经历与曹家有着间接的关系。他曾上书唐肃宗请求设置放生池。位于南京城西的乌龙潭就是其中最大的一个。明末，南京文人吴应箕在乌龙潭边建立私家花园——吴乐园。清时，历任江宁织造的曹家买下吴乐园，并在其基础上扩展，成为远近闻名的"织造府花园"。雍正五年，曹家因事获罪，家产落入继任江宁织造的隋赫德手中。乾隆时代，袁枚买下荒园故址，易隋为随，称为"随园"。

李煜。南唐后主，著名词人。第二十三回写林黛玉听了《牡丹亭》的曲子，联想起李煜的词句"流水落花春去也，天上人间"，不觉黯然神伤。这句词来自李煜的《浪淘沙》。李煜是南唐最后一个皇帝，南京为南唐的首都，他的词意境优美，感情真挚。曹雪芹想到引用李煜的词，绝不是随意为之。一者，他一定非常熟悉李煜的词，所以才信手拈来。二者，他引用的这句词也是李煜的经典词句，说明曹雪芹具有很高的诗词鉴赏力。

四、江南风物风俗

由于《红楼梦》与南京有着千丝万缕的联系，所以，小说中的景物环境、人物服饰、饮食习惯、风土人情、语言称谓等无不打上江南（包括扬州一带）的印记，尽管有的很难确切地说就是南京元素，但完全可以放大一些范围说，是江南元素。下面试着列举一些很明显的江南风物，由此可以窥见小说中的江南特色。

江南园林。关于大观园究竟来自何处，历来说法很多，有的说是北京的恭王府，有的说是圆明园，有的说来自南京袁枚的随园，有的说来自拙政园。仔细品味小说描绘的园林之美，就会发现大观园是一个美的集大成者。它既有元妃省亲正殿皇家园林的富丽、铺张、气派，又有江南园林的雅致、玲珑、曲折，但主要体现的还是江南园林的风格。大观园里有山有水，曲径通幽，移步换景，借景化景，可谓是组合精妙，引人入胜。陈从周说："目前大家的意见还倾向说大观园是一个南北园的综合，除恭王府外，曹氏描绘景色时，对于苏州、南京、扬州等地的园林，有所借鉴和掺入的地方，成为'艺术的概括'。"这样的说法是可信的。

白雪红梅。第四十九回、五十回写栊翠庵白雪红梅："已闻得一股寒香扑鼻，回头一看，却是妙玉那边栊翠庵中有十数枝红梅，如胭脂一般，映着雪色，分外显得精神，好不有趣。"第五十回也写到红梅。北京没有种在户外的红梅，这是江南才有的景象。南京种植梅花历史悠久。早在明代东郊就有梅花坞，南边雨花台有梅岗。清代龚自珍曾说："江宁之龙蟠，苏州之邓尉，杭州之西溪，皆产梅。"（《病梅馆记》）清代诗人曹亮武有诗："万树梅花，想旧日东风，一夜都放。"

中秋赏桂。第三十八回、第七十六回写贾府贾母、凤姐等赏桂吃蟹，并在桂花树下小酌，这完全是江南情调。

丝绸织锦。小说在写到人物着装时，有大量关于丝绸的描写，如贾宝玉的孔雀裘披风、林黛玉潇湘馆中糊窗用的霞影纱、王熙凤的五彩刻丝石青银鼠褂、贾母屋内的金钱蟒缎靠垫、元春省亲赏赐的"富贵长春"宫缎和"福寿绵长"宫绸等。第五十六回，江南甄府进宫朝贺送的礼品中有妆缎蟒缎、杂色缎、各色缎纱绸绫、各色纱等。明清时期，南京是江南的丝绸重镇。元明清三朝都在南京设立官办织造。在清代曹家担任江宁织造时期，南京的云锦是主要的丝绸贡品。

饮食菜肴。第六十一回写到"芦蒿""油盐炒枸杞芽儿",都是江南一带早春吃的野菜。第三十七回写到"红菱""鸡头",这是江南才有的鲜果。第十六回写的"火腿燉肘子",江南习惯叫"火腿笃蹄膀"。第八回写的"酸笋鸡皮汤",第六十二回写的"虾丸鸡皮汤、酒酿清蒸鸭子、胭脂鹅脯",都是江南名菜。

风俗习惯。小说在写人物的生活习惯时,不少地方表现的是江南风俗。第三十一回,写端午节有"蒲艾簪门,虎符系臂"习俗。第六十二回,端午节期间,香菱、芳官等四五人"采了些花草来兜着,坐在花丛堆中斗草"。第三十一回写怡红院乘凉时的情况:"只见院中早把乘凉的枕榻设下。"第四十一回,贾母问煮茶用的是什么水,妙玉回答说"是旧年蠲的雨水"。梅雨时节,收水保存起来,他年再拿出来泡茶,这是江南一带文人雅士的做法。此外,妙玉还用五年前在苏州玄墓蟠香寺收的梅花上的雪水煮茶,更见江南文人的风雅了。

方言称谓。第三回贾母说凤姐:"南京所谓'辣子',你只叫他'凤辣子'就是了。"书中嬷嬷称呼较多,黛玉奶娘王嬷嬷,宝玉奶娘李嬷嬷,南京方言中对成年已婚女子的称呼。《红楼梦》中不少地方使用吴方言。第四十六回回目:"尴尬人难免尴尬事","尴尬"就是吴方言,其他如"物事""碧清""晦气""促狭"等,都是吴方言词汇。第二十四回"贾芸听他韶刀得不堪,便起身告辞了"。第五十七回,写到林黛玉说:"趁这会子不歇一歇,还嚼什么蛆"。韶叨、嚼蛆都是南京话。

一部"红楼",一部百科全书,让人百读不厌。仔细品读,梳理南京元素,倍感振奋。我们在增强文化自信的同时,亦感到研究、传承与弘扬责任之重大。《红楼梦》与南京的关系还有很多文章可做,比如曹雪芹与南京、"红学"与南京等,留待更多的方家去深入研究。

第三辑 爱上一座城

小　谢

小谢。名谢朓。

这个谢朓,对于一般的老百姓来说,是不熟悉的。但对于诗歌爱好者来说,是没有人不知道的。他是我国六朝时期萧齐时代的重要诗人。他的关于南京的两句诗"江南佳丽地,金陵帝王州",今天成了南京的代言诗,也可以说是一张南京的诗歌名片。

说起中国古代山水诗歌的起源,不能不提到这位小谢,还有一位大谢,谢灵运。都是谢家人。

小谢的字叫玄晖,后人叫他谢玄晖。大谢比他早生79年,大谢生活在刘宋时代,小谢生活在齐梁时代。

谢家祖籍陈郡阳夏(今河南太康县)。小谢的祖、父辈皆刘宋王朝亲重,祖母是史学家范晔之姐,母亲为宋文帝之女长城公主,与谢灵运同族。小谢在朝廷当过官,在竟陵王萧子良幕下任功曹、文学等职,颇得赏识,为"竟陵八友"之一。他曾经出任过宣城太守,故有"谢宣城"之称。

之后,家族内发生的一件事情让小谢置于尴尬的境地。小谢的岳父、会稽太守王敬则曾经密谋起兵废掉明帝。王敬则派人将这个天大的秘密告诉了时任南东海郡太守的小谢,希望小谢能一起举兵。小谢有两种选择,一是联合岳父起兵,一是将之告诉皇帝。出于自保,小谢选择了后者,结果可想而知:岳父王敬则被杀。由于告密有功,小谢受赏,被举为尚书吏部郎。但仅仅一年后,小谢就被诬陷死于狱中,年仅36岁。那是一个政治生态环境十分凶险的时代,很多皇亲国戚都没有好下场,何况臣子。谢家的文学巨子——大谢死得也很惨,49岁就被宋文帝以叛逆罪杀害。

小谢现存诗二百多首,其中山水诗的成就很高。

晋宋以后,山水文学产生了,但多少还受玄言诗的影响,总带点玄理。小谢诗学大谢,都善于模山范水,以山水诗见长。但二人的诗境和诗味却有别。大谢的山水诗总还带有一些玄言色彩,而小谢的山水诗能把景物和感情结合起来写,所以读起来很自然。

小谢与南京有过密切的关系。他在钟山附近有自己的庄园。小谢有一首《游东田》诗。位于钟山脚下的东田,就是他的私家别墅。

小谢还写过好几首关于都城建康的诗。比如,他说:"大江流日夜,客心悲未央。徒念关山近,终知返路长。秋河曙耿耿,寒渚夜苍苍。引领见京室,宫雉正相望。"(《暂使下都夜发新林至京邑赠西府同僚》)他说:"余霞散成绮,澄江静如练。喧鸟覆春洲,杂英满芳甸。"(《晚登三山还望京邑》),写的都是在建康城附近的见闻。

小谢有很多写山水的名诗句,比如:"天际识归舟,云中辨江树","朔风吹飞雨,萧条江上来","鱼戏新荷动,鸟散馀花落",等等,这些诗句清新隽永,流畅和谐,对仗工整,体现了"新体诗"的特点。尤其是《入朝曲》中的那两句"江南佳丽地,金陵帝王州",成了千古名句。这些名句,都为唐诗的繁荣作了铺垫和准备。

小谢主张"好诗圆美流转如弹丸"。他的诗歌创作正是实践了这一审美主张。要达到"圆美流转",声律是一个重要因素。他把讲究平仄四声的永明声律运用于诗歌创作中。因此他的诗音调和谐，读起来朗朗上口，铿锵悦耳。沈约《伤谢朓》写道："吏部信才杰，文锋振奇响。调与金石谐，思逐风云上。"

谢朓与沈约是志同道合的诗友。沈约说他："二百年来，无此诗也。"那位文艺皇帝梁武帝萧衍，则是三日不读谢朓诗，便觉得索然无味。小谢和沈约创立的"永明体"诗体，为唐诗的繁荣作了准备。所以后来的人说"谢朓之诗，已有全篇似唐人者"（严羽）。

唐代的诗人们对小谢推崇备至。杜甫说"谢朓篇堪讽诵"（《寄岑嘉州》），李白对小谢更是崇拜有加："解道澄江静如练，令人长忆谢玄晖"（《金陵城西楼月下吟》），"三山怀谢朓，水澹望长安"（《三山望金陵寄殷淑》），"我吟谢朓诗上语，朔风飒飒吹飞雨"（《酬殷明佐见赠五云裘歌》），"蓬莱文章建安骨，中间小谢又清发"（《宣州谢朓楼饯别校书叔云》）。在狂人李白眼里，能看得上的诗人并不多，谢朓是李白极为推崇的一位前朝诗人。所以，清人王士禛《论诗绝句》说李白"一生低首谢宣城"。

玩　月

古人爱月光。今人当然也爱。

与今人相比,古人爱得痴狂,爱得纯粹。

月之皎洁、之通透、之纯净、之朦胧,给诗人们带去了无尽的美感。古人与月的关系很亲近。说夸张点,简直到了无月不成诗的地步。可以这样说,古代所有诗人中,没有人不写月。关于月的好诗,不可胜数。

都知道李白爱月。李白近千首诗中涉及月亮的就有400多首,有关月亮的名诗句比比皆是。

李白特别爱金陵的月,爱秦淮河上的月。

金陵,非李白的故乡,但李白一生多次到过金陵。他非常喜欢这座六朝的故都。

李白诗中的月意象随手拈来。玩月、捉月、泛月、问月、醉月、步月、乘月、揽月、寄月、赊月、问月、宿月、弄月等等,随意组合。

李白在诗中说:"昨玩西城月,青天垂玉钩。"古人喜欢说玩月。玩者,赏也。在月光下看、赏、吟、思、唱、舞、饮。这一切都是"玩"。在诗人觉得,唯有如此好好"玩",才能对得起美好的月光。

李白很喜欢金陵,他经常在月光如水的夜晚出游。"苍苍金陵月,空悬帝王州。""空余后湖月,波上对瀛洲。"金陵月、后湖月,诗人随手拈来。

金陵人对他很友好。有时候,他和朋友一起饮酒玩月。一次,他和文友们在城西的孙楚酒楼通宵饮酒玩月,还穿着紫绮裘,戴着方巾,趁着醉意在秦淮河上泛舟,去拜访朋友。途中还巧遇了仰慕他的歌女,二人携手饮酒。

有时候,他是独自一人登楼赏月。一个清凉的秋夜,他登上金陵城西楼,一轮明月正挥洒着清光。他写道:"金陵夜寂凉风发,独上高楼望吴越。白云映水摇清光,白露如珠滴秋月。月下长吟久不归,古今相接眼中稀。"他在秋月下吟唱,久久不忍离去。

又一个夜晚,他在金陵郊区的板桥浦附近的江面上泛舟,一边赏月一边独酌。"天上何所有,迢迢白玉绳。斜低建章阙,耿耿对金陵。汉水旧如练,霜江夜清澄。长川泻落月,洲渚晓寒凝。独酌板桥浦,古人谁可征。玄晖难再得,洒洒气填膺。"(《秋夜板桥浦泛月独酌怀谢朓》)他想起了谢朓,想起了古人。他为时光的匆匆而伤感,也为自己的抱负无法施展而悲愤。

还有一个夜晚,他在江上泛舟,遇到一位隐者,因为身上没有多余的钱买酒,就毫不犹豫地脱去紫绮裘换酒,和朋友畅饮尽欢。"共语一执手,留连夜将久。解我紫绮裘,且换金陵酒。酒来笑复歌,兴酣乐事多。水影弄月色,清光奈愁何。明晨挂帆席,离恨满沧波。"(《金陵江上遇蓬池隐者,时于落星石上》)那时,月色溶溶,水影蒙蒙,酒逢知己千杯少,且饮且歌,乐亦无穷。

一个秋夜,诗人住在牛渚(采石矶),当看到天空澄澈,水月无痕,欣然作诗:"牛渚西江夜,青天无半云。登舟望秋月,空忆谢将军。余亦能高咏,斯人不可闻。明朝挂帆去,枫叶落纷纷。"(《夜泊牛渚怀古》)

牛渚在汉时即属丹阳郡秣陵(南京)。东晋时,建康城里便流传着"牛渚玩月"的故事。镇守牛渚的谢尚月夜泛舟牛渚江上,听到有人在船上吟咏自己的《咏史》诗,大为赞赏,于是邀请他一起赏月。吟咏的人叫袁宏,当时只是一介穷书生。两人一见如故,吟诗畅叙直达天明。袁宏因受到谢尚的赞誉,从此名声大振,后来成为东晋著名史学家。此次巧遇在文坛传为佳话,后世文人雅士多有仿效他们者:月夜泛舟,赏月怡情。

在金陵,还有一个传说,李白有一天醉意朦胧地来到秦淮河畔赏月,抬头看看一轮明月,再低头看看,水中一轮明月,天上的月亮怎么掉进了水里,于是,纵身一跃跳进了秦淮河里捞月,后果可想而知——捉月而死。当然这只是传说,但连南京民间的老百姓都知道:李白喜欢月,喜欢秦淮月。

"今人不见古时月,今月曾经照古人。古人今人若流水,共看明月皆如此。"李白写这首诗的时候,还是今人,如今,他早已成了古人,一轮明月依旧照在大地上。人,又在哪里?所以,此时此刻的月亮,值得我们好好欣赏、把玩。

赏月的人,依然会有。只是现在的我们很多时候已经无月可赏。城市里森林般的水泥楼,让你很难见到月亮。即便是能见到,由于大气的污染,月亮也失去了往日的皎洁。现代人到哪里去亲近月亮呢?

记得那幅画

诗圣杜甫现存的1500多首诗歌中，涉及金陵的诗，只有两首。而他的朋友李白则写了近百首。与李白比起来，杜甫的笔头似乎也太吝啬了点吧。

杜甫到过金陵吗？肯定到过。杜甫在写给皇帝的《进三大礼赋表》中说："浪迹于陛下丰草长林，实自弱冠之年。"19岁那年，杜甫开始漫游吴越。那个时代，像李白、孟浩然等诗人都曾在青少年期间漫游天下。杜甫第一次漫游吴越，用了4年的时间，那么究竟是哪一年到过金陵？在金陵待了多长时间，已经无从考证。杜甫的集子中甚至没有一首专门写金陵的诗。

杜甫写金陵的诗，是因为一个朋友而写的。这位朋友叫许八，唐人习惯结友排行，许八排行第八，名字已经不可考。许八，江宁人，也在朝廷任拾遗官。在杜甫20岁左右漫游吴越的时候，他们相识。后来，他们又都在京城见面了，成了好朋友。许八要回江宁省亲，杜甫写了一首诗送给他。诗是这样写的：

  诏许辞中禁，慈颜赴北堂。圣朝新孝理，祖席倍辉光。内帛擎偏重，官衣著更香。淮阴清夜驿，京口渡江航。春隔鸡人昼，秋期燕子凉。赐书夸父老，寿酒乐城隍。看画曾饥渴，追踪恨淼茫。虎头金粟影,神妙独难忘。

这首诗的名字叫《送许八拾遗归江宁觐省,甫昔时尝客游此县,于许生处乞瓦棺寺维摩图样,志诸篇末》。杜甫在诗名中交代了写诗的原委。杜甫说,早年到吴越漫游,在金陵瓦官寺里看到顾恺之的维摩诘图,真是终生难忘。还从许八处求得维摩诘图的副本。顾恺之画的维摩诘图神情活灵活现,栩栩如生,几十年过去了,回忆起来仍历历在目。杜甫来瓦官寺,距离顾恺之的时代已经过去了300多年,可见,顾恺之的画给他留下的印象之深。说实话,在杜甫的诗歌中,这首诗写得并不出色。诗的大部分,是在说许八回家探亲的事。只是在诗的最后四句点出曾经在金陵看画难忘的经历。

那一次,杜甫在金陵还到过哪些地方?比如,他游过秦淮河吗?去过六朝宫殿遗址吗?到过台城、后湖吗?杜甫的诗集中都没有这方面的诗作。

杜甫还有一首与金陵有关的诗是《因许八奉寄江宁旻上人》:

不见旻公三十年,封书寄与泪潺湲。
旧来好事今能否,老去新诗谁与传。
棋局动随寻涧竹,袈裟忆上泛湖船。
闻君话我为官在,头白昏昏只醉眠。

因为许八回江宁,杜甫还写了这首诗,顺便寄给旻上人。旻上人是何许人?已经无从考。可以推测的是,这人也是杜甫那次游金陵时结识的朋友。杜甫回忆起当年到金陵游玩的情形,那次,他们还一起下棋,一起在玄武湖或莫愁湖上泛舟。

除了上面两首诗与金陵有点关联，杜甫诗集中再也找不到关于金陵的诗歌了。我疑惑不解的是，杜甫为何没有多写几首关于金陵的诗。由于隋炀帝的毁城，唐朝的金陵非常破败，但在诗人眼中魅力不减，唐代很多诗人都会到金陵来看看，来怀古。像李白、刘禹锡、杜牧、李商隐等都曾留下经典的诗作。让我们感到遗憾的是，唐代诗歌的高峰杜甫反而没有留下什么经典诗作。探究原因，不妨做些揣测：

一是杜甫来金陵时才十九二十岁，还是处于学习阶段。世界观尚未形成。写诗的技术，还未练就。他的整个漫游吴越、齐赵间的诗歌，也是不多的，只有那么十来首。这一时期写得最好的作品《望岳》，是他29岁漫游齐赵间所作。

二是杜甫那次来金陵，没有待多少时间。他和许八、旻上人等几个朋友游览了不多的几个地方。很快他就到吴越的其他地方去游历了，对于金陵没有更多的印象。

三是金陵在唐朝显得非常破败，已经没有什么可看之处。对于一个二十来岁的青年来说，还没有经历过人生沧桑，所以也就没有太多的感慨。

四是杜甫可能写了不止上面的两首，后来散失了。一个诗人流传下来的集子，并不一定是诗人作品的全部。

这四种可能性都有。杜甫写得最好的诗歌是在他仕途不顺时，理想破灭时，战乱流离时，穷愁潦倒时。

所以，一个伟大诗人的诞生，也是需要天时地利的。天时，是指势。地利，是指地缘。也不是所有诗人到了金陵后，都能写出惊世之作。比如，唐代还有一位著名诗人高适，曾做过淮南节度使，肯定来过金陵，但也没有写过一首关于金陵的诗。宋代大诗人苏轼，也曾到过南京，也没有见到他有特别好的诗作或词作。

看来,一个诗人和某一个地方也是有缘分的。苏轼的诗缘在黄州、密州、徐州,李白、王安石的诗缘在金陵,而杜甫的诗缘则在成都、夔州。

望江南

中外文学史上很多例子说明,作家不一定非要亲临其境,才能写出好作品。文学,毕竟靠的是想象的翅膀。

诗人刘禹锡那时在江对面的和州(今和县)担任刺史,还没有来得及到江对面的江南胜地——金陵去,就做起诗来。江南的那座城市,可一直是他心向往之的。他说:

> 余少为江南客,而未游秣陵,尝有遗恨。后为历阳守,政而望之。适有客以金陵五题相示,逌尔生思,欻然有得。他日友人白乐天掉头苦吟,叹赏良久,且曰《石头》诗云"潮打空城寂寞回",吾知后之诗人,不复措词矣。余四咏虽不及此,亦不孤乐天之言耳。

这段文字,是诗人为《金陵五题》作的序。刘禹锡说,我从来没有游过秣陵,为此感到遗憾。后来,到历阳(今和县)做刺史,历阳与金陵隔江相望,我一直想到金陵一游。朋友写了《金陵五题》给我看,看了之后,我突然诗思涌动,便也写下《金陵五题》。他日,我将诗拿给朋友白居易看,白公吟咏再三,当读到"潮打空城寂寞回"时,感叹说:后来人难以再写出好诗了。我的五首诗中其他四首虽不及《石头城》这篇好,但我自认为也不辜负白居易的赞美。"

　　读了这段话,我有两点感想:一是刘禹锡没有到过金陵,居然能写出传颂千古的好诗来,而我们曾经接受过的教育是,写出好东西,一定要亲身经历。原来,想象也可以造就巅峰。二是触发刘禹锡灵感的是朋友写的《金陵五题》,朋友的诗湮没在历史的长河了,倒是和诗被后人传诵不绝。是金子,总会发光。

　　刘禹锡出生于中唐时期,早年官运不错,官至太子宾客,后因他参加王叔文的永贞革新运动,得罪了当朝权贵,被德宗皇帝几次贬谪。唐穆宗长庆四年(公元824年)刘禹锡由夔州(治今重庆奉节)刺史调任历阳(今和县)刺史,在沿江东下赴任的途中,经西塞山时,触景生情,抚今追昔,写下了名诗《西塞山怀古》("王濬楼船下益州,金陵王气黯然收")。此诗也是唐诗怀古诗的杰作。在历阳的两年多时间里,刘禹锡相继写出了《金陵五题》《陋室铭》等千古不朽的名篇。

　　刘禹锡的《金陵五题》吟咏金陵五处古迹:石头城、乌衣巷、台城、生公讲堂、江令宅。这五处古迹,对于饱览诗书的刘禹锡来说,肯定是非常熟悉的。所以,尽管当时诗人还没有到过这些古迹,但凭借想象的翅膀与诗的功力,写来得心应手。前三首《石头城》《乌衣巷》《台城》都是人们熟悉的佳作,一般的唐诗读本都会选入。后两首《生公讲堂》《江令宅》涉及的史实稍嫌偏僻些。

　　《生公讲堂》诗云:"生公说法鬼神听,身后空堂夜不扃。高坐寂寥尘漠漠,一方明月可中庭。"这首诗吟咏的是金陵一处佛教古迹。生公是对东晋高僧竺道生的尊称。相传他特别善于讲说佛法,由于不被了解,无人听讲,于是就对着石头讲了起来,结果石头都受了感动,点头赞许。"生公说法,顽石点头"的谚语,说的就是这件事。

《江令宅》诗云："南朝词臣北朝客,归来唯见秦淮碧。池台竹树三亩余,至今人道江家宅。"江令指陈代的亡国宰相江总。江总出身高门,早年即以文学才华被梁武帝赏识,在陈朝官至尚书令。为了讨好陈后主,每日与陈后主游宴后宫,写诗作曲,不理政务。陈亡后,江总一度入隋为官,后来放归江南。"南朝词臣北朝客",说的就是这段经历。诗歌妙就妙在站在江总的角度,写他从北朝归来时所见的凄凉景象:秦淮河再也不见昔日笙歌缭绕、灯影凌乱的繁华,只有碧绿的河水静静流淌。

　　《金陵五题》中,刘禹锡自己比较满意的是《石头城》,诗人说白居易最欣赏这首诗。其实,今天来看,知晓度最高、影响力最大的要数《乌衣巷》。"旧时王谢堂前燕,飞入寻常百姓家。"刘禹锡创造了一个独特的旧时燕子意象,在这个具体可感的意象中寄托了无限兴亡之感。我以为,《乌衣巷》应该算是五篇中最好的一篇。

　　刘禹锡到历阳做刺史时,由于是被贬谪,所以当地的官员对他十分冷漠,以至于他的居所几经搬迁,半年之内搬了三次家,最后在一个很简陋的屋子里住下来。诗人深有感触,写下了《陋室铭》。仅仅81个字的短文,成了中国散文经典之作。

　　刘禹锡结束历阳任期时,终于有机会到江对面的金陵走一走。这时他游览了金陵很多名胜,并且写了一首《金陵怀古》。"潮满冶城渚,日斜征虏亭。蔡洲新草绿,幕府旧烟青。兴废由人事,山川空地形。后庭花一曲,幽怨不堪听。"这首诗,仍旧使用斜阳、草绿、后庭花等意象,没有什么创意。但其中的"兴废由人事,山川空地形",说得很到位,是这首诗的诗眼。

　　刘禹锡写作《西塞山怀古》、《金陵五题》、《陋室铭》时,是他人生中最不顺利的时候。所以,逆境,对于一个诗人来说,有时候并不是一件坏事。愁苦之词易工。愤怒出诗人。说的都是一个道理。在人生官场最失意的时候,恰恰是诗人诗歌创作的顶峰期。

　　刘禹锡和白居易,是同年出生,刘禹锡活了70岁,白居易活了74岁,在唐代诗人中间,绝对算是高寿的了。他们是中唐时代难得的诗友。他们一生中多有唱和,世人称为"刘白"。白居易称刘禹锡为"诗豪"。可见,两个人的感情非同一般。我很疑惑的是,当时白居易到历阳去看刘禹锡,他没有到过金陵?为什么白居易没有留下什么关于金陵的诗歌?难道他真的认为自己的朋友把金陵的怀古诗写到了顶峰,就不敢动笔了?

钟山青

喜欢钟山的人,很多。

与钟山有着密切联系的名人,可以列出一大串。但他对钟山,有着非同寻常的感情。他在钟山脚下生活了十年,死后也葬在钟山脚下。

他的名字叫王安石。名字中有"石",是不是遇见了钟山,他的心找到了一种落地的、熨帖的感觉?

他是江西临川人,但与金陵结下了不解之缘。17岁那年,他随父上任来金陵,在这里度过了青年时代。父亲去世后,他北上京师,考上进士。母亲去世,他又回江宁丁忧居住了5年。神宗即位后,对这位改革家青睐有加。从1070年到1076年,王安石先后三次被拜相,又接连被罢,可谓是三起三落。最后一次罢相,是在北宋熙宁九年(1076年)十月。他选择回到金陵安家。在城东门到钟山半道上的白塘,建造了一个极简易的住宅,这里离蒋山七里,离城东七里,他干脆就给这几间房子取名"半山园"。他在这个园内住了10年。死后就葬在他喜欢的半山园里。直到今天,南京东郊还有半山园的地名,也算是对他的纪念。

他曾是宋朝政坛上叱咤风云的人物。官至一人之下、万人之上的宰相,曾经深得皇帝的信任。他喊出了"三不足":"天变不足畏、祖宗不足法、人言不足恤。"这在当时可谓是石破天惊之语！他发起了一场轰轰烈烈的变法运动，先是得到皇帝的首肯，后来又遭到反对。在中国的历史上，要改变既有体制的变法向来是没有好下场的。大红大紫的宰相没有几个得以善终。王安石也没有逃脱这个宿命。

幸运的是，他后来没有被整死。这样的结局，也不是经常有的。要知道，在家天下的王朝，皇帝一时的冲动或者听信了谗言就可以随意剥夺大臣的生命。

政治失意以后，王安石看透了人世沧桑。他选择了钟山作为寄情山水的人生目的地。他过起了隐士一般的生活。我想，这时候的他一定是很失落、很孤独的，所以，他把钟山当作了老朋友。他经常骑着毛驴到钟山附近转转。他说："终日看山不厌山，买山终待半山间。山花落尽山长在，山水空流山自闲。"(《游钟山》)春天的时候，他到钟山里寻春："北山输绿涨横陂，直堑回塘滟滟时。细数落花因坐久，缓寻芳草得归迟。"(《北山》)"小雨轻风落楝花，细红如雪点平沙。槿篱竹屋江村路。时见宜城卖酒家。"(《钟山晚步》)"涧水无声绕竹流，竹西花草弄春柔。茅檐相对坐终日，一鸟不鸣山更幽。"(《钟山即事》)"随月出山去，寻云相伴归。春晨花上露，芳气著人衣。"(《山中》)他还在钟山上栽松。"青青石上岁寒枝，一寸岩前手自移。闻道近来高数尺，此身蒲柳故应衰。"(《蒋山手种松》)定林寺就在不远处，他经常去定林寺参禅："定林青木老参天，横贯东南一道泉。六月杖藜寻石路，午阴多处弄潺湲。"(《定林》)"屋绕湾溪竹绕山，溪山却在白云间。临溪放艇依山坐，溪鸟山花共我闲。"(《定林所居》)他的诗集中有忆钟山、怀钟山、望钟山等多首写钟山的诗，对钟山凝注了太多的感情。在中国文学史上，他是写钟山最多的诗人。

我特别注意到,王安石的钟山诗很善于捕捉钟山的青翠。他说:"京口瓜洲一水间,钟山只隔数重山。春风又绿江南岸,明月何时照我还?"(《泊船瓜洲》)这个"绿"字历来为人们所称道。又比如:"一水护田将绿绕,两山排闼送青来。""如何更欲通南棣,割我钟山一半青。""割青",真是极富创意的想象,他实在太爱这大自然的葱葱青色了。据史料记载,在宋代的青溪旁,曾建有割青亭。他说:"北山输绿涨横陂,直堑回塘滟滟时。"北山把它的翠绿的泉水输送给山塘,于是涨满了陂堤。一个"输"字,写活了绿水的动感。还有:"川原一片绿交加,深树冥冥不见花。""绿交加",是一种各种层次的绿叠加在一起的印象,这是春深的景象。从上面列举的一些诗可以看出,诗人特别钟情于"绿"、"青"这些充满生机的意象。我想,尽管王安石历经沧桑,但他心中不曾枯萎。在心灵的原野里,始终存有葱葱新绿。这正是他作为诗人的可爱之处。

元丰七年(1084年)四月,苏轼离开了谪居5年的黄州,取道金陵北归,时间大约是七月,由于江宁守王胜之的安排,苏轼拜见了王安石。两位昔日的政敌握手言和。东坡在金陵期间,王安石邀请他一起游览金陵的名胜,谈禅论佛,赋诗唱和。东坡还作诗《同王胜之游蒋山》,记录了他与王胜之一起游钟山的所见所感。王安石读了东坡的诗后,特别喜欢诗中的两句:"峰多巧障日,江远欲浮天。"并感叹说:"老夫平生作诗,无此一句。"苏轼这一次在金陵待了一个多月。王安石不仅自己喜欢金陵,还劝苏轼在金陵买田地居住养老。苏轼在诗中说:"骑驴渺渺入荒陂,想见先生未病时。劝我试求三亩宅,从公已觉十年迟。"(《次荆公韵》)两位大师,不计前嫌,在钟山脚下,完成了人格的升华,也为后世立下了人生境界的标杆。

北宋元祐元年(1086年)五月,66岁的王安石在钟山脚下孤独地离开了人世。而此时正是"春风又绿江南岸"的春天。

在王安石的诗集中，我们发现了有关钟山的诗歌有 100 多首。在钟山，他已经不是一位政治家，他已经蜕变成了一位"细数落花"的诗人。

这位诗人身上有很多优秀的品质让人敬仰。他质朴，节俭，博学，多才，且是历史上唯一不坐轿子不纳妾，死后无任何遗产的宰相。

一个冰雪之人与一座烟水之城
——张岱笔下的南京

一

冰雪与一个奇人有关,他的名字叫张岱。

烟水与一个城市有关,它的名字叫金陵。

冰雪凝成张岱文。他将自己的诗文名之为《一卷冰雪文》。他崇尚冰雪,在他看来,"盖人生无不藉此冰雪之气以生"。何为"冰雪之气"?他说:"凡人遇旦昼则风日,而夜气则冰雪也;遇烦燥则风日,而清静则冰雪也;遇市朝则风日,而山林则冰雪也。"在他看来,"冰雪之气"是"夜气",是"清静",是"山林",是一种冰清玉洁,是一种超凡脱俗,是一种理想境界。

冰雪之文,不是张岱的独创,孟郊有诗云:"一卷冰雪文,避俗常自携。"然而,到了张岱这里,"冰雪"成了他一贯追求的人生况味和文章诗意。

烟水袅绕金陵城。金陵,六朝故都之所在,三百多年的历史,经历过大盛大衰。这块土地上积淀了太丰厚的文化尘土,散发出浓郁的文化气息。这种气息如烟似雾,如云如烟,散不去,也飘不走,便成了"六朝烟水气"。

冰雪之气与烟水之气,同属自然之气,但被文人们赋予了超乎自然的气质。这秉承了中华文化土壤上滋生出的感性认知。似乎能说得出来,但又没有办法完全说得清楚。它们都是一种气质,一种境界,一种意蕴。但是二者有明显的区别:如果说冰雪之气,是一种风骨,一种人格,一种精神,一种胸襟,一种明朗;那么,烟水之气,是一种氛围,一种文化,一种气味,一种感觉,一种神秘,一种品位。

一千年过去了,文化的符号意义,也应该有所创新,不能总是"烟水之气",要知道,张岱身处末世,外面的世界已是如寒风凛冽,如同冰雪发出的寒光,让人为之寒战。末世的氛围下,文人们从冰雪中似乎找到了某种品质的对应,因此,张岱和他的那个时代的文人们也就特别钟情于这个词——"冰雪"。

当"冰雪之气",遭遇"烟水之气",会发生什么呢?

二

那个雪夜,"冰雪之气"与"烟水之气"在西湖边相会了。

崇祯五年,也就是1632年的冬天,西湖大雪,一连下了三天,36岁的张岱就住在西湖边。雪夜,美丽的雪景召唤着他,他在家哪里待得住?他带上一名舟子,驾着一叶小舟荡荡悠悠地来到湖心亭看雪。此时,让他没有想到的是,这里竟然已经有两个人在亭上对饮,一问,才知是客居杭州的金陵人,于是他们一起把酒同饮。舟子喃喃曰:"莫说相公痴,更有痴似相公者!"这两位金陵人究竟是什么人,张岱没有细说。在这样一个雪夜,冒着寒气,到湖心亭赏雪、饮酒的绝非俗人。这两个金陵人,让我联想到《儒林外史》里杜慎卿在金陵之所见、所感。两个挑着粪桶的金陵人,在那里谈论去永宁泉喝茶、去雨花台看夕阳。杜慎卿感叹难怪金陵人连菜佣酒保、贩夫走卒的身上都沾着"六朝烟水气"。张岱遇见的这两个金陵人肯定不是一般的菜佣酒保、贩夫走卒,他们定是身上沾着"六朝烟水气"的文人雅士。所以,才和张岱一般的"痴"。

那雪夜,在湖心亭,张岱与这两个金陵人聊了些什么,我们已无从得知。我想,他们也许聊过关于金陵的印象与故事。那时的张岱对金陵并不陌生,因为三年前,也就是崇祯二年(1629年)的端午节,34岁的他第一次来到留都金陵,在繁华的秦淮河观赏过赛龙舟。那热闹非凡的场面,给他留下了极为深刻的印象。

饱含"冰雪之气"的张岱,曾在50岁前三次到过有着"六朝烟水之气"的金陵。

张岱第二次到金陵,是在九年后的崇祯十一年,即公元1638年,时序九月。44岁的张岱是坐船来的,船直接开到了秦淮河畔桃叶渡,上岸后张岱就去拜访一位茶道高人闵汶水,并与他结成了忘年交。后来,他就临时寄寓在秦淮河边的桃叶渡附近,与当时金陵名士曾波臣、吕吉士、姚简叔等过从甚密,在留都一起品茶、赏画、游览、冶游。这一次,他在金陵待了三个多月。是年年底才离开金陵。四年后,即公元1642年,在明亡的前两年,他第三次到金陵,时间是七月,他到明孝陵观看了朱家的祭祀活动。

《陶庵梦忆》是张岱49岁、50岁时写的"冰雪之文"。123篇短文中,有12篇是直接写他在金陵的见闻和经历。

金陵,是大明王朝的留都。金陵的历史,对于饱览群书的张岱来说,是不会陌生的。金陵的"烟水之气",已经在这个城市上空氤氲了1000多年,到了张岱的眼中,此时已经转换成了"冰雪之气"。

金陵,有很多的去处。从张岱的回忆中可知,他去的地方有秦淮河、牛首山、栖霞山、钟山、燕子矶、报恩寺等。

1638年,张岱和吕吉士一起到燕子矶游览。站在矶上,峭壁千寻,看江水浩渺,舟下如箭。数株粗大的枫树,蓊蓊郁郁。

冬天,张岱独自游览了栖霞山,并且在山上住了三个晚上。一天,太阳快要下山的时候,他坐在山顶上看落日,此时晚霞如染,发出奇彩异光,他坐在石头上看得发呆。只见长江帆影点点,老鹳河、黄天荡像一条条绸带,蜿蜒脚下。他顿时有一种山河寥廓之感。这年冬天,张岱和族人隆平侯,朋友杨爱生、顾不盈、吕吉士、姚简叔,携妓女王月生、顾眉、董白、李十、杨能等一同到牛首山打猎。和吕吉士、姚简叔一起到祖堂山访问阮大铖,并在他家观看了阮大铖写的《燕子笺》等戏曲。

1642年七月十五中元节,张岱到了钟山明孝陵,参观了祭祀太祖朱元璋的仪式。他记录了整个祭祀过程,并详细记述了明太祖陵寝的选址、修建等故事。他看见的祭祀是那么简单、粗糙。透过这些场景,敏感的张岱,似乎嗅到了一丝濒临死亡的气息。此时,离明王朝的灭亡只有一年多时间了。

在金陵,张岱似乎对秦淮河的繁华有着特别深刻的印象。他对秦淮河房,做了详尽的描述。他对金陵的夏天印象特别深刻。他认为秦淮之夏、西湖之春、虎丘之秋、扬州之清明都是令他难忘的。张岱为何对秦淮之夏印象特别深刻?原来,那时每到冬天,秦淮河水枯竭,难以行船。入夏,秦淮河水充盈,就有了穿梭不息的画船。特别是到了端午时节,男男女女都来到秦淮河边看灯船。张岱这样描绘秦淮胜景:"画船箫鼓,去去来来,周折其间。河房之外,家有露台,朱栏绮疏,竹帘纱幔。夏月浴罢,露台杂坐。两岸水楼中,茉莉风起动儿女香甚。女各团扇轻纨,缓鬓倾髻,软媚着人。"(《秦淮河房》)喜欢热闹、美好的张岱,对此番景象,是留恋的。在他看来,这些繁盛都是家国存在的象征。在国破家亡之际,回忆这些,诉诸笔端,自然痛在心里。

在秦淮河畔,张岱还亲眼看到了雄伟的报恩寺。他写道:

中国之大古董,永乐之大窑器,则报恩塔是也。报恩塔成于永乐初年,非成祖开国之精神,开国之物力,开国之功令,其胆智才略足以吞吐此塔者,不能成焉。塔上下金刚佛像千百亿金身。一金身,琉璃砖十数块凑成之,其衣褶不爽分,其面目不爽毫,其须眉不爽忽。斗笋合缝,信属鬼工。闻烧成时,具三塔相,成其一,埋其二,编号识之。今塔上损砖一块,以字号报工部,发一砖补之,如生成焉。夜必灯,岁费油若千万斛。日高天霁,霏霏霭霭,摇摇曳曳,有光怪出其上,如香烟缭绕,半日方散。永乐时,海外蛮夷络绎至者百有余国,见报恩塔必顶礼赞叹而去,谓四大部洲所无也。

这是我们今天所见到的关于报恩寺最完整的记录。张岱借夸赞报恩寺的辉煌,对开国之初明成祖的气魄、胆略给予了极高的评价。彼时之辉煌,今日之颓败,其中之意,判若云泥。这就是张岱的"冰雪之意"。

张岱在金陵期间交往的也都是些"冰雪之人"。主要有三类人:一类是有骨气、有气质的文人雅士,他们中有画家、茶道专家、文人,如闵汶水、吕吉士、曾波臣、姚简叔等人。一类是身怀绝技、性格高古的艺人,如说书的、唱戏的、雕刻的,比如柳敬亭、濮中谦等。还有一类就是才貌双全的秦淮名妓。

住在桃叶渡的闵汶水,是皖南歙县人,时已70岁,精于茶道。

当时，一些名士、名妓都到他这里来喝茶聊天。张岱对茶道非常有研究，还写了一部《茶史》。到了金陵后，张岱拿出《茶史》与闵汶水一起讨论。他们成了知音。后来，张岱离开金陵时，闵汶水还到燕子矶为他饯行。

姚简叔是一位功力非凡的画家。他的记忆力特别好。一次，张岱和他一起到报恩寺去拜访一位友人，这位友人拿出几大册宋元时期的名画给他看，只见他看到两眼发直，面无人色。回去后就仿作了一幅送给张岱，张岱将其与原作一比，简直一点不差。张岱说他"画千古，人亦千古"。

柳敬亭，是当时寄寓金陵、享有盛名的说书艺人。张岱记录说，这位外号叫柳麻子的说书人，面色黧黑，满面疤痕，长相极丑，整天悠悠忽忽，像没有睡醒似的，但他口齿伶俐，目光犀利，性格直爽，毫无掩饰。说起书来，可是天下无敌。他善于描写环境，善于刻画人物，真是细致入微，干净利落，抑扬顿挫。一日说书一回，定价一两。必须得提前十日预订。南京当时有两个最有行情的人，一个就是这位柳麻子，还有一位是名妓王月生。这个柳敬亭，不要看他是一位艺人，为之作传的人很多。吴伟业的《柳敬亭传》、周容的《杂忆七传·柳敬亭》、黄宗羲的《柳敬亭传》、钱谦益的《书柳敬亭册子》、余怀的《板桥杂记》都为他立传，可见这位艺人的影响力之大。柳敬亭经历了亡国之痛，便借说书抒发自己的愤慨。黄宗羲在《柳敬亭传》中说他说着说着"亡国之恨顿生"。尽管出身卑微，但他能辨善恶。他拒绝做阮大铖的门客。孔尚任的《桃花扇》也对柳敬亭不事权贵的品质给予称赞。张岱写他，是因为他从这样一位艺人身上看到了率真的冰雪气，与一些矫饰的文人相比，多了一份可贵的气质。而这一点，正是张岱所欣赏的。

濮中谦，是秦淮河畔著名的雕刻家。技艺巧夺天工。他善于制作竹器工艺品，只见他竹刀轻轻一刷，再轻轻勾勒一下，就变成了一件艺术品。他还可以做各种根雕。他做的艺术品价格贵得惊人。秦淮河边很多人因为得到他的题字而获利，而他自己却一贫如洗。张岱回忆，这位艺人的作品，可不是随便就能得到的。如果不对性情，出再高的价也不会给你。

风流才子，少不了出入风月场中。他对秦淮名妓王月生的印象特别深刻。他专门写了一篇《王月生》，记述这位妓女的故事："王月生出朱市，曲中上下三十年，决无其比也"，她人长得漂亮，面若兰花，写得一手好字，能画兰竹水仙，还能唱吴地的民歌。真可谓是秀外慧中。虽身处风月场，却喜欢清净高洁，常与品茶高人闵老子啜茶期友，平日不苟言笑，"寒淡如孤梅冷月，含冰傲霜，不喜与俗子交接"，有"同寝食者半月"的公子，竟不得其一言。在张岱笔下，这位秦淮名妓简直就是一枝出污泥而不染的莲花。1368年的那个冬天，张岱和他几个朋友还曾带着王月生、顾眉、董白、李十、杨能等几位名妓一起去牛首山打猎。

这几位秦淮名妓中，顾眉，就是那位顾横波，南京人，她住的楼叫眉楼，特别闻名。后嫁龚鼎孳为妾。董白，即董小宛，后为冒辟疆侧室。李十，即李十娘。关于王月生、顾眉、董白、李十，比张岱晚16年出生的另一位晚明风流才子余怀的《板桥杂记》都有记载。据余怀记载，王月生，字微波，母亲生了三个女儿，大女儿就是王月，次女王节，小女王满，都很漂亮。由于明时对一些妓女有称生的习惯，所以，王月在有些记载中被称为王月生。王月生身材颀长，明眸皓齿，很会修饰自己，十分妖娆，一时名动公卿。崇祯年间，桐城孙武公曾于秦淮河边搞了一次选美比赛。余怀记录了那次评选的盛况："大集诸姬于方密之侨居水阁，四方贤豪，车骑盈间巷，梨园子弟，三班骈演。水阁外环，列舟航如堵墙。品藻花案，设立层台以坐状元。二十余人中,考微波第一。登台奏乐,进金屈卮。南曲诸姬,皆色沮,渐逸去。天明,始罢酒。次日各赋诗纪其事。"(《板桥杂记》)在这次选美活动中,王月生得了第一名。余怀当时还赠诗给她:"月中仙子花中王,第一嫦娥第一香。"王月生将这两句诗绣在手巾上不离手。孙武公欲娶之为侧室,但她又被贵阳有钱人蔡香君看上,用三千金从王月生的父亲手里将她夺走了。这位蔡香君出任安庐兵备道,带着王月生一起到庐州(今合肥)赴任。崇祯十五年(1642年)五月,张献忠破庐州府,蔡香君被擒,张献忠的部下搜出了王月生,留在了营中,宠压一寨。后来因为一件事情,王月生得罪了张献忠,被张献忠砍了头。如果余怀的记载确切的话,那王月生死得很惨。估计那时,张岱还没有得到关于王月生下落的消息,否则,对于这样一位他称之为"孤梅冷月"而且有过交往的名妓,不可能一点文字也没有留下。

张岱虽然三次到金陵,但毕竟时间不长。在他的诗文中,我们没有读到关于这个留都的总体印象和更细致的感悟。西湖,就不一样。南京,是他的故国,而西湖则是他的"情人"。

三

我第一次接触这位奇人,和许多人一样,是从读了他的150字的小文《湖心亭看雪》开始的。那是在大学时读的。现在的中学课本就选了这样一篇透出冰雪之气的美文。我在想,一位涉世未深的中学生,是难以体味到这150字的意味的。我在大学时读,和现在读,都有不一样的感受。后来完整地读了他的《陶庵梦忆》《西湖梦寻》《琅嬛文集》以及那本起了一个很别致名字的书——《夜航船》，就喜欢上了这位明末大才子。

张岱不仅是大才子，而且是一位风流才子，一位学问渊博的杂家，一位史学家，一位诗人，一位散文家，一位精通茶道的专家，一位戏曲家，一位性情中人，一位精神贵族。这是我对张岱的总体印象。

张岱，字宗子，有人称他为张宗子，号陶庵，所以有《陶庵梦忆》。山阴（今绍兴）人。绍兴，自古以来人文荟萃。与他同乡的名人真是太多了，西施、谢灵运、王羲之、贺知章、陆游、秋瑾、鲁迅、周作人等等。有说张岱活了82岁，也有人认为他活了92岁，在古代绝对算是高龄的了。他的一生以明亡为界线，分前后两段。前半生（50岁前），由于出身显宦世家，家境富裕，春风得意，裘马轻狂。后半生则过着穷愁潦倒、破床碎几、常至断炊的生活。前后形成极其鲜明的反差，他自己说："想余平生，繁华靡丽，过眼皆空，五十年来，总成一梦。"他常常觉得一切都是在梦中。所以，也将自己的回忆录都以梦来命名（《陶庵梦忆》《西湖梦寻》）。他的人生经历，让人联想到贾宝玉，联想到曹雪芹，都是从极盛到极衰，从大富到大穷，从大喜到大悲。甚至也有人认为，《红楼梦》就是张岱作的。

我一直惊叹于张岱的高产。他用一支毛笔写出了600多万字的作品，而且，这些作品大多为他49岁以后生活困顿时期写的。那时候，他隐居在山林里，饭都吃不饱，衣服是冬夏兼之。这需要多大的毅力？那部明代通史《石匮书》与《后石匮书》总计近300卷，约300万字，他自己说写了40年。那部百科全书《夜航船》就有40多万字。如此高产，我想，除了天假高寿外，与他从小天资聪慧、学习勤奋、兴趣广泛、学术功底扎实有着密切的关系。

如果没有一个好的家境，也不可能有张岱。他不做官，也没有收入，只有靠富有的家庭供给。他出身书香世家。从张岱往上，连续五代都是读书人。高祖父靠苦读成了进士,曾祖父中了状元。爷爷、父亲虽然没有考中,但都是饱学之士。尤其是爷爷从小就教导张岱读书不能拘泥古法,要有灵气。张岱家里的梅花书屋,就有3万册藏书。可以推想,在童年和少年时期,张岱有条件受到良好的教育。

  张岱是一个很会玩、很有情趣的人。他的兴趣极其广泛。这与他的家庭影响是分不开的。他自己说:"少为纨裤子弟,极爱繁华,好精舍,好美婢,好娈童,好鲜衣,好美食,好骏马,好华灯,好烟火,好梨园,好鼓吹,好古董,好花鸟,兼以茶淫橘虐,书蠹诗魔。"他的几个叔叔都有各种癖好,有的喜欢造楼造船,有的喜欢踢球,有的喜欢斗鸡,有的喜欢收藏。这也影响了张岱,培养了张岱广泛的兴趣。张岱现存的著作涉猎诗歌、散文、史学、地理、茶艺、戏曲、百科知识等诸多领域。广泛的兴趣,使得他的文章收合自如,汪洋恣肆。作为一个很有生活情趣的男人,张岱无疑是很迷人的。当代女作家章诒和语出惊人:"一个多么丰富、美好的男人。所以,我说:若生在明清,就只嫁张岱。"

  我喜欢张岱,还有一个极为重要的原因,就是张岱的文章出自真性情,不做作。他学富五车,但极少用典故。在他的《陶庵梦忆》《西湖梦寻》中几乎不用一个掌故,简洁明了,惜字如金,片言只语,性情自现,形象毕露,绝没有冬烘气。他记录的都是当前事、当时事。如果没有非常深厚的文字功底与文化造诣,是很难达到这种境界的。三百多年过去了,我们今天在读张岱时,仍然感到阵阵清凉的、通透的"冰雪之气"。

依依白门柳
——黄裳与南京

2012年9月6日,早晨翻报纸,《金陵晚报》上一则消息赫然入目——《描写南京最好的散文家黄裳去世》:

"我极其沉痛地向微博的朋友们报告,著名散文家、藏书家黄裳先生刚刚离开我们,享年93岁。"昨天,著名学者陈子善率先在微博中公布了这条消息。随即数位文坛名人都相继转发了这条微博。黄裳是昨天傍晚在上海瑞金医院离世的。他所写的《金陵五记》已然成为写南京最美的散文集之一,1982年由金陵书画社出版的那个版本,封面是著名画家傅小石用水墨画的莫愁湖,热爱南京的读者们几乎人手一册。

我再翻翻南京的其他报纸,都刊载了关于黄裳离世的消息。93岁是高龄了,但永远离开了我们生活的这个鲜活的世界,总让人唏嘘不已。黄裳与南京这座城市曾有着密切的关系。他对南京文化的宣传做出过贡献。南京的媒体用文字来和他作别,亦算是一种纪念的方式。

黄裳早年就写过很有名的《白门秋柳》。如果白门柳有知,也会舒展千条万条,依依不舍地告别这位散文大家。

我知道黄裳这个名字,是到了南京上学以后的事情。一个偶然的机会,我从图书馆借来一本《金陵五记》,薄薄的一本书,写的都是南京的过去,读来很有文化的味道,我还曾根据他写的地方按图索骥去怀古呢。从那以后,我就很注意他写的作品。后来我特意到书店找到几本黄裳的书。

黄裳,原名容鼎昌,据说他曾追求过作家黄宗英,结果被婉拒,便说:"那么我做你的衣裳吧。"黄裳毕业于上海交通大学,学的是电机,后来成了文史通,做了记者、作家。抗战胜利后,任《文汇报》驻南京特派员。1949年后,担任过《文汇报》主笔。除了做记者写报道,他还写了大量的散文,还写过电影剧本、戏曲,翻译过前苏联的文学作品。他还是一个藏书家,收藏了很多清代版本的书。他十分勤奋,一生写了几十本书。

黄裳不是南京人,但他把南京的历史研究得很透。他写的关于南京的文章很有历史味道。《金陵五记》就是他五次来南京所写的散文总集。

黄裳1942年第一次来南京时,还是一名学生。当时南京还处在日军的占领下。他在南京看到的是十分衰败的景象。尽管马路宽阔,但十分空旷,加上风沙弥漫,一派萧条。夫子庙破败,秦淮河边的枯柳在寒风中飘拂,河房凋零得不成样子。鸡鸣寺里几乎没有游人。站在豁蒙楼上,看到的屋顶上飘扬着青天白日旗。在台城上,可以看到一望无际的江天和一片荒寒的白水。坐在"充满了嘈杂刺耳的弦管歌声的茶楼里",不禁有"烟笼寒水月笼沙"之感。这就是黄裳在《白门秋柳》里描绘的第一次见到南京的情形。

1946年,黄裳作为记者再次来到南京。那是一个劫后的年代,他看到的依然是满目疮痍、民生凋敝的景象。他说:"想看看南京的文化，极容易联想到古昔，事实上似乎也只有'古昔'还可看，要想找民国三十五年度的新文化，可以说并没有。"这期间，他写的《旅京随笔》等四五篇文章，介绍了他在南京的见闻。

　　1947年他在南京待的时间可能最长，前后住了两个月。他在《文汇报》"浮世绘"专刊上发表系列文章《金陵杂记》，写他寻访历史陈迹的感受。据他回忆，在南京期间，他拿着朱偰的《金陵古迹图考》到一些历史名胜古迹去访古。他去了很多地方，比如夫子庙、玄武湖、钟山、鸡鸣寺、扫叶楼、莫愁湖、燕子矶等都曾留下了他的足迹。他由典籍考证快园、随园、半山寺的位置，并结合现实中的寻找，发思古之感慨。他写王安石、徐达、袁枚、马湘兰、柳如是与南京的故事。他认为，"像台城、朱雀桥、乌衣巷这样的地方，这些孕育了巨大能量的古旧的地理名称，在南京到处都是。即使有些已经泯灭了痕迹，但名称还在"。所以，循着这些名称去探访，即便看不到什么了，也总能让人回味一番。黄裳写的散文像是游记，但又不是纯粹地记录景致。他每到一处，都能从历史的角度说出所以然来。历史掌故也是随手拈来。加上他敏锐的观察力，使得他时常穿越于现实与历史之间，抒发兴衰之叹。他的文字表达显得很从容，尽管散文中也有不少考证和历史故实，但是读起来感觉很流畅。他所记述的南京，是六十多年前的斑驳的旧影。那些陈迹，那些人物，在他的细腻的笔下，发出幽幽的历史光泽。南京人读来，会觉得十分亲切。

　　1949年，他第四次来南京，这一次他写了《解放后看江南》等几篇游记，介绍他在新中国成立后在南京的见闻。

　　1979年，正值十年动乱结束后不久，他再次踏上了南京这块古老的土地。他游览了秦淮河、鸡鸣寺、梅园、莫愁湖、扫叶楼、南唐二陵等名胜，每到一处都写成了游记，以《白下书简》的形式在报纸上发表。

黄裳在《金陵五记》中说:"我在南京只住过一个很短的时期,又曾来往路过若干次,实在只能算是一个匆匆的过客,不知为何,竟对这个城市表现了一种并不一般的感情。"这可能基于他对南京文化和历史的喜爱。他说:"中国的古都自然不只南京一处。长安、洛阳、开封、北京都曾是历史上的名都,可是没有哪一处像南京,简直是一座无比的历史博物馆。"

民国以来,写南京的作家也很多。比如我们都熟悉的俞平伯、朱自清,他们都曾以《桨声灯影里的秦淮河》为题写对南京的认识与感受,两篇作品都曾产生广泛的影响。但就写南京的文章数量来说,黄裳是最多的。为文之影响,虽不能仅以数量论,但黄裳以一非金陵籍人士作如此多的金陵访古文字,实在也说明了他对于南京的无比的热爱。像《金陵五记》这样,用系列散文的形式来写南京文化,黄裳是第一人。从文采方面来看,黄裳更偏重于纪实,所以,很多地方显得过于平实,文笔的细腻和意境的空灵方面,稍逊风骚,有的散文打上了鲜明的时代烙印,经不起久读。我以为,黄裳对南京最大的贡献,是他对南京厚重文化感的认识、发掘、宣传与推广。

黄裳与钱钟书、巴金、叶圣陶等老一辈文化人的关系都很好。这可能得益于他既是一位名记者,也是一位作家的缘故。上个世纪80年代,黄裳来南京,与程千帆、周勋初、吴新雷、薛冰等南京的文史名家都有过交往。黄裳离世后,记者还采访了叶圣陶的孙子、作家叶兆言。叶兆言对黄裳给予很高的评价,认为他的散文对后来的文化散文产生了很大的影响。

作为散文家,黄裳称得上高产,一生写了一百多万字的散文。也许他作为散文家的成就不如那些大家,但我觉得黄裳作为一名记者是相当了不起的。他的文史功底深厚,视野开阔,是当下的记者所不能望其项背的。现在不少记者,整天忙于应付,普遍缺少扎实的文化功底和很强的文字表达能力,写出的报道也是假、大、空。即使有点水平的记者,似乎也缺了些文化追求和人文情怀。像黄裳这样的记者真的是难以见到了。

三个人与三座城

我在南京的古城墙脚下徘徊。

我看见一块块明城墙砖上布满青苔，暗黑的砖面上，还能依稀看见制砖人的姓名和制作年代，这些文字告诉我，这些城墙砖已经在这里默默支撑了六百多年。砖缝里生长出的荆棘和野草，迎风摇曳，给城墙增添了不少的沧桑感。这二十多公里的明城墙成了今天南京人莫大的骄傲。

走在城墙下，我有了漫无边际的玄想——

这城墙是哪些人建造的？这城墙脚下曾走过多少人？这城墙又是怎么幸运地躲过一次次劫难，保留到今天？

于是，我想到西安的城墙、北京的城墙、平遥的城墙。都是城墙，有的已经拆了，比如北京。而为何有的几百年了，依然矗立，比如南京的城墙、西安的城墙、平遥的城墙。在过去的数千年历史中，战火连连，城毁墙倒，那是最自然不过的事情了。特别是，在建国之后破"四旧"的浪潮中，得以保存下来，真的是大幸了！

进而，我想到三个人：朱偰、梁思成、阮仪三。三个人与南京、北京、平遥三座城的城墙有着密切的联系。他们或如执戟的勇士，面对群魔，没有丝毫的畏惧，直到遍体鳞伤；或如一名勇敢的号手，使尽平生的力气，也要唤醒沉睡中的人们；或如燃烧的彗星，在即将离开天空时,瞬息间也要闪耀着最夺目的光芒,照亮长空,也留存在人们的记忆里。

朱偰与南京城

朱偰学的是经济学,北京大学毕业,德国柏林大学经济学博士,还兼修历史哲学。他出身于书香世家,父亲朱希祖是著名的历史学家。他25岁学成回国,担任中央大学的教授,讲授财政学、世界经济、经济名著选读等课。

民国时代,南京虽然历经战乱,但依然存有很多名胜古迹。国民党有意在南京建设首都,这些古迹便面临着拆与建的问题。朱偰看到越来越多的遗迹将要消失,心痛不已。在中央大学授课之余,他带着一架德国照相机,对散布在南京城的名胜古迹一一进行勘查、考证、拍照。他从几千张照片中选出几百幅照片辑成了三本书:《金陵古迹图考》《金陵古迹名胜影集》《建康兰陵六朝陵墓图考》。

朱偰是用照片全面记录南京历史遗迹的第一人。他也是民国期间全面介绍南京历史文化遗存的第一人。

关于这些书的写作动机,朱偰说:"余深惧南都遗迹,湮没无闻,后世之考古者,无从研求,故就三四年来考察所见,遗迹之犹幸保存者,摄为图片,辑为图考,以保留历史遗迹于万一。"朱偰对南京真是太热爱了。他说:"尝以为中国古都,历史悠久,古迹众多,文物制度,照耀千古者,长安、洛阳而外,厥推金陵。北京虽为辽、金以来帝王之都,然史迹不过千年,非若金陵建都之远在南北朝以前也。"在长安、洛阳、北京、金陵四个古都中,"文学之昌盛,人物之俊彦,山川之灵秀,气象之宏伟,民族患难相共、休戚相关之密切,尤以金陵为最"。

非常感谢朱偰给南京留下了上个世纪初珍贵的历史照片。如果按照当时的留存规模进行保护,那今天的南京城会大不一样的。令人遗憾的是,朱偰照片中的很多遗迹后来渐渐消失了。翻看朱偰的金陵古迹影集,沧桑感、失落感油然而生。

解放后,朱偰担任江苏文化局副局长。这个位置对于他来说是最合适不过的了。原本,他凭借自己的眼光与见识可以做更多的文化保护工作。然而,天有不测风云。一个破旧立新的时代轰然而来。1956年8月,朱偰突然接到紧急报告,有许多人在南京南门拆毁古城墙,若再不制止,中华门城堡很快要被毁灭了。朱偰立即赶到中华门的毁墙现场进行阻止。他看见石头山鬼脸城以北的一段城墙已被拆得面目全非,太平门到覆舟山一线的城墙也正大动干戈。见此情景,他无比痛心。他觉得南京的城墙世界上绝无仅有,绝对不能被如此野蛮地拆毁。于是,他开始四处奔走呼吁,联合社会各界来制止毁城暴行。在他的呼吁下,拆除中华门城堡和石头城城墙的行动终于停止了。没想到的是,到了第二年,他竟然因为反对拆城墙被贴上了反党反社会主义的标签。他被撤销职务,戴上了"右派分子"的帽子。此后,南京的通济门、太平门、金川门、草场门、水西门城墙,一一被拆掉。从1955年到1979年的24年里,南京一共拆除了15公里城墙,明城墙只剩下三分之二。

我在古城墙边盘桓,眼前浮现这样的情景:一个瘦弱的老人,在明城墙下踽踽独行,他面对着这些600多年的古城墙,时而悄然流泪,时而大声嘶喊,然而没有人听见他孤独的呐喊。古城墙下,只有他孤零零的一个人。这是南京城的悲哀,也是南京人的悲哀。

朱偰的结局很悲惨,和傅雷一样,他不堪受辱,选择了自杀结束了生命,终年62岁。他留下遗书:"我没有罪。你们这样迫害我,将来历史会证明你们是错误的。"

是的,后来的历史证明那些拆墙的南京人是极其愚蠢的!可是,我们到哪里去找回朱偰?古城墙边,那个孤独的身影早已消失得无影无踪。

如今,每当我登上中华门城堡时,就会想起朱偰,因为他,才保住了这座明代的城堡。当我凝视古城堡时,仿佛看见了朱偰在城墙边盘桓的身影。

是的,他与城墙同在。

朱先生,南京人感激你!

梁思成与北京城

梁思成是著名文人梁启超的儿子。

他比朱偰大6岁。他毕业于清华大学。1924年,梁思成赴美国宾夕法尼亚大学学习建筑。那时候,学建筑的凤毛麟角。梁思成的经历和朱偰太相似了。他们都有家学渊源,古代文化功底深厚,加上留学背景,使得他们有着比同时代人更宽广的眼界。他们又都非常看重中国古代文化,尤其是看到了保护中国古代文化特别是历史遗存的长远意义。学成归国,不顾兵荒马乱,梁思成林徽因夫妇踏上了勘察、研究中国古建筑之路。

新中国成立之初,百废待兴。北京城迎来新的主人。主人规划自己的城市,是题中之意。但怎么规划,引起了很多争议。梁思成与另一位留学归来的建筑学家陈占祥提出了保护北京老城区、在城外另建行政中心的方案(即"梁陈方案")。在梁思成看来,北京这些城墙、牌楼是古城的一个重要组成部分，绝对不能拆，而应该另外建设一个新城。他的设想是，可以利用古城墙，建一个独一无二的环城立体公园，城墙上面可以散步、乘凉、读书、阅报、眺望，可以栽植丁香、蔷薇一类灌木，种植些草花，秋高气爽的时候，可以在城墙上边漫步边眺望。城楼的角楼可以辟为茶社、阅览室、陈列室。在那个时代，他的想法太浪漫了，随即引来当时一些国内专家和苏联专家的批评，最后遭到了最高决策者的否定。

一次，时任北京市副市长的吴晗对梁思成先生说："您是老保守，将来北京城到处建起高楼大厦，您这些牌坊、宫门在高楼的包围下都成了鸡笼、鸟舍，有什么文物鉴赏价值可言？"梁思成听后，当场失声痛哭。后来，还为此哭了好几次。

拆！一股强大的拆除之风，席卷而来，那些有着数百年历史的牌楼和城墙，无处可逃。从1953年开始，北京的古老牌楼和城墙陆续被拆去。

后来，在一次欧美同学的聚会上，肺病已经很重的林徽因指着吴晗的鼻子，大声谴责。这个弱病小女子金刚怒目式的圆睁的双眼，一定让很多人惭愧。

"文革"开始不久，清华大学建筑系的造反派们就贴出攻击梁思成的大字报，说梁思成是彭真死党，是混进党内的大右派。梁思成被勒令一次又一次交代自己的罪行。他真的太幸运了，尽管受到批判，但没有被整死。

我在翻看那段历史时，有深深的不解。当梁思成、陈占祥提出保护北京城墙方案时，中国很多的知识分子哪里去了？"梁陈方案"的强劲对手是北京市都市计划委员会总工程师华南圭，他也曾留学法国，为什么他对法国人保护古迹的做法视而不见？为什么他只看到了拆除的城墙砖可以用来造地下水道这点小利？当然，拆除城墙的命令,也绝不是几个专家就能决定了的。在那个时代,长官意志,代替了一切科学论证。万马齐喑究可哀。真理早就被阉割了。这是当时中国一代人的悲哀!

梁思成掷地有声地说:"五十年后,历史会证明我是对的。"还没有过五十年,历史就证明他们是对的。

但我想,这样的证明,实在是太晚了。

现代人的悔恨,还有意义吗?

阮仪三与平遥城

平遥古城,现在很有名。

所有去参观的人,在惊叹之余,都会有一个疑问,平遥古城是如何保护下来的?

我在平遥城墙上眺望这个古老的城市的时候,想起了他:阮仪三。我知道,今天的平遥人对他感激不尽。

阮仪三是同济大学的教授,被誉为"古城守望者"。他的"刀下留城救平遥"的故事流传甚广。

上世纪80年代,全国都在大兴土木,平遥也在拆除很多建筑。阮仪三早在1963年为编写《中国城市建设史》曾到山西太谷、平遥、新绛、洪洞等地考察过,这些古城保存得相当完好,给他留下了深刻的印象。上个世纪80年代,当听说要在平遥城里开马路时,他惊呆了。他立即赶到平遥城里察看,这时当地已经扒开了城墙,一条大马路已经开了180米,30多幢明代建筑、100多幢清代建筑已经被拆。阮仪三火速向平遥县政府建议停止拆毁。他找到山西省建设委员会领导,要求给平遥做整体保护规划。他又立即带领研究生一起给平遥古城做城市总体规划。他还直接找到了北京建设部、文化部的相关领导，要求保护好平遥古城。好事虽然多磨，但规划终于得到了批准。这让阮仪三开心了很多天。

平遥古城算是保住了。但阮仪三曾经去过的太谷、洪洞古城就全部被拆掉了。就全国来说，在这股浪潮中被拆掉的古城，不计其数。

三个人的命运都与三座城的城墙发生了关联。南京的城墙没有全部拆掉，中华门城堡是保住了。平遥古城保住了。北京城墙则几乎全被拆了。三个人都在做同一件事：留住历史。而留住历史，是需要有眼光的。于是，我想到，人与人生活在同一个空间里，眼光真的大不一样。有的人目光短浅，只能看见脚下的土地；有的人目光深邃，穿越千年。这中间固然有能力的因素，更重要的还有人格的因素。从朱偰、梁思成、阮仪三三个人身上，我看到了人格的光辉。

无论如何，三座城市都不应该忘记他们的名字。

家住金陵为六朝

历史上，金陵无疑是一个很有吸引力的城市。与南京有过交集的名人实在太多，可以列出一个长长的名单来。很有意思的是，外地的一些文化大家到了南京后，就会被南京厚重的文化气息所吸引，便想到在这里寓居下来，于是，南京也就成了他们的第二故乡。要知道，古人可是安土重迁的。在众多的文化大家中，有两位同时期的大家在南京的天空放出最耀眼的光芒。他们是吴敬梓和袁枚。

他们都是外地人。吴敬梓是安徽全椒人，袁枚是浙江杭州人。他们都大约生活在清朝乾嘉时期。吴敬梓比袁枚要大 15 岁。他们都是在人生的壮年时期选择在南京定居。后来，他们也都葬于南京。就当时的影响看，袁枚是诗坛领袖，而吴敬梓则是穷愁潦倒的文人。就文化成就看，今天的吴敬梓知名度要比袁枚高得多。吴敬梓的《儒林外史》成了古典小说的经典。袁枚的诗歌以及诗歌评论造诣很高，在当时文坛很有影响，有人说他"总领诗坛五十年"。

令人遗憾的是，这两颗巨星在生前没有交集。或者说，交集过了，没有留下一点痕迹。袁枚于 1745 年、1748 年任江宁知县，此后一直寓居南京小仓山随园。而其时吴敬梓正在他的秦淮河畔的破旧房子里创作《儒林外史》。吴敬梓的许多朋友,如程廷祚、樊圣谟、卢见曾、李啸村、朱草衣、杨凯、程晋芳等都与袁枚有过交往。袁枚在文集中屡有提及他们。朱草衣去世,袁枚还为他书写了墓碑。但在吴敬梓和袁枚这两位当日南京文坛巨匠各自的著作中都见不到对方的名字。有人推测两人曾经闹过不愉快。一个是富贵花开,一个是贫贱如草。一个是诗坛教父,一个是落魄文人。两个人终究按照自己的人生轨迹划过长空,留下耀眼的辉光。

两人都是在33岁时与南京结缘的。袁枚33岁时辞官回到南京小仓山随园定居。而吴敬梓33岁时举家从全椒迁到了南京,在秦淮河购置了一处秦淮水亭定居。从家境看,吴敬梓生在安徽省全椒县一个"科第仕宦多显者"之家。曾祖辈在明、清两代都是达官显宦,但吴敬梓一支从他祖辈起就日渐衰微。他祖父吴旦是监生,做过州同知。父亲吴霖起是拔贡,做过江苏省赣榆县教谕,后来被罢官。吴敬梓18岁考上秀才,后来屡试不中,受到宗族长辈兄弟歧视。他在这种情况下,举家迁到了南京。他在《洞仙歌》词里说:"我亦有闲庭两三间,在笛步青溪、板桥西畔。"他说:"偶然买宅秦淮岸,殊觉胜于乡里。"(《买陂塘》)据说他住的那个水亭是六朝词臣江总的旧宅。后来可能因为生活太困难,又搬到了大中桥附近居住。至于为何要选择在南京定居,他在《移家赋》说:"金陵佳丽,黄旗紫气,虎踞龙盘,川流山峙,桂浆兰舟,药栏花砌,歌吹沸天,绮罗扑地,实历代之帝都,多昔人之旅寄。爱买数椽而居,遂有终焉之志。"可见他非常喜欢南京的文化底蕴。

相比较而言,袁枚祖辈的家境更差一些。他的父亲从未做过官,但也是一个读书人。袁枚12岁就中了秀才。后来考中进士,走上了仕途。再后来,是他自己不喜欢官场,33岁就回到随园过起了隐居式的生活。

比较一下两人的生活状况则是大相径庭的。随园十分豪华，都用上了当时很罕见的玻璃。而吴敬梓先是住在水亭，后来又搬至大中桥附近。他的朋友程晋芳《文木先生传》记载："家益以贫，乃移居江东之大中桥，环堵萧然，拥故书数十册，日夕自娱。窭极，则以书易米。或冬日苦寒，无酒食，邀同好汪京门、樊圣谟辈五六人，乘月出城南门（今中华门），绕城堞行数十里，歌吟啸呼，相与应和。逮明，入水西门，各大笑散去，夜夜如是，谓之'暖足'。"顾云在《吴敬梓传》中也说："冬夕，无御寒具，则自今秦淮北岸曳敞裘，翘首行吟雅步，至古冶城（今朝天宫）诸山，返以为常，谓之'暖足'。"根据吴敬梓朋友的回忆，他的生活状况十分糟糕，吃饭穿衣都很困难。而吴敬梓就是在这样的困境下写作《儒林外史》的。

我想，如果在吴敬梓最困难的时候，袁枚能给予一些帮助，那是最好不过的事了。如果两位大家能再在一起谈诗论文，日后一定会成为文坛佳话。但两人不投缘，也就没有什么交集。至于原因，后人也不好揣度。

袁枚和吴敬梓都非常喜欢南京。袁枚用诗歌写了很多南京的风景。吴敬梓在《儒林外史》中则用小说白描的手法记录了一个乾嘉时期的南京景物风貌。秦淮河、水西门、三山街、淮清桥、莫愁湖、玄武湖、清凉山、花牌楼、鼓楼等尽收笔下。尤其是对于秦淮河繁华的描绘，充满诗意，今天读来，仍然十分亲切。他对南京的风俗人情烂熟于胸，在小说的叙事中随手征引，内容涵盖了娱乐、赠礼、婚嫁、饮食、祭祀、房屋租赁等诸多方面，成为南京历史文化生活的真实记录。他在小说的最后，借一首词表达了对南京的喜爱："记得当时，我爱秦淮，偶离故乡。向梅根冶后，几番啸傲；杏花村里，几度徜徉。风止高梧，虫吟小榭，也共时人较短长。今已矣！把衣冠蝉蜕，濯足沧浪。无聊且酌霞觞，唤几个新知醉一场。共百年易过,底须愁闷？千秋事大,也费商量。江左烟霞,淮南耆旧,写入残编总断肠！从今后,伴药炉经卷,自礼空王。"作者毫不隐讳地说,他喜欢秦淮。

吴敬梓除了小说,还写了不少诗词,比如他晚年题写的23首《金陵景物图诗》,涉及的南京名胜古迹包括冶城、杏花村、燕子矶、谢公墩、凤凰台、莫愁湖、青溪、雨花台、琉璃塔、灵谷寺、桃叶渡、幕府山、乌衣巷、东山、鸡笼山、太平堤、长桥、钟山等。

晚年的吴敬梓更加穷困潦倒,常常外出投亲靠友,53岁就病逝于扬州。他的忘年交金兆燕将其棺木由水路运回南京安葬。至于葬于何处,有说葬于清凉山。如果葬于清凉山,那与小仓山的袁枚墓应该相隔不远。

吴敬梓在南京生活了20年。袁枚在南京生活了50多年。两个同时代的大家,有着很大的反差。生前,袁枚享尽了荣光,吴敬梓尝遍了苦难。死后,吴敬梓光芒万丈。但他们都有一个共同的特点,那就是最喜欢南京。他们把南京作为他们的故乡。金兆燕说吴敬梓:"生平爱秦淮,吟魂应恋兹。"清代诗人赵翼说袁枚:"爱住金陵为六朝。"如果说秦淮河是吴敬梓的"情人",那么小仓山的随园则是袁枚的乐园。

随园随想

在200多年前的乾隆时代，南京城里出现了一个非常有名的园子——随园，他的主人是当时的诗坛领袖——袁枚。

袁枚，字子才，但反过来读，就是才子，这确实是一个大才子。袁枚是杭州人，曾在溧水、江浦、沭阳、江宁担任过知县。33岁正当人生壮年时，毅然辞官回家，他没有回到杭州，而是选择了在南京生活。他花了300金购得了一个已经破烂不堪的废弃园子，费了很多心血将这个园子收拾得非常漂亮。这个园子就是后来大名鼎鼎的随园。袁枚在随园里生活了近50年，直到他82岁去世。

关于这个园子，袁枚自己写有《随园六记》，详细记述了随园的建设情况。他还写了24首《随园杂咏》，对随园进行诗意的渲染。他同时代的不少文人都曾对随园有过记录。比如，他的族孙袁起有《随园图说》。他的孙子袁祖志有《随园琐记》。根据描述，我们知道随园大体位于今天的五台山附近。随园的名称今天仍然保留，但那个园子早就湮没在历史的尘埃里了。今天的我们，只能凭借想象力，去想象这个园子曾经拥有的繁华和诗意。

写袁枚、随园的论文和介绍文章很多，就不去做学术考证了。我对两百多年前这位文学才子的一些做法，产生了浓厚的兴趣。

一、随园没有围墙

围墙,对中国人来说是一点不陌生。中国人造园林,必定会想到要建围墙。一是用来防盗,二是中国园林美学的需要。但两百年前袁枚在造随园时,竟然不用围墙。袁枚说:"随园四面无墙,以山势高低,难加砖石故也。每至春秋佳日,士女如云,主人亦听其往来,全无遮拦。惟绿净轩环房二十三间,非相识者,不能蓦到。因摘晚唐人诗句作对联云:'放鹤去寻三岛客,任人来看四时花。'"(《随园诗话》)袁枚说,在建造随园时,四面都没有围墙。每到春秋佳日,周边的游人如云,人们可以自由往来。只是主人的房间不得随意出入,其他地方都可以进入。

袁枚在造随园的时候,最大的特色就是借景。他自己说:"余买小仓山废园,旧为康熙间织造隋公之园,故仍其姓,易'隋'为'随',取'随之时义大也哉'之意。"这个园子本来是江宁织造隋赫德的私家花园,由于隋赫德被撤职,园子荒废了。袁枚购得此园后,对园子进行了修葺。随其高,置江楼;随其下,置溪亭;随其夹涧,为之桥;随其湍流,为之舟;随其地之隆起,置山峰;随其洼地,置山谷,如此等等,都是就势取景。这也是袁枚一贯主张的尊重性灵的风格之体现。

随园没有用高高的围墙阻隔起来,而是敞开来,任人来看四时花,让周围居民随便欣赏,慢说是两百多年前,就是当下也是不多的。国人无论是建私家房屋,还是建公园风景,都喜欢用围墙圈起来,为我独有,如果别人想来欣赏,你得花钱买门票才能进入。相比之下,袁枚的做法独树一帜,是有些境界的。

二、时尚的玻璃

玻璃,对于现代人来说,是司空见惯的建筑材料了。但在两百多年前却是稀罕之物,因为,玻璃当时才从欧洲传入。袁枚在建造随园时,就用上了玻璃。

袁起的《随园图说》记载:

> 斋侧,穿径,绕南出,曰"水精域"。满室嵌白玻璃,湛然空明,如游玉宇冰壶也。由镜屏再南出,曰"蔚蓝天",皆蓝玻璃。诗所谓:"坐客笑且惊,都成庐杞面",即此处。上登"绿晓阁",朝阳初升,万绿齐晓,翠微白塔,聚景窗前。下梯,东转,曰"绿净轩",皆绿玻璃,罨映四出,一色晕碧。出轩,北至曲室,饰以五色玻璃,斑斓炫目,是谓"琉璃世界"。毗连东轩,曰"山红雪",皆紫玻璃。

这个随园里的房屋竟然镶嵌了白玻璃、蓝玻璃、绿玻璃、紫玻璃,简直成了一个玻璃世界。

雍正九年(公元1731年),祖秉圭出任粤海关监督,他一心想搜集奇珍异宝献给皇帝,恰逢此时欧洲很流行使用玻璃,他就将长五尺、宽三尺四寸的玻璃送给皇帝,皇上大悦。从此以后,玻璃开始进入中国。玻璃的进口,结束了我国几千年一直用纸糊窗户的历史。袁枚建造随园时,玻璃进入中国也才20年时间,一般老百姓根本是见不到、也用不起的。袁枚居然用上了最时尚的建筑材料,可见尽管他隐居闹市,但他的信息还是非常灵通,财力也是非同一般，购买这些漂亮的玻璃是要花大把银子的。

二、入诗话收费

　　随园里有一处房子，主人将它名之"诗世界"。袁枚的孙子袁祖志在《随园琐记》中说："诗世界：自先大父有诗话之刻，海内投诗者不可胜记。其佳句之入选者无论矣。至所投之稿日积月累，庋置如山，于是修葺此室以储之，颜之曰：诗世界。"他的孙子回忆说，袁枚在写《随园诗话》时，很多人向他投诗。那个名曰"诗世界"的房子里堆满了四面八方送来的诗稿。

　　袁枚在世时名气就很大，平时住在随园里，经常和南京及附近的文人来往。一些文学新人，也会经常往随园跑，向诗坛领袖请教。

　　袁枚在世时，《随园诗话》就已经刻出发行了，后来还不断增加内容。当时的文人希望能被诗话录入，所以，争相向袁枚投稿。对于想上诗话的人，袁枚是收费的。他说："求入选者，或三五金不等，虽门生寒士，亦不免有饮食细微之敬。"（《随园诗话》）可以说，收费选诗出论集，袁枚可能是中国文化史上第一人。袁枚很早就辞官归家，官俸没有了，妻妾六七个，家里的佣人三四十，还要养这样一个时尚的大园子，可以想见开销巨大。袁枚只能靠自己的名气赚润笔之资了。

　　我们今天见到的《随园诗话》80万字，总体来看，质量是不差的。我想，袁枚并没有因为收费而放低选诗的标准。这是袁枚难能可贵的地方。

　　很有意思的是，袁枚在世时，当时社会上就已经有盗版了。袁枚说："余刻诗话，尺牍二种，被人翻刻，以一时风气，卖者得价故也。近闻又有翻刻《随园全集》者。"（《随园诗话》）这从另一个侧面说明，袁枚在当时文坛上确实有很大的影响力。

三、随园就是大观园？

《红楼梦》中的大观园在何处？有认为是江宁织造府署西花园，有认为是苏州拙政园，有认为是北京自怡园、恭王府花园。

袁枚曾在《随园诗话》中说："雪芹撰《红楼梦》一部，备记风月繁华之盛。中有所谓大观园者，即余之随园也。"他认为大观园就是自己的随园。此说后来赞成者有之，反对者有之。

随园，明朝末年为吴应箕的焦园，康熙年间是江宁织造曹寅家族园林的一部分。曹家祖孙在这个园子里生活了大约60年。雍正五年（1727年）曹家被抄没，此园归于接任江宁织造的隋赫德，故名"隋织造园"、"隋园"。隋家在这个园子大约住了18年。隋赫德被抄家后，随园其实变成了一座荒园。乾隆十三年（1748年），袁枚以300两银购得此园，名之为"随园"。

曹雪芹强调大观园是"天上人间诸景备"，我想，小说就是小说，大观园是曹雪芹想象中的园子。它也许有随园的影子，但不能说随园就是大观园。

四、随园系列

随园是袁枚精心营造的园林、家园，他自号随园老人，并将自己的著作都冠以随园名。诗话叫《随园诗话》，随笔叫《随园随笔》，信件叫《随园尺牍》，他还写了一部记述烹饪技术和南北菜点的著作《随园食单》。这些著作构成了一个随园系列。用现代话说，袁枚很善于构建他的品牌。应该说，这个品牌在当时是相当叫得响的。他的系列作品印行后，"上自朝廷公卿，下至市井负贩，皆知贵重之，海外琉球有来求其书者"（姚鼐《袁随园君墓志铭并序》）。

产品的系列化，在今天被公认为是一种非常好的行销方式。

五、招收女弟子

袁枚生活的时代，女子的才能是不被重视的。女子无才便是德，深入人心。但袁枚不这么看："俗称女子不宜为诗，陋哉言乎。"他公然声称："余作《诗话》，录闺秀诗甚多。"其中既有其众多女弟子的诗，也有素昧平生的闺秀、寡妇乃至无名妓女的作品。袁枚一生还收了50多个女弟子，他还帮20多名女弟子刻了诗集。这一点，袁枚表现出比同时代文人要高得多的眼光和境界。尽管受到了传统卫道士的攻击，但袁枚坚持自己的所为。袁枚的朋友赵翼就曾嘲讽他："借风雅以售其贪婪，假觞咏以恣其饕餮。……结交要路公卿，虎将亦称诗伯；引诱良家子女，娥眉都拜门生。"他的浙江老乡章学诚更是上纲上线，称入随园学诗的大家闺秀"为邪人之拨弄，浸成风俗，人心世道，大可忧也"！

袁枚的女弟子大多是名门闺秀。钱塘孙云凤是较著名的一位。孙云凤是当时任四川按察使的杭州人孙嘉乐的长女，明慧早熟，才智过人。1790年清明节，75岁的袁枚回杭州，住在孙嘉乐西湖畔的宝石山庄。那天本来是打算去扫墓的，结果天降大雨，不能成行,于是孙云凤约了杭州13位才女,与老师一起聚会。席上,这些才女们纷纷以诗画酬和。两年之后,袁枚去绍兴、天台等地踏青,路过杭州时,孙云凤再次安排7名女弟子聚会。关于西湖和女弟子聚会,袁枚请人作《十三女弟子湖楼请业图》,以记录雅集盛况。袁枚对于女弟子的爱护之情毫不掩饰,公然作诗:他生愿作司香尉,十万金铃护落花。

如果说袁枚是多么重感情的人,那也不是。风流才子,妻妾成群,可考的妻妾有6个,其中陆姬生了一子,夭折了。王氏抱养一子取名阿通。63岁那年,钟氏生了一子,因为晚年得子,所以取名阿迟。袁枚对自己少子很不满意。生了女儿就发牢骚:"为谁添健妇,懒去报高堂。"(《二月初八日生女》)"真是庶人命。雌凤吹不醒。"(《十一月十八日又生一女》)别人打听他生子情况,他很不耐烦:"厌听人询得子无,些些小事莫关渠。"在袁枚的妻妾中,会诗文的不多。他自己说:"余屡娶姬人,无能诗者,惟苏州陶姬有二首云:'新年无处不张灯,笙歌元宵响飞腾,唯有学吟人爱静,小楼坐看月高升。无心闲步到萧斋,忽有春风拂面来,行过小桥池水活,梅花对我一枝开。'"(《随园诗话》)陶姬是袁子才娶的唯一能诗的侍妾。

在袁枚家中,三妹袁机是一位才女,不幸错嫁,后来解除婚约回到随园居住。这位妹妹很有才气,能写诗,袁枚还帮她刻印了诗集。这位妹妹年仅40岁就去世了。袁枚十分伤心,写下那篇著名的《祭妹文》,以示怀念。

六、长寿善终

在中国文学史上,像袁枚这样活到八十多岁、曾经在官场上待过又离开、没有遭到什么陷害一生平平安安的文人极其罕见。

袁枚33岁归隐随园,坚决不出来做官,直到82岁病死,可谓是善终。

不与朝廷合作,那后果是很严重的。比如,明初著名诗人高启,不想做官,回家种田,朱元璋后来还是找了一个理由将他腰斩了。这样的例子还有很多。那袁枚为什么有底气坚决不出来做官?这与袁枚为人精明、圆滑有着重要关系。比如,袁枚很善于和上层建立关系。袁枚在参加殿试朝考时,受到当时刑部尚书尹继善的赏识。正是因为尹继善力挺袁枚,才使得他进了翰林院。这位尹继善是满族大臣中少有的人才,不仅人缘极好,而且很有诗才。他还和乾隆皇帝做了亲家,尽管皇帝对他屡有斥责,但总体上他是受到尊重、信任的。尹继善曾四任两江总督。他对袁枚极为欣赏。他们经常在一起聚会唱和。袁枚和他拉上了关系,等于有了一顶强大的保护伞。

另外,袁枚也是一位识时务者,他在朝廷的大事上,决不糊涂。比如乾隆三十八年(1773)朝廷诏求遗书,袁枚毫不含糊地将自己所藏的很多稀有书籍献给了朝廷。这也反映出他机警、讨好的一面。

还有,别以为袁枚会隐居在随园,不与外界打交道,相反,袁枚经常与官场、商场上的一些文人往来,聚会唱和。他留下的这方面的酬唱作品颇多。这也表现出袁枚圆滑处世的一面。章学诚曾带着鄙夷的口气说他："大府清风化列城，随园到处有逢迎。"嘲笑袁枚喜欢逢迎往来。

七、消失的园子

极盛，总有极衰时。

极盛的随园，也是如此。在世时，他将园子收拾得如诗如画。他在遗嘱中要求他的后人"能洒扫光鲜，照旧庋置，使宾客来者见依然如我尚存，如此撑持三十年"。袁枚的孙子袁祖志《随园琐记》也说："先大父尝曰：余身后得保此园三十年余愿足矣！"袁枚是明白人，他没有说让园子永远地传下去，能够继续存世三十年也就不错了。

袁枚去世后，他的子孙继续经营着随园。随园的名声越来越大。很多官场、文坛的人都去造访。李鸿章、林则徐都曾到随园拜访过。袁祖志在《随园琐记》中记载："典试提学以及将军、都统、督、抚、司、道，或初莅任所，或道出白门，必来游玩，地方官即假园中设筵款待。游园之人，以春秋日为多，若逢乡试之年，则秋日来游之人，更不可胜计算。缘应试士子总有一二万人，而送考者、贸易者，又有数万人，合而计之，数在十万人左右。既来白下，必到随园，故每年园门之槛，必更易一二次。"袁祖志记载，当时的文人雅士，既来白下，必到随园。随园的门槛一年也要换一两次，可见随园在其主人去世后的一段时间内，仍然名气很大。

随园的繁华随着太平天国军队进入南京猝然消失。曾国藩围攻金陵数年，城中多次粮绝，太平军在随园开荒种粮，当年的随园山头也被削平。随园里的那些美丽风景也随之灰飞烟灭。

随园存世大约六七十年。

八、与苏小小攀老乡

袁枚是杭州人，他曾刻过一章，"钱塘苏小是乡亲"，并且在一次送给某尚书的诗集中，用了这个章，还受到了指责。袁枚开始时还有些不好意思，那位尚书责之不休，袁枚不高兴了，回击说：你做官是做到一品了，苏小小是卑贱之人，但一百年后，人们只知道苏小小，又有谁知道你这个做官的呢？这个故事，是袁枚自己记录在《随园诗话》中的。从故事可以看出，袁枚是率性之人，有时候是不在乎人们怎么议论的。

钱塘苏小是乡亲。这是唐代诗人韩翃的《送王少府归杭州》中的诗句："归舟一路转青苹，更欲随潮向富春。吴郡陆机称地主，钱塘苏小是乡亲。"这首诗本身知晓度并不高，倒是袁枚用了"钱塘苏小是乡亲"刻章，使得这句诗流传甚广。在袁枚看来，还为有苏小小这样一位老乡感到自豪呢。

我有一个疑问，袁枚出生在杭州，对家乡很有感情，他为何不选择杭州隐居，而选择南京？

袁枚一生中多次回到杭州。他还写过不少思念家乡的诗歌。他的随园里还有名为"小西湖"的景点。他对家乡的山水是喜爱的。只是一旦选择了在南京生活，有了这里的人脉，便舍不得离开了，这里有保护他的两江总督尹继善，还有他的人脉图系。诗人赵翼说他"爱住金陵为六朝"，这话也对。袁枚对南京这座城市的风景名胜、文化底蕴还是特别喜欢的。袁枚经常在诗文中赞美南京的风景。他曾将莫愁湖与西湖作比较："欲将西子莫愁比，难向烟波判是非。但觉西湖输一着,江帆云外拍云飞。"他觉得,莫愁湖的美与西湖相比,一点不差。当然,这里包含了他的情感因素。

袁枚最后选择了南京作为他的归宿地。

但很遗憾的是,这座城市亏待了这位诗人。袁枚在世时曾想到他的随园不会永远存世,但他可能没有想到,他的墓地有一天也会彻底消失。袁枚的墓曾在今天的五台山附近,由于上个世纪建造五台山体育馆,他的墓地被发掘迁移。后来,不知落地何处。

皇帝的诗才

皇帝,是一国之主,他的全部精力应该放在治理国家上。在这样的前提下,做点其他爱好的事情,也未尝不可。比如,写诗,是古代文人经常做的事情,其中不乏附庸风雅者。当皇帝,当然也可以写点诗,抒怀言志。

毛泽东词曰:"惜秦皇汉武,略输文采。唐宗宋祖,稍逊风骚。一代天骄,成吉思汗,只识弯弓射大雕。"没有看到秦始皇写过诗,但汉武帝写过。刘邦平定天下后,回到故乡沛县,邀请旧日好友一起饮酒庆祝,喝到醺醺然的时候,一面击筑,一面哼唱起那首有名的《大风歌》。而那位被刘邦打败的西楚霸王项羽在走投无路时也曾唱起《垓下歌》。刘邦、项羽平时都不写诗,只是在人生重大转折时,情动于中,发而为诗。毛泽东说,唐宗、宋祖、成吉思汗,稍逊风骚,情况是属实的。不过,这不是什么大问题,当皇帝,把国家治理好是天大的事情。

中国皇帝从秦始皇算起有五百位上下,在这些皇帝中,能写诗的还真不少。清朝的乾隆皇帝就是他们的杰出代表。这位清朝第4任皇帝喜欢写诗,在位63年写了43000首诗。他一人写的诗的数量和《全唐诗》差不多。他可能是皇帝中写诗最多的人了。很多人说他,诗尽管写得多,但不怎么样。所以,各种文学史版本难得见到他的名字。

但历史上也有的皇帝，既有武略，也有文采。比如三国时代的曹操。曹操会打仗，是人人皆知的。但曹操的诗写得非常棒，也是定论。他的《短歌行》算得上绝唱。《魏书》说他军旅生涯的三十多年里，手不舍书。"登高必赋，及造新诗，被之管弦，皆成乐章。"他的儿子曹丕说他："上雅好诗书文籍，虽在军旅，手不释卷。"（《典论·自叙》）曹操流传下来的诗有26首。钟嵘《诗品》说他："曹公古直，甚有悲凉之句。"在诸多皇帝中，曹操是一位将治国与写诗的关系处理得比较好的皇帝。

我想，如果是业余时间写写诗抒情抒情也罢，但如果是放着皇帝的事不做，整天想着写诗，这就是人生的大错位了。

看看在南京的几位颇具诗才的皇帝的表现吧。

三国时代，除了曹操，东吴大帝孙权和蜀帝刘备似乎没有多少诗才，难得见到他们的诗歌。

到了六朝刘宋时代，孝武帝刘骏是算得上有些文采，他也写诗，并且当时还相当闻名。他留下一首《登作乐山》诗："修路轸孤辔，竦石顿飞辕。遂登千寻首，表里望丘原。屯烟扰风穴，积水溺云根。汉潦吐新波，楚山带旧苑。壤草凌故国，拱木秀颓垣。目极情无留，客思空已繁。"写他登作乐山的所见所感。后世思想家王夫之评价这首诗说："得之于悲壮而不疏不野，大有英雄之气。"那个时代的诗歌普遍比较生涩，孝武帝的这首诗算是比较晓畅的了。

到了梁朝，江左偏安，人们生活安定，喜欢文学的人渐渐多起来。梁武帝萧衍在当皇帝之前，就非常喜欢诗歌。他和谢朓、王融、任昉、沈约、陆倕、范云、萧琛等八位文人结为文友，时人称之为"竟陵八友"。他特别注意搜集乐府民歌，并仿作歌辞。比如他的《芳树》《有所思》《临高台》等都是拟乐府诗。做了皇帝后，萧衍还亲自改西曲，制作《江南上云乐》十四曲、《江南弄》七曲。他的诗很多描摹女子对爱情的殷盼，具有浓郁的江南民歌风味。如："一年漏将尽，万里人未归。君志固有在，妾驱乃无依。"(《子夜四时歌·冬歌》)"草树非一香，花叶百种色。寄语故情人，知我心相忆。"(《襄阳蹋铜蹄歌》)。郑振铎先生认为，"萧衍新乐府辞最为娇艳可爱"。梁武帝的十余首乐府诗如《河中之水歌》《江南弄》《东飞伯劳歌》等都是用七言歌行形式写的。梁武帝对七言诗的发展作出过巨大的贡献。作为皇帝，梁武帝磕磕碰碰，先后四次出家，晚年爆发侯景之乱，都城陷落，他被侯景囚禁，最后饿死于台城。做皇帝是极大的失败，但他诗歌的成就却被文学史记录下了。

　　萧衍的两个儿子都很有文采。昭明太子萧统自幼酷爱读书，记忆力也好，从小就打下了扎实的文学功底。他身边还团结了一大批有学识的知识分子，经常在一起讨论交流。萧统编辑的历代诗文总集《文选》三十卷，对后世文学产生了深远影响。很可惜这位太子英年早逝，32岁就离开了人世。

　　萧纲是萧衍的第三个儿子，从小聪明伶俐，喜欢读书。6岁时，就能写文章。梁武帝曾赞叹道："此子，吾家之东阿！"东阿王是三国时文学家曹植的封号。长兄萧统去世后，萧纲被立为太子。他和当时著名的文士徐摛、庾肩吾等人过从甚密，一起吟诗作赋。太清二年(548年)，侯景率叛军攻破京都建康，萧纲与他的父亲武帝一起被囚，被杀时年仅49岁。父子俩文气太足，王气萎靡。

　　六朝的最后一个君主陈叔宝非常喜爱诗文。他周围聚集了以尚书令江总为首的一批文人骚客，整天在一起饮酒做诗。陈叔宝还为宠妃张丽华作《玉树后庭花》曲子。隋军打到了宫中，陈后主只好带着张丽华，躲到了景阳井中，最后被搜出，做了隋军的俘虏。隋文帝说，陈叔宝如果能将作诗的功夫，放到治理国家上，那又会是另一种情况。隋文帝的说法，也算是很中肯的。

南唐的中主李璟、后主李煜都是诗人。

中主李璟，具有较高的文学艺术修养，好读书，多才艺。经常与其宠臣韩熙载、冯延巳等饮宴赋诗作词。他的词现存5首，以那首《浣溪沙·菡萏香销翠叶残》最为著名。总体来看，他的词语言不事雕琢，风格清新。

后主李煜秉承父亲的文学喜好，在位15年写了很多词。流传下来的有40首左右。当北方宋军打到金陵时，这位文艺帝束手无策，奉表投降，做了俘虏，最后被毒死。李煜的词几乎篇篇是佳作。早期词大多写宫廷生活，后期词多写故国之思。

对于中主、后主的词作，后人极为推崇。《词史》曰："言辞者必首数三李，谓唐之太白，南唐之二主与宋之易安也。"王国维先生的《人间词话》称："词至李后主，而眼界始大，感慨遂深，遂变伶工之词而为士大夫之词。"有人还称李煜为"千古词帝"。但对于中主和后主做皇帝，没有人给予正面评价。诗人郭麟为之叹息："作个才人真绝代，可怜薄命作君王。"宋太祖说了和隋文帝差不多的话："李煜若以作诗工夫治国事，岂为吾虏也？"

回头看看，梁武帝、宋孝武帝、陈后主、李后主，个个都是文艺皇帝，惯于吟风弄月，长于写诗作词，但很可惜，他们忘记了他们的身份是皇帝，他们首先应该把国家治理好。不然，误了国家，也误了自己，致使历史的悲剧一次次重演，而且悲剧是那么惊人的相似。

挥手自兹去

"挥手自兹去,萧萧班马鸣",是李白《送友人》中的诗句。诗句写出了依依不舍、款款动人的意境。我想,用在徐志摩身上倒很贴切。徐志摩最后的一夜是在南京度过的,第二天早晨他登上了北去的飞机,挥一挥衣袖,没有带走一片云彩,给人们留下了太多的叹息。

在现代文学史上,另一位天才诗人朱湘的死,也与南京发生了关联。与徐志摩从南京出发不同,朱湘从上海出发,在去往南京的途中,走向了死亡。

徐志摩,与朱湘是同一时代人。徐志摩比朱湘大 7 岁,两个人有很多共同之处。徐志摩曾在北京大学读预科,朱湘曾在清华读预科,且都曾留学美国。徐志摩后来又去了英国剑桥。他们都有很好的英文素养,回国以后,都曾在国内的大学英文系任教。徐志摩曾在中央大学、北京大学任教,而朱湘则在安徽大学任教。他们都爱诗如命。就创作来说,朱湘更早,在 17 岁时就参加了清华文学社的活动。论诗歌流派,徐志摩是新月派的代表诗人,而朱湘曾在新月诗刊上发表了很多作品,也有人将他归入新月派。他们都是在人生最辉煌的时候,非正常地走向了死亡。徐志摩是乘飞机失事死亡的,死时才 36 岁。而朱湘是在乘船途中投江自杀,死时才29岁。当然,论影响,徐志摩的名气要大得多,朱湘的名字则要冷僻得多。当下,除了研究者,已经很少人知道曾经有个诗人朱湘。其实两位都是新诗运动中的才子。

徐志摩是这样走向生命终点的——

1931年的徐志摩当时在北京大学任教,常住在北京。而陆小曼住在上海。徐志摩还兼任了南京中央大学外文系教授,所以,经常在北京、上海、南京之间来回跑动。1931年11月,徐志摩计划先回一趟上海,然后在11月19日赶回北京听林徽因在协和小礼堂的一个关于中国古代建筑的演讲。11月11日,徐志摩先是乘飞机到了南京,在朋友张歆海、韩湘眉夫妇家住了两晚,第三天,坐火车回到上海。在上海待了一个星期后,于18日凌晨乘火车赶到南京。当晚,他住在在家乡硖石一起长大的同窗好友何竞武家。19日上午8点之前,徐志摩同何竞武一起吃过早点,还匆匆给林徽因发了一个电报,便登上了由南京飞往北平的"济南号"飞机。这是一架司汀逊式6座单叶9汽缸飞机,1929年由宁沪航空公司管理处从美国购入。飞机师王贯一,副机师叫梁壁堂,两人都和徐志摩同龄,36岁。从南京起飞的时候,天气很好,没想到飞到济南附近,遇到大雾,飞机在党家庄上空撞到了开山顶起火燃烧。飞机上三人丧命。

朱湘是这样走向生命终点的——

朱湘,原籍安徽太湖,生于湖南沅陵,父母早逝。1927年9月至1929年9月,留学美国,回国后,曾任教于国立安徽大学外文系,但又与校方不和,离开教职。后来生活极为穷困潦倒。再后来,到了走投无路的境地。1933年12月1日,他向嫂子借得20元路费,4日由上海乘吉和轮赴南京。次日清晨,他喝了半瓶酒,朗读德国诗人海涅的原文诗,随即跳入江中。别人以为他是失足跌入水中,投下求生圈,他不接,待船停下,已经不见踪影。

就两位天才诗人与南京的关系看,似乎朱湘更密切些。徐志摩曾在中央大学外文系兼职,在南京有很多朋友。1924年,徐志摩还曾陪同泰戈尔由上海到南京。泰戈尔在东南大学体育馆为五六千人做演讲,徐志摩为泰戈尔做翻译。徐志摩的诗文中极少写南京。

朱湘与南京有着密切的关系。他13岁的时候,随大哥到南京生活,曾在南京江苏省立第四师范学校附属小学读三年级,同年,入南京工业学校预科读书一年,15岁考入清华预科。21岁时,与刘霓君在南京结婚。朱湘有好几首诗都写到南京。比如《南归》:"江南夏日有楼阴下莫愁湖荷,一足的白鹭立于柳岸的平沙,蝉声渡过湖水,声音柔了:归去罢,江南正是我的故家。"这首诗写了莫愁湖的荷花、杨柳、蝉声,表达了对于江南的怀念。在《哭孙中山》中写道:"让伟大的钟山给他作丘陇,让深宏的江水给他鸣丧钟。让他为国事疲劳了的筋骨,永息于四十里围的佳城中。"这首诗写到了钟山、长江、古城,表达了他对孙中山先生的敬意。他还有一首《有忆》:"淡黄色的斜晖,转眼中不留余迹。一切的扰攘皆停,一切的喧嚣皆息。入了梦的乌鸦,风来时偶发喉音;和平的无声晚汐,已经淹没了全城。路灯亮着微红,苍鹰飞下了城堞,在暮烟的白被中,紫色的钟山安歇。寂寥的街巷内,王侯大第的墙阴,当的一声竹筒响,是卖元宵的老人。"从题目看,这是一首回忆的诗。在他的眼前浮现出南京的斜晖、城堞、钟山、街巷、卖元宵的老人……从这些诗歌看,他对南京有着深刻的印象,甚至有一份思念的感情。

说到两个人的交集,同为写诗的才子,两个人曾经有过密切的交往,但由于出身、性格等原因,两人的关系并不融洽。贫寒出身的朱湘,对富家子弟徐志摩的做派似乎一直看不惯,甚至对他的诗歌也颇有微词,曾经写文章贬低过徐志摩。但徐志摩对朱湘似乎多了一份宽容之心。1931年,徐志摩乘飞机遇难,朱湘曾作诗《悼徐志摩》,说是悼念,其实有挖苦之意。让人唏嘘不已的是,两年后,朱湘也以非正常的方式结束了自己的生命。

南京,是徐志摩人生的最后告别地。徐志摩曾在《想飞》中写过:"飞上天空去浮着,看地球这弹丸在太空里滚着,从陆地看到海,从海再回看陆地。凌空去看一个明白——这才是做人的趣味,做人的权威,做人的交待。"似乎是一语成谶,他后来真的飞走了。

南京,也是朱湘走向生命终点的故乡。朱湘曾在《葬我》诗中写道:"不然,就烧我成灰,投入泛滥的春江,与落花一同漂去,无人知道的地方。"他后来投水自尽,漂到了无人知道的地方。鲁迅曾经称朱湘为"中国的济慈"。济慈的墓志铭上写道:"这是一个把名字写在水上的人。"诗人朱湘最后也把名字写在了水上。

秦淮美女

金陵出美女。这是许多人的印象。

而得出这样结论的,自然联想到历史上南京的"秦淮八艳",《红楼梦》中的"金陵十二钗",还有东晋诗人谢朓的著名诗句:"江南佳丽地,金陵帝王州。"从古到今,人们都相信,南京不仅是帝王古都,而且美女如云。

有必要理一理南京与美女的关系。

提起南京美女,不能不提秦淮河。在许多人的印象中,秦淮河和南京美女是画等号的关系。从六朝开始,到明清,到朱自清、俞平伯生活的民国时代,秦淮河两岸就一直飘荡着佳人丽影。这样算来,秦淮河美艳的故事,已经有一千多年了,即便是今天,到了秦淮河边漫步,也仿佛看见那一位位红妆佳人,翩翩走来,朝你我嫣然一笑……

六朝300多年,南京是当时全国最大的城市。秦淮河两岸是名门望族聚居之地,尤其是王谢两大家族就住在这里,自然就有许多大家闺秀出入秦淮河畔。那时,秦淮河两岸酒家林立,商船往来,歌女如云,文人流连。由于古代女子化妆用铅粉,所以,后人又用"六朝金粉"来形容繁华绮丽。杨万里有诗:"六朝金粉暖销魂。"

在唐宋两朝,尽管南京已经失去了过去的繁华,但秦淮河两岸仍然是商业中心，秦淮河边仍旧有歌女放歌。杜牧到秦淮河盘桓时，应该也曾听到河房里传出商女的歌唱，他不是说"商女不知亡国恨，隔江犹唱后庭花"吗？

南京从宋朝开始就有了莫愁女的传说。有人说是宋代词人周邦彦把湖北郢州（今为湖北钟祥）的莫愁女，当成南京人，张冠李戴了。也有人认为莫愁是洛阳人。尽管这位莫愁女的来历说法不一，但毫无疑问，南京的莫愁名气最大。后世文人关于莫愁的诗文也特别多。不过，在人们的印象中，正如莫愁的名字一样，莫愁女似乎是一位快乐的使者。上个世纪八十年代，南京还曾有一首歌《莫愁啊莫愁》很流行，朱明瑛唱的，还记得歌中的词："莫愁湖边走，春光满枝头。花儿含羞笑，碧水也温柔，莫愁女前留个影，江山秀美人风流，啊莫愁啊莫愁，劝君莫忧愁！"

明清两代，秦淮风月文化更是张扬到了极致。朱元璋在秦淮河设立教坊司、富乐院，由政府管辖娱乐场所，当时秦淮河两岸，旧院林立，曲中栉比，每逢秋闱应试，更是热闹非凡。"梨花似雪草如烟，春在秦淮两岸边。一带妆楼临水盖，家家粉影照婵娟。"这是清代戏剧家孔尚任在《桃花扇》中所描绘的秦淮河畔繁华景象。

吴敬梓这样描述他眼中的秦淮河：

> 城里一道河，东水关到西水关足有十里，便是秦淮河。水满的时候，画船箫鼓，昼夜不绝。那秦淮到了有月色的时候，越是夜色已深，更有那细吹细唱的船来，凄清委婉，动人心魄。两边河房里住家的女郎，穿了轻纱衣服，头上簪了茉莉花，一齐卷起湘帘，凭栏静听。所以灯船鼓声一响，两边帘卷窗开，河房里焚的龙涎、沉香一齐喷出来，和河里的月色烟光合成一片，望着如阆苑仙人，瑶官仙女。

明清时代,秦淮河畔活跃着很多名妓,一些文人沉湎其中,并且还搞出什么"花榜"评选之类的活动,也就有了"秦淮四美"、"秦淮十二钗"、"秦淮八仙"、"秦淮三十六眷"等多种名号。以"秦淮八艳"的说法最盛。"秦淮八艳"最早见于余怀的《板桥杂记》。这本书是明末清初作为当事人而写的秦淮青楼文化实录。"八艳"中,余怀记录了顾横波、董小宛、卞玉京、李香君、寇白门、马湘兰等六位名妓的人生故事。后人又加上了柳如是、陈圆圆,统称为"秦淮八艳"。

八艳,究竟有多美,由于没有影像的资料,我们只能从古人的文字中去揣度。马湘兰容貌如常人,但能诗善画,神情自若,谈吐优雅;顾横波庄严靓雅,风度超群,鬓发如云,桃花满面;董小宛天姿巧慧,容貌娟妍;卞玉京善画,谈吐不凡;寇白门娟娟静美,跌宕风流;李香君身躯虽小,但肤理玉色,丰神俊婉;陈圆圆容辞娴雅,额秀颐丰,色艺双绝;柳如是文采斐然,风华绝代。古人的这些描述,也只能是一个大概。这些女子或者出身贫寒,或者因家庭变故,被逼走上了这条道路。她们中间不少人还有一定的书画才艺。晚明的失落的文人们常常把她们引以为红颜知己。那个时代,好像对文人狎妓很宽容。风雨飘摇的末世,人们的价值观似乎变得很模糊。当时,秦淮河边几乎每一个名妓后面都站着一位名士。马湘兰后面站着王稚登、李香君后面站着侯方域、柳如是后面站着钱谦益、董小宛后面站着冒辟疆、顾横波后面站着龚鼎孳、卞玉京后面站着吴梅村、寇白门后面站着朱国弼等等,而陈圆圆先是让冒辟疆如痴似狂,后又频频被掠,辗转流离,演出一幕让吴三桂"冲冠一怒为红颜"的甚至影响了历史进程的大戏。但如果细细地考察,这些名妓们的命运是很悲惨的,很少有圆满的人生结局。

有人认为,曹雪芹的"金陵十二钗"之说,就来源于秦淮河边的"十二钗"。清末民初金嗣芬所著《板桥杂记补》中说:"时曲中有刘、董、罗、葛、段、赵、何、蒋、王、杨、马、褚,先后齐名,所称'十二钗'也。此殆俗传小说中'金陵十二钗'之所本欤。"作者认为,小说中的"金陵十二钗"的说法就来源于那些名妓。

民国时期,秦淮河已经很凋敝,但似乎香艳之风还在残喘着。这还引得朱自清、俞平伯来到了秦淮河"领略那晃荡着蔷薇色的历史的秦淮河的滋味"。那时的秦淮河河面上,仍然有一些歌女飘荡,惹得二位文人惆怅不已。

然而,时至今日,提到这些奇特的女子,提到秦淮河边"青楼文化",有人不悦,有人不屑,显得若即若离,态度暧昧。关于这些曾经鲜活的美丽女子,如今在秦淮河边唯一有迹可循的是上世纪八十年代所建的李香君故居,这勉强算是一种痕迹和追怀。为何独独选择李香君,我想大约也是因为孔尚任在《桃花扇》里予以她极其正面的爱国贞烈形象,使得这种纪念显得比较理直气壮。可时光走到2005年,秦淮河夫子庙泮池边建起一堵文化墙,文化墙上布置了一个名为《秦淮流韵》的大型浮雕,上面有25位与南京有着密切关系的名人塑像,其中"秦淮八艳"入选,仿佛一石激起千层浪,立即引发了南京人的一场大讨论,其中反对的声音十分强烈,大意如,历史上夫子庙是一个尚儒之地,文人才子不绝于此,以"秦淮八艳"代表夫子庙会给百姓留下很坏的印象。宣扬"秦淮八艳"其实是一种文化堕落;如此宣扬"秦淮八艳"们的那些风流韵事,把她们当作历史精粹文化,不是主张现在的人们追逐风花雪月、沉迷于声色、糜烂于纸醉金迷的生活吗?云云。

其实很多人没有意识到,在中国古代,女子作为一个群体,出现在文人墨客的辞章中,大约只有南京的这批女孩有此待遇。按照余怀等为她们所画的像,那真是个性鲜明,宛然若生。且不提她们在书画诗文方面的表现,单是她们在朝代更迭、国家兴亡之际所展现出的情操和品格,便为同时代许多人所不及。偏要对她们的绮丽声色念念不忘横加指责,是不是有些偏颇呢。

晚明这一批青楼女子,大多不是南京人,如"秦淮八艳"中,只有马湘兰、顾横波、李香君、寇白门四人是南京本地人,董小宛、卞玉京、陈圆圆都是苏州人,柳如是是嘉兴人。这些女子为何会云集南京,并和文人雅士们唱和相与,留下佳话,这与秦淮河畔的科举文化、世俗文化等都有不可分割的联系。对青楼文化的探究,也折射出晚明文人的复杂心态,是很值得研究的文化现象。如果非要用现代人的道德标准来衡量历史的话,一切的研究就无从谈起,历史也就越来越隔膜。现代的人们大可不必讳疾忌医。

学者陈寅恪在写《柳如是别传》时说过:"虽然,披寻钱柳之篇什于残阙毁禁之余,往往窥见其孤怀遗恨,有可以令人感泣而不能自已者焉。夫三户亡秦之志,九章哀郢之辞,即发自当日之士大夫,犹应珍惜引申,以表彰我民族独立之精神,自由之思想。何况出于婉娈倚门之少女,绸缪鼓瑟之小妇,而又为当时迂腐者所深诋,后世轻薄者所厚诬之人哉!"当一些文化人在忙着与时俱进之际,惟有陈寅恪坚定于自己的"著书唯剩颂红妆"。这位大师,为秦淮河畔一青楼女子立传,不管从什么角度说,体现的都是对历史的尊重,对人格的尊重,对独立自由精神的珍视。

身为生活在这座城市,日夜被这条河流滋养的我们,还有什么理由对这些曾经鲜活的生命视而不见呢?

金陵才女

金陵,这样一个氤氲着六朝烟水气的城市,才子一大堆,如果没有几个才女,那是很遗憾的事情。事实上,在过去漫长的岁月里,也曾出现过一道道女性的彩虹,让后人艳羡。

一

晋人,晋诗,晋字,都非常有名。

东晋这个时代,104年中涌现出很多有影响的人物与故事。其中的王家与谢家,赫赫有名。王谢风流荡晋书。真是厉害!

秦淮河畔的这两大家族中,有名的男人可以数出一大堆,王家有王导、王坦之、王羲之、王献之……谢家有谢安、谢玄、谢朗……女人们呢?诚然,过去"女子无才便是德"已经深入人心,但时常也有例外。在荡漾着风流才情的王谢家族里,如果出不了才女,那是遗憾的事情。

她,出现了。东晋天空里一道美丽的彩虹!

她叫谢道韫。她出身于晋代王、谢两大家族中的谢家,后来成了王家的媳妇。点几个谢道韫的亲属图系。她是东晋名将谢安的侄女,谢安就是那位东山再起的宰相,也是以8万兵力打败苻坚的百万大军的一代名将。她是安西将军谢奕的女儿。她是大书法家王羲之的二儿媳。他是王凝之的妻子。这位王凝之尽管出身名门,但书法造诣不高,史书上说他为人迂腐,才气不高。这位谢道韫聪慧有才辩,被后人称为绝代才女、奇女。还是在她很小的时候,有一年冬天,天空中雪花纷纷扬扬,谢家子弟正围坐在火炉旁谈诗论文。雪越下越大,谢安问在座的侄儿侄女们:"白雪纷纷何所似?"谢朗答道:"撒盐空中差可拟。"谢朗是谢安的二哥谢据的儿子,谢安听了侄儿的回答后,不置可否,只是默不做声。谢道韫随即答道:"未若柳絮因风起。"听了谢道韫的回答,谢安一面鼓掌,一面对谢道韫的文学赞赏不已。后来的人们常常称有文学才能的女子为"咏絮之才"。《三字经》中说:"蔡文姬,能辨琴。谢道韫,能咏吟。"近代学者余嘉锡说:"道韫以一女子而有林下风气,足见其为女中名士。"

  这位才女后来的命运并不佳。嫁给王凝之后,婚姻不幸福。孙恩之乱,身为会稽内史的丈夫守备不力,被叛军所杀。谢道韫拿刀出门杀敌数人被抓。孙恩因感其节义,赦免谢道韫及其族人。王凝之死后,谢道韫在会稽独居,终生未改嫁。

  谢道韫写了不少诗赋,诗集已经亡佚。《艺文类聚》仅保存其《登山》《拟嵇中散咏松》两首诗。

二

  东晋时代的文学蔚然成风,生活在那个时代的女子,也会耳濡目染,但很遗憾,历史记载中有文才的女子并不多。倒是秦淮河边一位叫桃叶的女孩,因为与大书法家王献之的感情瓜葛,被后世传为佳话。

传说中桃叶和妹妹桃根都是秦淮河边的艺妓。王献之是王羲之的第七个儿子。王献之本来与自己的结发妻子郗道茂感情笃厚,但被东晋简文帝的公主看上,皇帝下旨让王献之休掉发妻,再娶新安公主。尽管王献之以自残的方式,表达拒绝。但最后还是妥协了。感情受到创伤的王献之,后来在秦淮河边遇见了桃叶,再次燃起了爱情之火,娶之为妾。六朝时的秦淮河比后来要宽得多,王献之经常在秦淮河边的一个渡口迎接他的爱妾。王献之还为爱妾写下了《桃叶歌》:"桃叶复桃叶,渡江不用楫。但渡无所苦,我自迎接汝。"这桃叶也是有几分灵气和才气的,尽管出身卑微,但身上沾上了江南烟水气,能写诗写歌,否则,人家大书法家就能心动了吗?桃叶写了三首《答王团扇歌》。其中一首写道:"团扇复团扇,持许自障面。憔悴无复理,羞与郎相见。"

从桃叶写的歌看,两人的情感非同一般。

三

在南朝宋齐时代,出了两位才女:一位是鲍令晖,诗人鲍照的妹妹。另一位是韩兰英。这两位才女都不是在南京出生,但她们都在南京居住多年,算得上南京才女。

鲍令晖是山东郯城人,出身贫寒,但非常聪慧,能写诗文。后来随着哥哥鲍照一起徙居金陵。曾有《香茗赋集》传世,今已散佚。留传下来的诗有《拟青青河畔草》《客从远方来》《古意赠今人》《代葛沙门妻郭小玉诗》等。她的《寄行人》:"桂吐两三枝,兰开四五叶。是时君不归,春风徒笑妾。"小诗清新自然。鲍照曾经在给宋孝武帝的信中说:"臣妹才自亚于左芬,臣才不及太冲(左思)尔。"意思是说,我妹妹鲍令晖自以为比左思妹妹左芬稍弱一些,而我鲍照的才能是不及左思的。可见,这位哥哥对妹妹也是褒赞有加。

韩兰英是吴郡(今苏州)人,约公元460年前后在世,她的传记附在《南齐书·武穆裴皇后传》中。她很有文采。宋孝武帝时,她进献《中兴赋》,受到欣赏入宫。到了齐武帝时代,韩兰英仍在宫中,被任命为博士,教导后宫学识,又因韩兰英年迈且见广多闻,人们称她为"韩公"。有人考证,韩兰英在宫中生活了三十年。可惜她的诗文集已经失传。《先秦汉魏晋南北朝诗》存其诗一首。

同时代的文艺评论家钟嵘在《诗品》中专门评价了两位女诗人。他说,鲍令晖的诗"往往断绝清巧,拟古尤胜",而"兰英绮密,甚有名篇"。钟嵘认为鲍令晖的诗很清丽,而韩兰英的诗很绮丽。

四

大唐盛世,金陵出了一位才女杜秋。杜秋原名杜丽,生于镇江,母亲一直将她带在金陵卖艺。由于杜秋天生丽质,15岁被驻守镇江的镇海军节度使李锜纳为侍妾。李锜,唐王朝宗室成员,是一个纨绔子弟。他对朝廷心怀不满,发动叛乱。叛乱很快被平定,李锜被斩,杜秋被籍没入宫。唐宪宗见杜秋美貌出众,便封其为秋妃。宪宗死后,杜秋又做了皇太子的保姆。后因宫廷倾轧,皇太子被废,杜秋被放归家乡。她来到秦淮河边以卖唱为生。公元833年,杜牧在秦淮河边巧遇了已经十分困顿的杜秋,想起自己很小的时候,在宫廷中见到过翩翩起舞的杜秋,那时的杜秋倾城倾国,风姿绰约,可如今,红颜老去,面容枯槁,真是天壤之别。深受触动的杜牧写了一首长诗《杜秋娘》,表达了对这位身世不凡的女子的悲怜之情。

这位杜秋娘,不仅貌美,而且有才。她在歌舞时,还经常演唱自己写的歌。《唐诗三百首》里最后一首即是她创作的《金缕衣》:"劝君莫惜金缕衣,劝君须惜少年时。有花堪折直须折,莫待无花空折枝。"这首诗告诉人们珍惜现在的时光,未来都是不可测。杜秋娘的身世似乎应验了这首诗的诗意。在灿若春花的时候,杜秋娘恣意地挥洒着青春,繁花落尽后,等待她的是无尽的凄凉。

五

纪映淮,一位明末清初的南京才女。父亲纪青是南京名士,哥哥纪映钟是明末著名诗人。据说,她家面对钟山,兄妹俩一名映钟,一名映淮。纪映淮,小字阿男,所以,也有人称她纪阿男。

受到家庭熏陶,纪映淮聪颖,加上自己的努力,小时候就展露出逼人的才气。有关她的传说很多。九岁那年,父母带她到莫愁湖看荷展。荷展上有联句的游戏。看见一群人在对句,纪映淮挤到前面,看到出句是:"叶出尖角问晴天"。不少人在议论着怎么对。纪映淮脱口而出:"花退裂盘笑丽日"。周围的人连连夸赞。

纪映淮18岁时嫁给了杜李。杜李的父亲杜其初,曾中进士,任绍兴知府。崇祯初年任满后,回到山东莒州家居,再未出仕。纪映淮从此便随夫在莒城居住。1642年三月,清兵南下,莒城危急。杜李约数十位热血青年坚守城池顽强抵抗,终因寡不敌众,城破殉难。纪映淮从此过着流落的生活,不再作诗。

297

纪映淮写了很多诗歌，其中以《咏秋柳》最为有名：

栖鸦流水点秋光，爱此萧瑟树几行。
不与行人绾离别，赋成谢女雪飞香。

这首诗曾在社会上广为流传。其中的"栖鸦流水点秋光"，成为文人们竞相传播的名句，清代莒城生员复试时就曾以此句作为题目。纪映淮的诗作还被诗坛巨匠王士祯所欣赏。王士祯曾作《秦淮杂咏》：

十里清淮水连桥，板桥斜日柳毵毵。
栖鸦流水空萧瑟，不见题诗纪阿男。

纪映淮的哥哥纪映钟知道了这首诗之后，还给王士祯写了一封信，责备王士祯不该将自己妹妹写进秦淮杂诗中。自己妹妹是一位有身份有涵养的人，而且是一位孤苦伶仃的寡妇，怎么能将她与秦淮河边的莫愁桃叶列在一起呢？王士祯为此也表示了歉意。

后来，王士祯觉得纪映淮是一位难得的才女和贞女，就向朝廷推荐，请求予以表彰。朝廷令莒州知州在杜府门前建了一个木牌坊，以表彰纪映淮的节操。木牌坊落成的第二天晚上，纪映淮找来几头耕牛，将牌坊拉倒，以示国亡家破之恨，随后出走他乡。纪映淮弃家临走时，还用白纸写了一副对联贴在府门上："义士洒血照日月，节妇食泪赡孤亲。"知州知道后，怕朝廷追究，谎拟了一个报告，称纪映淮算不上贞女，所以，建造的木牌坊自己倒坍，这个女人无颜见街坊父老，弃宅而逃，不知所往。就这样把这件事算是搪塞过去了。

纪映钟曾有词集《真冷堂词》，大多散佚，流传下来的诗词只有十来首。

六

傅善祥，一位乱世奇女子。南京人。出生于书香世家，自幼聪慧过人，喜读经史。她8岁那年，父母相继去世，家道迅速衰落。13岁那年，她的哥哥遵照父命把她嫁给了指腹为婚的李氏人家。丈夫比她小六岁，是一个懵懂无知的孩童。18岁那年，丈夫得麻疹去世。此时恰逢太平军攻占南京，傅善祥在无路可走的情况下投奔太平军。

1853年春末，洪秀全颁布诏书，开甲取士，同时打破常规，增加"女科"。男科的主考官是东王杨秀清，女科主考官是洪秀全的妹妹洪宣娇。傅善祥参加了女科考试。当时参加科考的男女士子有600多人，男科女科试题一样，均为"太平天国天父天兄天王为真皇帝制策"。傅善祥洋洋洒洒写了一万多字，显示出超人的才华。经过层层选拔，傅善祥的文章最后被送到了东王杨秀清的案头。东王看后，为这篇才华横溢的文章所折服。于是，毫不犹豫地将傅善祥点为女科状元。就这样，傅善祥成了中国历史上第一个女状元，也是唯一的女状元。科举考试结束后，杨秀清又把傅善祥招进东王府，加以重用。不久，东王下诏，任命傅善祥为"女侍史"。负责东王诏命的起草以及文献的整理。

"天京事变"爆发后，傅善祥的结局很惨，有的说她死于动乱中，也有的说她逃到了民间。

秦淮青楼文化由来已久。那些青楼女子,不仅美色卓群,而且文采斐然。美色是天然使之,文采既有天生的聪慧成分,也有后天的熏陶影响。而文采,在一定程度上提高了她们的身价。所以,才有大富商、大文豪对她们青睐有加。清代诗人冒辟疆曾为四位名妓编辑了诗集——《秦淮四美人诗》。这"四美人"是指马湘兰、赵今燕、朱泰玉、郑无美。马湘兰能诗善画,尤擅画竹兰。国学大师王国维对她的画推崇备至。故宫博物院藏有她的《兰竹石图》。日本东京博物馆藏有她的《墨兰图》。马湘兰有诗集《湘兰子集》传世。"秦淮八艳",个个都有些才华,尤其是柳如是,饱读诗书,诗画都有一定的造诣,有诗集《湖上草》传世。清初大诗人钱谦益曾将秦淮名妓的诗纳入自己编辑的《闰集》中。他还用其中的作品作为孙女的教学用书,他说:"闲开闰集教孙女,身是前朝郑妥娘。"郑妥娘就是秦淮名妓郑无美。

在过去很长的历史里,良家女子即便是很有才气,但在倡导"女子无才便是德"的社会里,才气也会在相夫教子的日子里被淹没掉。所以,良家女子中,凸显出来的才女非常少,反倒是青楼里的那些女子,有着良好的文艺修养,而且还有机会在大庭广众之下尽情地展示。这是一种不公平。

到了晚清,随着中国开始睁眼看世界,女子读书学知识渐渐多起来。上个世纪初,南京迎来了一次绝好的机会。1913 年,美国教会美北长老会、美以美会、监理会、美北浸礼会和基督会决定在长江流域联合创办一所女子大学,最后选址南京。1915 年,金陵女子大学在南京东南绣花巷李鸿章花园旧址开学。1919 年,首届 5 位学生毕业。这是第一届在中国高等学校中获得学士学位的女大学生。后来担任金陵女子大学校长的吴贻芳就是其中的一位。从 1919 年到 1951 年,金陵女子大学毕业女生为 999 人,人称"999 朵玫瑰"。在中国女子受教育程度普遍不高的情况下，这些女大学生真是幸运儿。她们都是新时代的才女。著名指挥家郑小瑛、歌唱家孙家馨、耶鲁大学医学院教授熊菊贞、纽约著名的医学专家郁采繁、哈佛大学植物学教授胡秀英等都是金陵女子大学的毕业生。今天，南京师范大学的随园校区内，仍保留金陵女子大学的旧址。走进美丽的校园里，面对保存完好的教学楼，仿佛仍可以看到百年前那些"玫瑰们"的翩翩丽影。

金陵旧影

有一阵子，老照片特别热，各种老照片晒出来，满足了人们普遍的怀旧心理。关于南京，也出版过很多老照片的书籍。我也喜欢翻看那些老照片，并对照今天的地貌地形，咀嚼其中的意味。曾几何时，我还拿着这些老照片，到现场去对照。多数时候，对照过后，真有一种沧海桑田的慨叹。

在照相术发明之前，我们关于一个地方的印象，如果不是亲历过，只能来自画家的笔和作家的文字了。关于金陵，历史上不乏描绘它的图画。明清时代的画家都曾画过南京的景点，从"金陵八景"图到"金陵四十八景"图，到刻画细致的《南都繁会图》，总感觉古人画得太粗，很多时候只是一种轮廓，一种感觉。

1839年摄影术的诞生，改变了留存印象的方式。伴随着鸦片战争的硝烟，摄影术也进入了中国。从19世纪后半叶开始，我们就能透过黑白的图片，看到南京这座古城的模样，一个名叫约翰·汤姆逊的英国人，在香港定居，并开设了一间摄影工作室。1868年至1872年这4年时间里，他来到中国内地的广东、福建、上海、宁波、北京、江苏等地游历，拍摄了很多照片。1872年，汤姆逊来到南京，拍摄了20多张照片。有一张远景的照片是在城南雨花台高地上拍摄的，画面上隐约可以看见紫金山的山形。城墙也清晰可见。

画面中间有一个特别醒目的城楼,据说是南门城楼,三层高的城楼很突出。还有一张是在明孝陵神道石翁仲前拍的,从画面看石翁仲旁边是光秃秃的地面。还有两张是在金陵机器制造局里拍的,三个清代士兵站在一个大炮的旁边,正在操作着机器。这些照片如今成了南京极为珍贵的影像资料。

1885年,两江总督张之洞聘请了一位叫骆博凯的德国军官,负责视察、监督从南京到吴淞口的江防要塞工事。骆博凯后来还当过江南陆师学堂的总教习。他非常喜爱中国古建筑。他用照相机拍摄了南京的城墙、鼓楼以及明故宫午门。

南京的老照片集中拍摄于上个世纪的20年代至40年代。20年代,摄影家郭锡麒来到南京,走访了很多名胜古迹,拍摄了200余幅照片。他最终筛选出80幅编成了《南京影集》。这也是关于南京的第一本摄影集。他在自序里写道:"自民国政府定都(南京)而后,平添新气象,冠盖既满,箎屦更加焉,不佞嗜摄影,且癖与游,盖欲求奇闻壮观,以知天下广大,尝讬兴登临其地,叹为胜境。"1933年,《南京影集》在上海、香港、新加坡三地同时出版。时任国民政府主席的林森题写了书名。

上个世纪30年代,历史学家朱希祖之子朱偰,从德国留学归来,在中央大学经济系任教。他受家庭影响,特别喜欢历史。他在教学之余遍访南京古迹,拍摄了两千多张照片。他选出317张辑成《金陵古迹名胜影集》,选出106张辑成了《建康兰陵六朝陵墓图考》,这两本书都在1936年由商务印书馆出版。

朱偰拍摄的照片是我们今天所能见到的30年代南京留存最多的照片。从他拍摄的桃叶渡照片,可以看到秦淮河两边铺有青瓦的河房,略显黯淡的临街粉墙,停歇于秦淮河面上的船只。他拍摄的幕府山石人石虎,今天早已不存。他拍摄的石头城下,还有水面,水面上还泊有船只。那时的午朝门旁还种着庄稼。明孝陵神道上光秃秃的,只有几棵小树。那时的鼓楼,高耸在马路中间,周边还散布着低矮的建筑。北极阁下没有高楼,站在山上可以俯瞰全城。从玄武湖拍摄的钟山,可以看见山上新辟的马路,当时的山上几乎没有什么树木。

上世纪40年代初,澳大利亚女摄影家海达·莫理循来到南京,拍摄了数百张南京的照片。这些照片现藏于美国哈佛大学燕京图书馆。

旧影,是这座城市的前世。就像一个人,想办法要搞清楚祖辈的来历一样,作为生活在这座城市里人,都很想了解这座城市的昨天。文字固然可以帮助人了解,但没有旧影那么直观。尤其是相同的一个地方,比对一下旧影与现在,总会让人有一种沧海桑田的感慨。

南京的旧影大体上拍摄于19世纪末到国民政府建都的四五十年时间里。这也是南京最为荒凉、落寞的时期。晚清的中国到处都显示出没落的气息,特别是经历过太平天国战争,南京这座城市几成焦土,到了30年代又经历了侵华日军的肆意摧毁。所以,南京城是很破败的。那些旧影记录了百年里城市的面貌。透过旧影,我们看到晚清至民国初期紫金山上光秃秃的,石象路两旁杂草丛生,城市里很少有树木,雨花台乱坟遍地,清凉山荒凉至极。再看看旧影中的人,身穿破旧黑棉袍,死气沉沉,没有一点精气神。城市里弥漫着末世的气息。

在旧影中,我们看到了最近一百年内消失的古迹名胜。比如,我们在南京旧影中还看到通济门、仪凤门、太平门、水西门仍在,很遗憾这些城门在上个世纪五十年代被拆毁了。有一张江南贡院的俯瞰旧影,一排排考试的号舍整齐排列,极为壮观。清代最盛时江南贡院占地5平方公里,有号舍2万多间。非常可惜这些号舍在上个世纪初被拆掉了。这几张贡院旧影成了夫子庙贡院辉煌的见证。其实,消失了的南京旧景,还有很多。今天,那些老地名仍在,但都被高楼大厦填满了,丝毫看不出当年的影踪。所以,感谢旧影,为我们这座城市保存了不少记忆。

金陵诗脉

我向来以为,金陵称得上诗城。

在近两千年的城市历史上,很多诗人都与金陵有过交集。有的还与这座城市有着非常密切的关系。这座城市给了他们灵感,给了他们诗思,给了他们困惑。他们或爱,或恨,或愁,或叹,或痛,或悲,凝聚成诗,便成了一颗颗放出光芒的钻石。

这座城市感谢他们,因为他们,城市诗意充盈,文脉流长。

我发现,南京土生土长的诗人,并不是很多,倒是到过金陵的诗人实在是太多了。

在六朝的300多年里,金陵聚集了大批文化精英,当然包括诗人。东吴刚刚建国,百废待兴,就文化来说,并没有凸显多少成就。而就当时大的格局看,全国的文化中心在曹魏,在曹氏父子周围积聚的邺下文人颇有成就。

西晋时,客居南京的陆机、陆云兄弟俩,创作乐府诗和拟古诗,当时很有些名气。可以说,他们是南京地区有史以来最早见于记载的诗人。

从东晋时期开始,南方的文学进入了勃发期。那时,东晋流行写玄言诗,都城里有一批写玄言诗的诗人。郭璞是那个时代最著名的诗人。他的《游仙诗》(共12首)非常有名。玄武湖环洲的郭仙墩是郭璞的衣冠冢。

刘勰说:"宋初文咏,体有因革,庄老告退,而山水方滋。"(《文心雕龙·明诗》)南朝的诗歌,最发力的时候,应该是在刘宋时期。以谢灵运为代表的诗人开创了我国山水诗歌的流派。与谢灵运齐名的另一位诗人颜延年,首创了对偶诗。李白有诗:"地擅邹鲁学,诗腾颜谢名。"颜谢指的是谢灵运和颜延年。南朝中叶,出现了以谢朓和沈约为代表的诗人群。他们在诗歌中增加了音韵的因素,使诗歌的形式日益成熟起来。

谢朓,是东晋著名诗人。李白对他推崇备至。今天的南京人已经没有多少人能背诵他的《入朝曲》,但没有人不知道他的那两句有名的诗:"江南佳丽地,金陵帝王州。"这两句诗成了这座城市最悠久、最有诗意的推广语。

这个时期,金陵的诗坛非常热闹,除了谢灵运、谢朓外,还有鲍照、沈约、王融、何逊、吴均、阴铿等著名诗人,他们都写过关于南京的诗。

南朝的不少皇帝有诗才。梁武帝就是其中一位颇有成就的诗人。他喜欢收集民歌。"河中之水向东流。洛阳女儿名莫愁。"他根据民间传说写的莫愁女的故事,流传甚广,从此,莫愁女"落户"在了石城金陵。六朝的末代皇帝陈叔宝,也喜欢作诗。他曾经创作了一首曲子叫《玉树后庭花》,名气很大,不过,它成了亡国之音的符号。

到了隋唐时期,金陵的政治经济地位一落千丈。都城几乎成了一座空城。政治地位虽然不高,但金陵在唐朝诗人们心目中的地位却非常高。唐朝的诗人们都喜欢到金陵来走一走,发思古之幽情。李白、杜甫、司空曙、刘禹锡、刘长卿、王昌龄、常建、杜牧、李商隐、陆龟蒙、皮日休、许浑、罗隐、李群玉、高蟾、刘沧、韦庄、孙元宴……这些诗人都曾经到过金陵,有的还到过多次。金陵总会触发他们的诗思,所以,关于金陵的诗歌极多。可以说,中国最经典的怀古诗歌,出现在唐代。而金陵怀古诗,无疑是代表着中国怀古诗的最高成就。

李白到过金陵六七次,写了近百首有关金陵的诗,足见他非常喜欢这座城市。这座城市里留下了他很多足迹。他在秦淮月下长吟,在玄武湖中荡舟,在凤凰台上狂歌,在孙楚酒楼沉醉。

杜甫20岁时曾到过南京一次。他还记得,当时和朋友一起在瓦官寺里看顾恺之的画的情景。

刘禹锡在南京对面的和州(今和县)做刺史时,还没有到过南京,就写下著名的《金陵五题》。如果一个诗人有一首诗被后人记得,就已经很了不起,何况刘禹锡有多首脍炙人口的诗作被后世传诵。"旧时王谢堂前燕,飞入寻常百姓家。"他创造了一个独特的意象——王谢燕子,一个包含着兴亡与哀愁的意象。

杜牧曾经到过南京三次。"烟笼寒水月笼沙,夜泊秦淮近酒家。"这首《泊秦淮》成了秦淮河诗篇的绝唱。南京人还认为,杜牧诗"牧童遥指杏花村"中的杏花村就在南京。

李商隐在45岁的时候到过南京,曾在台城、玄武湖、鸡鸣寺怀古,写下了《咏史》、《南朝》等怀古诗。到南京的第二年,他就离开了人世。"三百年间同晓梦,钟山何处有龙蟠?"这一问,真是空谷足音,回响千年。

王昌龄,被称为"诗家天子王江宁"。南京文献中有说他是江宁(南京)人,其实,他是京兆长安人,开元二十八年前后被贬为江宁县丞,世称王江宁。集中一首送别诗《送朱越》:"远别舟中蒋山暮,君行举首燕城路。蓟门秋月隐黄云,期向金陵醉江树。"著名诗人常建是王昌龄的好朋友,他们是同榜进士。大历年间,常建被授盱眙尉路过南京,此时王昌龄已离世,常建还住过王昌龄的故居,写了《宿王昌龄隐居》,表达对朋友的怀念。

晚唐诗人韦庄有一首知名度极高的《台城》:"无情最是台城柳,依旧烟笼十里堤。"韦庄创造了一个属于南京的经典意象——台城柳。

晚唐著名诗人孙元宴踏上南京这块古老的土地时,被南京的历史震撼了,一口气作了75首《咏史诗》。

唐代南京的本土诗人不是太多。明代学者孙应岳《金陵选胜》列举了唐代江宁诗人名录,包括王昌龄、庾抱、徐延寿、孙处立、冷朝阳、许恩、孙革、陈羽、项斯等。王昌龄不是南京人,冷朝阳算是有些名气,其他都不太出色。

我一直心存疑问:唐代大诗人中,有几位没有写过南京,韩愈、柳宗元,由于他们做官都远离南京,估计也没有多少机会到南京。但唐代著名诗人高适曾到南京做过官,但不知为什么,他没有留下一首关于南京的诗。白居易和好友刘禹锡过从甚密,而且还称赞过刘禹锡关于南京的怀古诗,可是,白居易自己也没有写过关于南京的诗。

到了五代十国时期的南唐,南京再次被确定为国都,可惜南唐三位皇帝在位只有39年。三位皇帝中,中主李璟和后主李煜,都是作词的高手。尤其是李煜的词,家国之痛,写来情真意切,后人称其为"千古词帝"。他的词具有抒情的飘忽美,很难看出地理特征。只有"晚凉天静月华开,想得玉楼瑶殿影,空照秦淮",提到了秦淮。

宋代到过金陵的诗人很多。像王安石、苏轼、李纲、欧阳修、李清照、辛弃疾、张孝祥、陆游、曾极、杨万里、范成大、文天祥等都到过金陵,且留下了诗篇。

王安石的故乡在江西临川,然而,他把南京当成了故乡,在这里生活了20年。晚年被罢相后,他选择了在钟山脚下生活。他是宋代最喜爱金陵的诗人。他写钟山的诗歌就有一百多首。死后他就葬在钟山脚下。

　　苏轼曾两三次到过金陵,最长的时候待了一个多月。他和王安石有唱和。他的诗集中有10多首写南京的诗词。王安石曾对苏轼一首写钟山的诗中的两句"峰多巧障日,江远欲浮天"推崇备至。

　　北宋集大成的词人周邦彦,曾任过溧水县令(溧水县属南京),曾写过不少关于金陵的诗词。其中以《西河·金陵怀古》("佳丽地,南朝盛事谁记?")最为著名。

　　女词人李清照的丈夫赵明诚曾到江宁做知府,李清照随之来到金陵。每当风花雪月的日子,夫妇俩携手同游,夫唱妇随。然而,靖康之耻,国家摇摇欲坠,志同道合的丈夫又在金陵离世。所以,建康是李清照的伤心地。她在诗中说:"春归秣陵树,人老建康城"、"试灯无意思,踏雪没心情"。

　　张孝祥,南京附近的乌江人,曾任南宋建康留守。他敢于和秦桧斗,敢于为岳飞鸣不平。有一次,他在席间挥笔作词《六州歌头》,表达对朝廷软弱无能的愤慨,主战派张浚读罢此词,洒泪离席。他的词上承苏轼,下启辛弃疾,在中国词史上占有极为重要的地位。后代评论家认为他的词:"淋漓痛快,笔饱墨酣,读之令人起舞。"他的墓至今保存在南京的老山里。

　　辛弃疾曾多次到建康,三登赏心亭,每一次都留下佳作。"把吴钩看了,栏杆拍遍,无人会、登临意"、"倩何人唤取,红巾翠袖,揾英雄泪",这些词句读来,让人回肠荡气。

　　陆游曾三次到石头城。他对这座城市很有感情。他曾建议将南宋朝廷的都城从杭州迁到建康。他说:"孤城老报忧时意,欲请迁都泪已流。"他曾登上辛弃疾登过的赏心亭,悲愤赋诗。

杨万里,绍熙二年(1191年)曾到建康任职(江东转运副使)两年,写了不少赞美金陵山水园林、风土人情的诗篇。

曾极,江西临川一布衣。他曾经一口气作了100首《金陵百咏》,咏金陵古迹、人物、事件。他写六朝皇陵上石麒麟破败的景象:"千载古麟相对立,肘鬓膊焰故依然。""苍烟落日低迷处,折足麒麟记坏陵。"

萨都剌,元代最有才华的诗人。51岁时曾到南京做官。虽然他是蒙古色目人,但有着极好的汉语功底,诗词写得特别好。他喜爱江南的风景。关于南京的怀古词如《满江红·金陵怀古》《百字令·登石头城》最有名。他在词中说:"伤心千古,秦淮一片明月。"

明初,金陵是首都,这里自然聚集了很多文化人。明初的诗人中,宋濂、高启、刘基被称为明初三大文坛领袖。高启是明初最有才华的诗人。他用《登雨花台望大江》营造了明代诗歌的第一峰。诗云:"大江来从万山中,山势尽与江流东。钟山如龙独西上,欲破巨浪乘长风。"诗歌气势非凡。

明代中期,顾璘、陈沂、王韦被称为"金陵三俊",与顾琚并称"金陵四杰"。当时在南京的阮大铖、杨文骢也都是著名的诗人。明成祖迁都后,作为留都,南京也是不寂寞的,这里聚集了很多诗人。公安派袁中道、竟陵派钟惺、唐宋派归有光等都曾在南京做过官,与南京有过交集,并写下诗篇。

明末清初南京住着一批对明朝忠心耿耿的诗人,比如余怀、林古度、盛集陶、杜茶村等,他们都写了很多关于金陵的诗歌。

余怀,福建人,侨居南京多年。他最有影响的作品是笔记散文《板桥杂记》,但也写过不少关于南京的诗。他的儿子余宾硕,一生居住南京,曾写有《金陵览古》。全书记录了南京60个胜迹,每一处胜迹配诗一首。

龚贤,是著名画家,但诗也写得相当好。他对改朝换代悲愤交加,晚年在清凉山下筑半亩园(扫叶楼)隐居。他曾花费数十年的时间,搜集、选编中晚唐诗。他自己的诗作颇有晚唐人风味。清凉山上至今仍有扫叶楼,算是对他的纪念。

有清一代,一些著名诗人、作家如袁枚、王士祯、吴敬梓、赵翼、孔尚任、李渔等都与南京有过交集,写过很多诗歌。

袁枚,杭州人,曾在溧水、江浦、江宁任知县。33岁辞官,选择在南京随园里生活了50年,曾写下了大量咏赞南京的诗篇,还写了一部重要的诗评《随园诗话》。在乾隆时代,他的随园成了金陵的文化中心。有人说他"总领诗坛五十年"。

王士祯,诗主神韵说,24岁时写出《秋柳》四首,为四方所传诵。一生写诗4000多首。他的《秦淮杂诗》十四首堪称一流。这组诗歌有很多名句,如"年来肠断秣陵舟,梦绕秦淮水上楼"、"三月秦淮新涨迟,千株杨柳尽垂丝"、"潮落秦淮春复秋,莫愁好作石城游"、"千载秦淮呜咽水,不应仍恨孔都官"。

吴敬梓,在南京秦淮河边生活了二十多年,创作了《儒林外史》,以大量的篇幅描绘了当时南京的景物风貌。他晚年题写的《金陵景物图诗》,吟咏二十多处南京名胜古迹,表达他对南京的喜爱之情。

明末清初,金陵秦淮河畔十分繁华,形成了独特的青楼文化。以"秦淮八艳"为代表的秦淮名妓,不仅貌美,而且颇具文采。与这些秦淮名妓交往的,都是些著名的诗人,比如钱谦益、吴伟业、龚鼎孳、冒辟疆等,他们在南京都曾写下有关南京的诗。

魏源,曾在乌龙潭畔购得草房,起名"小卷阿"。在这里写了不少诗歌。

但值得一说的是,在清末的天空,依然有一道晚霞,引人注目。他叫陈三立,号散原。1900年移居南京,将自己的居屋取名散原精舍。他的诗文集叫《散原精舍诗文集》。他是同治光绪年间诗坛的盟主,试图拯救走入末路的古典诗歌。他被誉为中国古典诗歌的最后一位诗人。泰戈尔访华,曾在徐志摩陪同下专门拜访了陈三立,并向他赠送自己的诗集。泰戈尔希望也得到陈三立的诗集,但被诗人婉拒了。陈三立认为自己不能算是中国诗人的代表。

清末到"中华民国",当时著名文学家如苏曼殊、柳亚子、于右任、张恨水、鲁迅、唐圭璋、程千帆、沈祖棻都写了关于南京的诗作。

鲁迅17岁到南京求学,在这里待了四年。后来,他又十多次来过南京。南京的新思潮对他影响至深,他曾在南京第一次看到《天演论》。他曾写了13首关于南京的旧体诗。"大江日夜向东流,聚义群雄又远游。六代绮罗成旧梦,石头城上月如钩。""石头城上月如钩"很有意境。

苏曼殊,一位诗僧,曾两次与南京有过短暂的工作交集。他写过一些关于南京的诗:"幕府林葱蒨,钟山路盘纡"、"赫赫同泰寺,凄凄玄武湖"、"清凉如美人,莫愁如月镜"。

毛泽东对南京这座城市有着特殊的情感,因为他曾下令打过长江去。"钟山风雨起苍黄,百万雄师过大江。"那首《七律·人民解放军占领南京》是那个重要历史节点的记录。其气魄与自信,堪称一绝。

当代,金陵的新诗创作,也不乏其人。上个世纪20年代,诗人卢前出版诗集《春雨》。30年代,孙望、常任侠、汪铭竹、程千帆等创办《诗帆》,发表新诗。民国初期,孙望有诗集《小春集》,高加索、丁力有诗集《花开满地又是春》。此后,南京诗人如赵瑞蕻、丁芒、化铁、高加索、吴野、吴奔星、高凤、黄东成、王文丙、王德安、叶庆瑞、冯亦同、陈咏华、邓海南等亦有诗作。写新诗的人，不会少，尤其是上个世纪90年代之后，文学的氛围日渐稀薄，诗歌也显得十分沉寂。尽管如此，在金陵古城，还活跃着一群诗歌爱好者，他们一直默默地探索着。

南京的诗歌之脉，源远流长。

几多美文写金陵

从古到今,写金陵的文章,简直多如牛毛。当然,能够称得上美文的,也是要挑一挑的。我以为,看前人的文章,有这么几类。一类具有认知价值。透过他们的文章,我们对作者所处的社会、自然、生活等方面有一个认识。另一类具有审美价值。文章不仅内容具有认知价值,文辞、结构写得也美,读了使我们有一种如临其境、如沐春风的感觉。

就古代来说,我以为,张岱和余怀可以说是明清时代写得最好的作家。两位都是明末的遗民。张岱是一位浙江绍兴的才子,曾到过南京三次,在他的《陶庵梦忆》里面写到金陵的文章就有13篇。这位风流才子的文笔笃定、从容、优美,文章都不长,往往寥寥数语,就能让人物、神态、场景毕现,同时又能很到位地传达自己的感觉。比如他的《钟山》、《报恩塔》、《燕子矶》、《栖霞》、《闵老子茶》等都是写得很好的短文。

明末风流才子余怀,以散文笔法写了一本奇书——《板桥杂记》,记录秦淮河上的美艳之事。由于余怀具有很深的文字功底,刻画人物,细致生动。他的那些娓娓道来的记录,有点类似于今天的新闻报道,很值得一读。

在白话文兴起后的民国,很多文化名人都写过南京。如章太炎、黄炎培、张恨水、柳亚子、鲁迅、周作人、胡适、郭沫若、陈独秀、章太炎、梁实秋、赵元任、朱自清、俞平伯、赵景深、唐弢等文化名人,都到过南京,并写过关于南京的文章。他们的文章,或记录景点,或记录社会,或抒发感慨,或表达心情。有的文章具有很高的认知价值,有的文章写得很唯美,今天读来,仍然余香在口,意味隽永。

　　由于民国时代的文人生于晚清时代,他们早期写作的关于南京的文章,记录了晚清时期南京的社会生活状况。比如陈独秀的《江南乡试》,记录了他18岁从安徽安庆来到南京参加江南乡试的情景,1937年发表在《宇宙风》上。光绪二十三年(1897年),陈独秀在家人的陪伴下,骑着驴子,从仪凤门走进南京城。在他的想象中,"南京城内的房屋街市不知如何繁华美丽"。但进城一看,大失所望。尽管道路开阔,但两旁的房子很破烂。他们随便找了一家旅馆住下,条件非常简陋。由于没有厕所,很多人就在屋外大小便。真正到了考试那天,"一进考棚,三魂吓掉了二魂半"。在这里他遇见了一位口中一直在喊着"今科必中"的范进式的考生,他在旁边默默地观察了一两个小时。他由这位"今科必中"先生而联想到所有的考生,联想到假如让这样的考生得了志,那国家和人民是如何遭殃,又联想到所谓抡才大典,简直是像隔几年把猴子狗熊搬出来开一次动物展览会。"一两个钟头的冥想,决定了我个人往后十几年的行动。"陈独秀这样肯定地说。这篇文章的细致的描述,把我们带进了19世纪末的夫子庙,带进了清朝最后的考场,让我们感受到了贡院里令人窒息的末世气息。文章对于我们了解晚清学子参加乡试的情况有很大的帮助。

　　对于鲁迅、周作人兄弟俩来说,南京是他们人生的起点。1898年5月,鲁迅自绍兴来到江南水师学堂学习,不久转入了陆师学堂下设的路矿学堂学习。1901年8月他的弟弟周作人也进入了这所学校学习。他们在南京待了四五年后先后去日本留学。1926年鲁迅在《琐记》一文中回忆了自己从绍兴来南京江南水师学堂和江南陆师学堂读书的情形。他回忆说,他在这里读到了赫胥黎的《天演论》,而且到城南去买了一本,思想上受到了真正的启蒙。周作人也曾写过《南京下关》一文,回忆自己在江南水师学堂学习的情景,尤其是回忆了江南水师学堂周边的环境以及下关码头的场景。两篇散文,可以帮助我们了解上个世纪初南京的面貌以及江南水师学堂、陆师学堂的有关情况。

晚清时期,国内文人写南京的并不多,倒是外国传教士、文人到南京后撰写了不少关于南京的游记、散文、随笔、日记、书信报告以及回忆录。当然,他们是从不同的角度来观照南京的,有客观记录,有赞美之词,有轻视不屑,有疑惑不解。比如,骆博凯原来是普鲁士王国的上尉,他曾被两江总督聘用在江南陆师学堂任总教习。在南京生活的四五年时间里,他给家人写了600多封信,其中有100多封信写到他在南京的见闻。清代到过南京的一些传教士,在文章中经常提到南京的大报恩寺塔,并且给予了足够的赞美。大报恩寺塔后来毁于太平天国战火,这些西方传教士的记录现在具有重要的认知价值。

从上个世纪初开始,南京作为国民政府首都自然吸引了很多文人墨客前来旅游、观光、怀古。这些文人墨客到了南京之后,也总会写点什么。

秦淮河名气很大,到南京的文人墨客总会想到秦淮河来看一看。其实,到了晚清及民国初期,秦淮河由于长期得不到清淤,河水已经严重淤塞,秦淮河水的质量非常糟糕。陈西滢1928年写的《南京》,开始说他喜欢南京,但对秦淮河却并不喜欢。他说,"不怕说杀风景的话,我实在不爱秦淮河。什么六朝金粉,我只看见一沟肮脏的臭水!"钟敬文在《金陵记游》中说:"秦淮河,不过是一湾污浊的死水!这种诅咒声,我早就从许多青年们的诗文中看到了。这样一条负荷着那么华丽的历史荣名的河流,在实际上只是这么一回事,心中自然要有些惋惜的意味。"1946年,郭沫若也写过秦淮河,他说:"我是第一次看见了秦淮河,河面并不宽,对岸也有人家,想来威尼司的河也不过如此吧!河水呈着黝黑的颜色,似乎有些腥味。但我也并没有什么幻灭的感觉。因为我早知道,秦淮河是淤塞了。"(《南京印象》)

尽管秦淮河水是污染了,但文人墨客们看到的秦淮河,往往不是现实中的秦淮河,而是积淀了文化内涵的秦淮河。比如梁实秋1923年游过南京后在《南游杂感》中写道:"秦淮河的大名真可说是如雷贯耳,至少看过《儒林外史》的人应该知道。我想象中的秦淮河实在要比事实的还要好几倍,不过到了秦淮河以后,却也心满意足了。秦淮河也不过是和西直门高粱桥的河水差不多,但是神气不同。秦淮河里船也不过是和万牲园松风水月处的船差不多,但是风味大异。"梁实秋看到的秦淮河在神气与风味方面是大不一样的,是历史的秦淮河,是具有厚重感的秦淮河。

这样看来,就不难理解为什么朱自清与俞平伯能写出传世美文《桨声灯影里的秦淮河》了。原来秦淮河,在文人的眼里,能生发出美的光晕来。1923年夏天,朱自清和俞平伯夜游秦淮河,两人创作了同题文章《桨声灯影里的秦淮河》。两篇散文的语言都很华丽,感觉都很飘渺,写景状物都很细致。朱自清有着一种热切的依恋,感情上比较强烈,写来是那么朴直,不加文饰,更表露出作者朴实诚恳的性格。而俞平伯比较朦胧。在遣词造句方面,比较秾丽,有些地方吸收明人小品的句式特点,有的还吸收西式的表达文法,有的还表现出哲理的意味。这两篇散文,都被奉为五四时期白话散文的圭臬。俞平伯1988年10月为南京出版社出版的诗歌散文集《秦淮恋》作序时说:"我与佩弦兄的同题散文能流传至今,实在是借了秦淮河的魅力,并非我们有什么神奇的功力。后来者的文章定能胜过我们。这是无疑的,也是我所希望的。"这当然是他的谦虚之词。就写秦淮河的散文来说,这两篇可谓是代表作了。这两篇散文为秦淮河做了很好的推广,尤其是他们提炼的意象——"桨声灯影里的秦淮河",成了秦淮河景致最凝练的概括。

除了秦淮河,南京还有玄武湖、牛首山、莫愁湖等自然名胜,也都是文人作家们捕捉的对象。黄炎培写了《栖霞山游记》、储安平写了《豁蒙楼暮色》、李金发写了《在玄武湖畔》、程千帆写了《玄武湖忆旧》、如愚写了《游牛首山记》、张恨水写了《清凉古道》、周作人写了《下关》、赵景深写了《灵谷寺》、陈白尘写了《初游燕子矶》等等,他们写的这些景点对于今天的我们来说,都很熟悉,也就相隔几十年,再读读几十年前文人墨客描写的场景、感受,会让我们生出很多的沧桑之感。

对于文人墨客来说,最感兴趣的还是南京的书卷气。朱自清1936年写的《南京》中说:"逛南京像逛古董铺子,到处都有些时代侵蚀的痕迹。"所以,很多文人墨客喜欢写南京的古董铺子里的货品。张慧剑是南京报人,他的《南京》文中回忆自己学生时代的南京生活。孙犁也写过《南京》,回忆早年到南京游览的情况。词曲研究家卢冀野是南京人,曾著有《冶城话旧》,写的都是南京的掌故。他还在张恨水创办的《南京人报》副刊上,发表了很多历史掌故。这些文章在记录游览古城古迹时的见闻时,夹杂着怀古的感受。总体来说,他们对南京还是很喜欢的。比如文学家陈西滢说:"要是有一天我可以自由地到一个地方去读我想读而没有工夫读

的书,做我想做而没有工夫做的事,我也许选择南京作为长住的地方,虽然北京和杭州我也舍不得抛弃。"(《南京》)

在诸多作家中,如果从美文的角度来衡量,我觉得四位作家是不容忽视的:朱自清、张恨水、黄裳和石三友。

朱自清前面已经说过了,他不仅写过著名的《桨声灯影里的秦淮河》,还写过《南京》、《背影》等名篇。《背影》写的就是发生在南京浦口火车站的事,这篇散文多年来一直入选学生的教材,在中国的学生中恐怕没有人不知道的。

都知道张恨水是小说家,其实他还是非常好的记者与散文家。他的很多散文小品写得清新自然,是报纸的即兴补白。张恨水在三十年代曾在南京生活了三年时间。在南京创办《南京人》报,曾产生很大反响。他对南京这座城市很有感情。他的多部小说都以南京为背景,如《丹凤街》、《石头城外》、《秦淮世家》等。他的关于南京的散文有《白门十记》、《南游杂志》、《忆南京》等等。他写豁蒙楼,写钟山,写明孝陵,写秦淮河边雅集,写白门杨柳,写荒落的城南古巷,写萧瑟的下关荒江。最让我欣赏的是他的《白门之柳》。他说:"在中国词章家熟用的名词里有'柳'这个名称儿。杨柳这样东西,在中国虽是大片土地里有它存在的,可是对于这样东西,却特地联系着成一个专用名词,那实在有点缘故。据我个人在南京得来的经验,是南京的山水风月,杨柳陪衬了它不少的姿态。同时,历代的建筑,离不开杨柳,历代的文献,也离不开杨柳。杨柳和南京,越久越亲密。甚至一代兴亡,都可以在杨柳上去体会。所以《桃花扇》上第一折听稗劈头就说:'无人处又添几树杨。'"

黄裳早年是《文汇报》的记者,早在1942年就到过南京,并写了散文《白门秋柳》,写他第一次到南京时看到的衰败景象。1947年,他作为《文汇报》记者来到南京住了几个月。他在《文汇报》"浮世绘"专刊上发表了一系列写南京的散文《金陵杂记》。改革开放后,他的《金陵五记》出版,大有洛阳纸贵的效果。那时市面上还没有一本像样的介绍南京文化的书,他的书出来后,立即受到读者们的青睐。黄裳算是当代写南京写得最好的散文家之一。

改革开放后,1985年江苏人民出版社出版以金陵掌故为主要内容的散文集《金陵野史》,曾产生很大反响。说是野史,其实是关于南京的历史、人文掌故。100多篇文章,都是以第一人称来写的。文章短小精悍,述说典故来源,如数家珍,表现出非同一般的文化历史功底。可以说它是一部用散文笔调来写南京历史人文掌故的散文集。书的作者署名石三友,其实是集体的作品。曾经发表在海外的杂志上,后来结集出版。

在当代南京本土作家中,叶兆言写南京的散文也比较多。尤其他的两本书《南京人》、《南京人·续》(南京大学出版社出版),用散文笔调来写他眼中的南京人,尽管写的是他个人的一些感觉,但其中不乏一些独到的见解。

从上个世纪80年代以来,有一些关于南京的散文集子出版——

1987年,南京出版社出版诗文集《秦淮恋》,内收丁芒、艾煊、忆明珠、俞律、苏叶、魏毓庆、赵瑞蕻、黄裳等45位作家关于南京秦淮河的散文45篇。

1995年,南京出版社出版了《可爱的南京》丛书《名家笔下的南京》,选了52篇关于南京的散文。

1999年,安徽文艺出版社出版了《老南京写照》,收录了46篇散文。其中多为名家所写。

2000年,江苏文艺出版社出版关于南京的散文集《南京情调》,选择了民国期间著名作家写的有关南京的散文64篇。

2014年，南京出版社出版《金陵旧颜》《金陵物语》，前者收录了民国期间400多篇关于南京的散文，后者是一些1949年以前外国人写的关于南京的游记、散文、书信。

如果你喜欢南京，不妨找些美文来读读，作家们的感受也许能引发你的怀想和共鸣。

因为一句诗,记得一座城

用简洁、精炼、经典的古典诗词来概括一个城市的个性、特点,是一件非常有意义的事情。

一两句诗,朗朗上口,又便于传播,不仅能为城市增加文化内涵,增添诗意,还可以起到推广城市形象的作用。

一个古城,与之过往的诗人会很多,他们写的与这个城市有关的诗也会汗牛充栋,那么究竟选择什么样的诗句才能代表这个城市呢?

我想,诗的指向性一定要很明确,或者写这座城市的风物、人文,或者写这座城市的历史。这座城市的名字,像一只美丽的昆虫,嵌入琥珀。其次,诗的艺术性要高,要具有高度的浓缩性。诗歌提炼出的意象是这个城市独有的,能够概括出这个城市的特点、气质。此外,诗要有很高的知晓度。

真羡慕桂林,能有"桂林山水甲天下"这样一句晓畅的诗作为城市的推广语。关于这句诗的作者与出处,曾有多人去考证,都无果。直到上个世纪80年代,桂林的考古人员在一处叫独秀峰下的岩石上发现了原诗。诗是这样写的:"桂林山水甲天下,玉碧罗青意可参。士气未饶军气振,文场端似战场酣。九关虎豹看勍敌,万里鲲鹏仦剧谈。老眼摩挲顿增爽,诸君端是斗之南。"诗的作者叫王正功,宋代人,广南西路提点刑狱公事。诗作于公元 1201 年。全诗写得很一般,独独第一句,成了一颗"宝石",熠熠闪光,被人们记住了。桂林人真的应该感谢这位王正功。

提到杭州,西湖是必定想到的。西湖是杭州的名片。写西湖的美诗,实在是太多,选什么样的诗句来代表杭州,的确要费一番思量。首先自然想到苏轼的"欲把西湖比西子,淡妆浓抹总相宜"。但再一想,另一位大诗人白居易的《忆江南》也是相当好:"江南忆,最忆是杭州:山寺月中寻桂子,郡亭枕上看潮头,何日更重游?"短短的词句,直接点出了杭州之美。不过写的是杭州的秋,突出的一是赏桂花,一是看钱塘潮。这两样,确实也是杭州的颇具特色的美质。

苏州,古名姑苏。历代有很多诗人到过这里。"姑苏城外寒山寺,夜半钟山到客船。"这首流传很广的诗,能代表苏州吗?且慢,还有更好的诗。"君到姑苏见,人家尽枕河。古宫闲地少,水巷小桥多。"枕河而居,正是姑苏的水乡之美。明代唐伯虎也写水乡:"市河到处堪摇橹,街巷通宵不绝人",诗的味道终究是缺了些。

写扬州的好诗太多。尤其是那位风流才子唐代诗人杜牧,写了很多脍炙人口的诗。"十年一觉扬州梦,赢得青楼薄幸名。"这不行,太私性化了。"春风十里扬州路,卷上珠帘总不如。"写的是扬州妓女。倒是徐凝的"天下三分明月夜,二分无赖是扬州",更能代表扬州的美。再一想,李白还有写扬州好诗呢:"故人西辞黄鹤楼,烟花三月下扬州。""烟花三月下扬州",肯定也是扬州最好的代言诗。清代诗人王士祯还有好诗:"绿杨城郭是扬州。"好的诗句太多,那么,究竟选择哪一句呢?

成都,是一个诗人瞩目的城市。写成都的诗歌也多如牛毛。杜甫在成都生活了三年,创作了 200 多首诗歌。从诗圣的诗歌中找找吧。"晓看红湿处,花重锦官城",写的是花城之美。"锦城丝管日纷纷,半入江风半入云。此曲只应天上有,人间能得几回闻?"写的是丝竹之美。再看看晚唐诗人李商隐的诗:"美酒成都堪送老,当垆仍是卓文君。"成都有美酒,也有美女,是一个休闲的城市,我以为这两句还是很符合成都特质的。

西安,古曰长安。长安自古帝王都。与别的古都相比,西安有许多值得骄傲的地方:一是建都时间最早;二是建都朝代最多,共有13个朝代在此建都;三是建都年代最长,达到1062年。长安是唐朝的首都,自然写长安的诗歌也特别多。李白有"长安一片月,万户捣衣声",这是消失了的意象。孟郊登科后写到:"春风得意马蹄疾,一日看尽长安花。"那太个性化了吧。杜甫的"三月三日天气新,长安水边多丽人",写春天的长安,天气好,美女多。问题是杜甫是带着讽刺的口气写的。况且,现代的长安,似乎少了水。还是贾岛的"秋风吹渭水,落叶满长安"吧,自自然然,呈现的是一幅长安秋景图。

古都洛阳,自然是诗人聚焦的中心。写洛阳的诗歌也多得是。张籍的"洛阳城里见秋风,欲作家书意万重",王昌龄的"洛阳亲友如相问,一片冰心在玉壶",表达的是亲情。刘克庄的"洛阳三月花如锦,多少功夫织得成",写洛阳花美。洛阳牡丹名天下,还是找找关于牡丹的诗吧。刘禹锡说:"唯有牡丹真国色,花开时节动京城。"欧阳修说:"洛阳地脉花最宜,牡丹尤为天下奇。"欧阳修的诗句最有概括性,诗中又有洛阳的地名的嵌入,不失为洛阳古城的代言诗。

济南,以泉水闻名天下。写泉水的诗很多。《老残游记》的作者刘鹗说,济南"家家泉水,户户垂杨"。这8个字也极具诗的韵味,很好地概括了济南的诗意特征。杜甫有诗:"东藩驻皂盖,北渚凌清河。海右此亭古,济南名士多。""济南名士多",直言济南文化之深厚,为后代的济南人经常引用。宋代黄庭坚有诗"济南潇洒似江南",是赞美济南的美景。清代乾隆年间"江西才子"刘凤诰撰写的对联:"四面荷花三面柳,一城山色半城湖",可以算作是济南最好的代言诗了。

江南的绍兴,古称会稽,是一个人杰地灵的古城。王羲之说:"山阴路上行,如在镜中游。"把山阴说得太美了。李白有诗:"镜湖水如月,耶溪女如雪。"杜甫说:"越女天下白,镜湖五月凉。"但我觉得,倒是李白的另一首诗很能代表绍兴:"会稽风月好,却绕剡溪回。云山海上出,人物镜中来。"唐代诗人元稹说:"会稽天下本无俦,任取苏杭作辈流。"这是极言会稽之美。很遗憾,对于今天的人来说,会稽这个名字已经很陌生了。

说到南京了。吟咏南京的诗歌实在是太多。很多大诗人都到过南京,好诗不可胜数,随口都可以念出很多来。"朱雀桥边野草花"、"无情最是台城柳"、"潮打空城寂寞回"、"凤凰台上凤凰游"……究竟谁的诗句能代表南京?思前想后,还是六朝的那位叫谢朓的诗人的名句吧:"江南佳丽地,金陵帝王州。"这首诗的诗名叫《入朝曲》。全诗是这样写的:"江南佳丽地,金陵帝王州。逶迤带绿水,迢递起朱楼。飞甍夹驰道,垂杨荫御沟。凝笳翼高盖,叠鼓送华辀。献纳云台表,功名良可收。"谢朓写的是当时的都城建康城。只见城墙环绕着蜿蜒曲折的护城河,绿波荡漾,风光旖旎;抬头远眺,又见层层高楼,鳞次栉比,在日光照耀之下,显得灿烂辉煌。天子所行的驰道两旁,矗立着巍峨的皇宫高院,御沟两旁杨柳婆娑,婀娜多姿。就全诗看,在吟咏南京的诗歌中只能算是一般,但就是"江南佳丽地,金陵帝王州"这两句,从一堆黄沙中,露出黄灿灿的金色来,原来是一块硕大的金子。这两句,一是说金陵出美女,一是说金陵出帝王。江南秀水,滋润一方生民,而帝王之州,做了十朝古都。这样的概括,出自南朝谢朓之口,算是有先见之明。后来的南京,的确也契合了谢朓的诗意。

惊　艳

"完美无缺。"

当国际奥委会主席巴赫对南京青奥会如此评价的时候，我就坐在青奥会闭幕式的现场。听到这句话的还有现场六万多名观众，以及电视机前无数的观众，紧跟这句话后面的是长时间雷鸣般的掌声。

我想起了一个巨大的反差。

2008年的4月初，国际奥委会在南京召开青奥会团长大会。这是按照惯例在赛会开幕前召开的通气会。来了204个国家和地区的代表团团长。位于南京河西的涵月楼大酒店硕大的会议厅坐满了各种肤色的外国客人。青奥会的组织者向与会团长们详细介绍了比赛场馆、比赛器材、携带物品、抵离、住宿等情况。到了提问时间，各种肤色的人踊跃举牌提问。同声传译耳机传来的问题是："请问，南京到上海有火车吗？如果有，几个小时能到？""南京到北京要几天时间才能到？有没有火车？""南京的自来水能喝吗？"我想，在场的每一位参与筹办青奥会的工作人员都会与我一样露出讶异的神情。这些团长们竟然不知道南京在中国的方位，不知道南京到上海的距离，不知道南京通不通火车。团长可是这些国家体育组织的官员啊，应该受到过不错的教育，可是他们不知道南京。从这个角度看,南京在国际上的知名度也太小了吧。然而,4个月后,巴赫在闭幕上如此评价南京,这是怎样的一种反差?各个国家和地区的团长带领他们国家的运动员在南京生活了十多天,让他们没有想到的是,南京居然是一个非常不错的城市。无论是各个国家和地区的团长们,还是运动员教练员,他们在接受媒体采访时都对南京给予了足够好的评价:"南京很美丽"、"南京真棒"、"南京,我爱你"等等。我想,这无疑是最近许多年来外国人对南京最好、也是最多的评价。到过南京的这些人,他们不会不知道南京了。回去后,他们还会向他们的家人亲戚朋友描述他们眼中的南京。

南京,在公元2014年的8月,被掀起了盖头,让世界为之惊艳!

这引发我思考另一个问题:作为一个拥有两千多年的建城史、400多年建都史的城市,南京在历史上并不是默默无闻,甚至曾经有过非同一般的辉煌。

我将探究的目光伸向过去遥远的岁月。

当然首先是明代。

明代,朱元璋将都城定在了南京,他和他的儿子朱棣在南京做皇帝的时间有53年。这半个世纪,对南京来说真是一次绝好的发展机遇。尽管前面有六朝、南唐定都南京,但都是不大的格局,况且那时候缺少世界文明的对流,自然也没有多少外国人来南京。到了朱元璋时代不一样了,他首先拉开了南京城市建设的框架,这个框架甚至到今天还具有现实意义。其次,这个时代世界的交流也逐渐多起来。可以说,南京真正作为一个大都市的出现与存在,是从明代开始的。到了朱元璋儿子明成祖朱棣手里,南京又得到了大手笔的补充,让南京真正成了那个时代一个了不起的城市。朱棣还做了一件令后人惊叹的外交大事,那就是派郑和出使西洋。

从1405年到1433年的30年时间里,郑和奉命先后七次出使西洋,到达过30多个国家。每次下西洋,沿途都有外国的国王、贡使随船队来到南京。郑和第六次下西洋回航的时候,船上载有16个国家1200多名使臣及其家属。那时候,到南京来朝贡的国家有60多个,史书上称其为"万国来朝",当然是夸张一点说,但那个时代南京与外国的交流是非常频繁的。永乐六年(1408年),浡泥国(现文莱)国王麻那惹加那偕妻子、弟妹、子女、陪臣共150多人浩浩荡荡走进南京城,可惜的是这位国王后来不幸病故,年仅28岁。国王临终时留下遗愿:体魄托葬中华。明成祖以王礼的规格将其厚葬于安德门外。可以想象的是,那时候的南京,真的无愧于国际大城市的称号。特别在东南亚一带,大明王朝的首都南京具有非同一般的影响力与吸引力。

后来南京尽管作了北京的陪都,但地位仍然非常高。这从后来陆续来到南京的西方传教士们的记载中可以得到验证。1595年5月31日,当利玛窦第一次来到南京时,就被其雄伟所震慑。他看到的南京城,到处都是殿、庙、塔、桥,欧洲没有超过它的类似建筑,"在某些方面,它超过我们的欧洲城市"。他后来还选择在南京买房,并居住了一年多。从十六世纪末到十七世纪早期,来中国的西方传教士到达南京后,印象最深刻的是朱元璋建的南京城墙与位于秦淮河边的大报恩寺琉璃宝塔。明朝末期1613年至1635年生活在南京的帕特尔·萨马者称这座塔完全可以同古罗马的建筑相媲美。后来,荷兰探险家约翰·尼霍夫在文章中也对报恩寺塔作了记载,并且他还画了一幅图。他说,大报恩寺建筑,"造型奇特古朴,可列为中国最著名的工程之一"。直到清代,来南京人的外国人都还在夸赞琉璃宝塔。大报恩寺以及琉璃塔在大约一百多年时间里,简直成了南京乃至中国的代表性符号。

很遗憾,到了清代,南京的地位一落千丈。特别是到了晚清,随着大清帝国的没落,南京沦为十分破旧、软弱的城市。我的手头有一本南京出版社出版的《十九世纪末南京风情录》,作者罗伯特·骆博凯是一名德国上尉。1895年9月,他受清王朝两江总督张之洞的聘请来到南京,指导建设江防要塞工程,后来在南京陆师学堂任教,1900年5月回国,在南京工作、生活了4年半时间。在南京期间,他给德国的家人写了500多封信,这些信记录了他在南京的所见所闻。从他的信中我们也能看到南京没落的一二。1896年,他给姐姐的信中说:"走在街上,我们就是世界的奇迹。我只要在路上暂停片刻,一群好奇的民众立即就会蜂拥而来,把我们团团围在中间,只要我不生气,他们什么都想摸一摸,帽子、手杖、衣服、靴子等等。"他在南京看到的情景是:"19世纪60年代,南京的建筑物在太平天国运动中被毁坏殆尽,直到现在我们还能在老城的巨大建筑物群中见到被摧毁的建筑物和纪念碑等瓦砾废墟。南京著名的大报恩寺琉璃塔——无法再现旧貌的世界奇迹——它成了太平军的牺牲品。"1896年他在写给大哥的信中说:"我们可以看到虽然手工工人和农民们众所公认十分勤奋,但他们的生活没有丝毫富裕的痕迹,仍然穿着肮脏的油腻腻的衣服,破衣烂衫,就像我们国内到处流浪的吉普赛人,从事着十分繁重的劳动。"像这样的记载,在他的信中还有多处。我们从晚清传教士们拍摄的老照片中得到验证。那时的南京城非常破旧,更糟糕的是,城里的人精神面貌萎靡,男人拖着长辫子,穿着破棉袍,无精打采的样子。

这样一座委顿的城市,自然走入了最糟糕的时刻。1842年7月,英舰百余艘载着九千官兵,自吴淞口溯长江西上,先是进攻长江与京杭大运河交叉点的镇江,攻下镇江后,又来到了南京的江面。8月4日,英国军舰驶抵南京下关江面,随后英军从燕子矶登陆,察看地形,扬言进攻南京城。面对英军的坚船利炮,南京城毫无还手之力。清朝钦差大臣耆英、伊里布和两江总督牛鉴,都是可怜虫,哪敢对抗,当然最后得到道光皇帝的批准,被迫在静海寺、上江考棚等处与英军议和,并在英军旗舰"康华丽号"上签订了丧权辱国的《南京条约》。正是这样一个条约,使中国失去了香港155年,赔了2100万银元,这笔赔款相当于整个清政府全年财政收入的三分之一。

这应该是继明代以后,外国人到南京来得最多的一次,不过,这一次可不是来朝贡的,而是来掠夺的。软弱的南京,第一次背负了莫大的屈辱。

南京第三次迎来大批外国人涌入的时间,大约是1927年到1937年的十年间。南京作为国民党首都,迅速进入了一个大建设的时期。很多外国政府在南京建立了使馆,直到今天,很多使馆都还保存完好。作为首都,南京自然被外国人关注。不过,这一次被世界关注不是因为南京多么闻名或者多么辉煌,而仅仅因为它是国民政府的首都。除了一些外国使者,到南京的外国人不会很多。

南京街头第四次出现大批外国人,要数1937年。侵华日军10万人占领了南京,并进行了惨无人道的大屠杀。南京,再次遭受到了巨大的屈辱。

《南京条约》事件,加上95年后发生的南京大屠杀事件,南京在外国人眼中几乎成了脆弱的象征。美国学者乔安娜·韦利·科恩写道:"南京在西方人的印象中,由一个早期欧洲移民安定生活的殿堂和美丽的景点首先转变为西方霸权下中国耻辱的象征,并最终沦落为使人感到怜悯、恐怖的地方的代称。"

上个世纪八九十年代,我刚来南京求学那会儿,正赶上改革开放、大干快上,南京人整天听到"建设国际化大都市"的口号。口号喊得特别响,但也没有见到多少"国际化",甚至街头很难见到几个外国人。到了国外,当你说来自南京时,老外都不知道。人家听都没有听说过,还能叫"国际化大都市"?

再往下数来,就要算2014年南京青奥会了。南京迎来有史以来最多的来自地球各个角落的客人。参加大聚会的就有来自204个国家和地区的3808名运动员,还有他们的随行人员,有来观看比赛的客人,有1000多名各国记者,加上国际奥委会的工作人员,外国人大约有五六万吧,来自国内的客人也有四五万人。南京这块古老的土地上从来没有同时集聚如此多不同肤色、不同语言的客人,连太平洋中那些很小的岛国都会派人来南京。在十多天的时间里,他们去看了南京的古城墙,去夫子庙看了民俗街,还在路上领略了南京的街容市貌。说起南京,他们中的绝大多数人都竖起了大拇指。

从明代建都到今天650年的历史里,南京大致经历了5次外国人的大量涌入。明代的那次涌入,是一个辉煌的起点。"中华民国"在南京待的时间并不长,受到世界关注也很有限。倒是两次屈辱,让世人记忆深刻。一次是英军的入侵,一次是日军的入侵。两次入侵,都给中国造成了巨大的创伤。这两次都成了中国历史上的标志性事件。

历史翻到了2014年,让人欣慰的是,这一次,南京再次展示了它令人惊艳的一面,一定会被载入史册的。

有无比的辉煌,也有莫大的屈辱,而且不断地重复着,这就是历史的节奏,也是南京的节奏!这世界上,没有永远的辉煌,也没有永远的屈辱。没有辉煌也许并不太重要,重要的是再也不能有屈辱,这是务必要牢记的。

这一年的南京,会被世界记住吗?

南京之美

春归秣陵树,人老建康城。

屈指算来,我来到南京这座城市已经 20 余年,超过了我在家乡生活的时间。南京,理所当然是我的第二故乡。

人,常常有着一种"围城"情结。也许是一种审美疲劳吧,在一个城市生活久了,对这个城市的一切习以为常,哪怕再美,也觉得不过尔尔。随着城市的发展,"城市病"确实朝着严重的方向蔓延,于是,抱怨声、批评声不绝于耳。当然,这抱怨、批评,绝大部分也是源于对这个城市的爱。但是,人,不能整天生活在抱怨中,对身边的美视而不见。其实,只要用心体味,细细品尝,你就能发现它的美。这是渗透到生活中、岁月里的点滴感受,是匆匆过客很难体会到的浸润之美。

是的,南京是美的。这用不着我絮叨。如果将历代以来写南京美的诗篇、文章集中起来,国内没有哪个城市能有南京这么多。若要说南京之美,大约谁都能说出几个诸如"沧桑"、"沉淀"、"厚重"之类的词来,也都能随口说出诸如"江南佳丽地,金陵帝王州"、"朱雀桥边野草花,乌衣巷口夕阳斜"之类的诗句。所以,写南京的美,真难。不过,我想,美,在每个人的眼中心中,感受是不一样的。每个人眼中的美,都有属于自己的细节。

在我眼中,南京之美,美在树。

南京树多,闻名全国。记得刚来南京求学时,夏日,走在中山东路上,相邻的两排梧桐顶端连接起来,形成拱廊,赤日炎炎的大中午,走在路上竟然晒不到太阳。这真令从没有看到过这么多大树的我,震撼异常。不仅中山东路,如果你从市中心的高楼顶上俯瞰这座城市,会发现纵横交错的绿色长廊,它们交织成南京的一曲绿之歌。

南京街上的行道树,八成栽种的是"法国梧桐"树。其实,杭州、武汉、郑州、长沙等城市都栽有法国梧桐,但我到过这些城市之后才发现,南京的梧桐树,不仅种植历史最悠久,而且从品相看,也是最好看的。从中山陵建陵算起,南京栽种梧桐树已经有八十多年历史了。

南京最美的梧桐树在哪里?我以为是东郊的陵园路。

陵园路和石象路,紧挨着,也可以算做一条路。这条路可是我最喜欢的路。也是我认为南京最美的路。

去中山陵,陵园路是必经之路。3.2公里的林荫大道,路面极其平整,沿路均匀地栽种了1007株梧桐树,十分赏心悦目。春天的时候,你从这些高大的梧桐树下,慢慢走进去,抬头看看:高大的梧桐树枝丫,直刺天穹,由于早期修剪得很认真,使得枝丫一点也不杂乱,十分洁净,像两排挺拔的小伙子,整齐地站在那里,显得英姿勃发,彬彬有礼。据说1972年尼克松访问南京时就曾步行走完了这条美丽的梧桐树之路。

沿着这条路往前走大约五六百米,便到了四方城,向左拐进去就是石象路的起点。这时候,你暂且舍下陵园路吧。你会发觉自己走进了另一条令人惊艳的历史长廊。

石象路从四方城到明孝陵大约长800多米。石象路上,那些大象、骆驼、麒麟、狮子两两相对，不失威武。想一想，它们在这里已经无言地驻守了 600 多个春秋！每每走到这里，总使我想起清朝词人纳兰性德的几句词："江南好，城阙尚嵯峨。故物陵前惟石马，遗踪陌上有铜驼。玉树夜深歌。"

石象的两边，植被茂盛，树种繁多，在春夏秋冬各自呈现出不同的颜色，构成石象路丰富的色彩层次。我以为，早春，石象路两边树开始绽绿的时候，很美。而到了秋天，石象两边的银杏黄了、枫叶红了的时候，石象路的沧桑中夹杂着妩媚与艳丽，是最美的！

这正是南京的迷人之处。它沧桑又不失美丽，它写满了故事又被这年年发芽的遍地绿树装点出勃勃生机！

南京之美，美在文。

夫子庙中心地带的棂星门前，临水端立着一座牌坊，坊额上题有"天下文枢"四个大字，这个牌坊建于明代，后毁于战火，上个世纪八十年代重建。

"天下文枢"——何等大气端庄的四个字！枢者，中心也。文者，文化，文脉，文气，文章，文苑，文渊……是一种综合的概念。南京缘何有底气称为"天下文枢"？

缘于那源远流长的文脉吗？朱偰曾说，"尝以为中国古都，历史悠久，古迹众多，文物制度，照耀千古者，长安、洛阳而外，厥推金陵……而此四都之中，文学之昌盛，人物之俊彦，山川之灵秀，气象之宏伟，以及与民族患难相共、休戚相关之密切，尤以金陵为最"。我以为此言非虚。南京，六朝以来，对于历代的文人墨客都具有非凡的吸引力。一提起南京，哪个文人不知？一走进这块土地，他们便是灵感迸发，文采飞扬，因而留下了无数名篇佳作。如果要将那些与南京有关的文化巨擘一一列举出来，会是一串长长的名单。

家住金陵为六朝。有很多文化大师本不是南京人,但却被南京的文脉所吸引,干脆就迁居南京,比如,王安石在南京生活了20年,吴敬梓在南京生活了31年,袁枚在南京生活了50年。南京,是那位"十年辛苦绘红楼"的文学大师曹雪芹的故乡,他在这里生活了14年。因为家庭变故迁居北京后,他经常思念金陵岁月,他把对故乡的记忆、感情都糅进了《红楼梦》中。

缘于士子云集的江南贡院吗?公元1168年(南宋孝宗乾道四年),知府史正志创建江南贡院,起初为县府学考试场所。公元1368年,明太祖朱元璋定都南京后,集乡试、会试于南京的江南贡院举行。明、清两代,江南贡院不断扩建,鼎盛时期是一座拥有考试号舍20640间,规模之大、占地之广、房舍之多为全国考场之冠的考试院。在几千年的封建社会里,开科取士仍然是国家政权吸纳精英知识分子的最有效也是最主要的途径。遥想数百年的历史里,南京吸引着江南人文荟萃之地的一颗颗读书种子们竞相前来,为着一个"习得文武艺,货与帝王家"的目标在这秦淮河畔泼墨挥毫,你能不说,这日夜流淌的秦淮河水,也染上了一重重的文墨气吗?一直到今天,南京的教育,依然走在全国城市的前头。

缘于流淌于街巷之间的烟水之气吗?赶考的士子,怀古的诗人,他们都只是南京的匆匆过客。我以为,南京的韵味,南京的文气,是氤氲在街巷间,弥漫在市井中的,就是这样一种若有若无的气质,有时令人目醉神迷。远有到永宁泉喝清茶、雨花台看落照的菜佣酒保、贩夫走卒,近有边做煎饼边画画的小生意人。也许,还有那一身文气的南京人,隐藏在这寻常巷陌间,是他们构成、传承着这座城市的文脉,让其源远流长,生生不息。

南京之美,美在爱。

如果说文,是南京的灵魂,那么爱,就是南京的一种品质。这种品质十分可爱,也是美丽的。

在中山陵的入口处,矗立着一座三门冲天式花岗石牌坊,上刻有孙中山手书"博爱"两个镏金字。这就是有名的博爱坊。我曾在坊前流连,特别喜欢"博爱"两个字传达出的意味。

多年前,当我甫从家乡来到都市时,我曾有过短暂的惶恐与不安。那林立的高楼大厦,那入夜后的万家灯火,那五彩斑斓的霓虹灯盏,那川流不息的车水马龙——它们能否接纳我,一个来自乡村的游子?不知为何,南京给我一份别样的踏实。后来我在这里工作、安家,我在这里交友、游弋。我遇到过许许多多的新南京人,他们和我一样,故乡在别处,然均被这座城市牢牢拥入怀抱,踏实,厚重,温暖,令人心安。我想,宽厚、包容——这绝对是南京这座城市的特质。博爱之境界,于普通百姓就是这份大气宽容之美!我曾在这个城市的电视台,担任过多年的新闻部主任,有机会看到各类反映这个城市博爱风采的稿件,时常为之感动。电视台曾有一档专门讲述南京故事的电视节目,每天讲述一个发生在南京的爱的故事,有许多故事,我在审片时,就被感动得热泪盈眶。

于是,我想到东郊的博爱坊,想到中山先生一生多次写过的"博爱"两个字。这个城市,一块最好的精神名片高高地矗立在美丽的东郊,它不正昭示着这个城市人民的精神向度?

博爱之都,一个极为精炼的概括!

是的,这个城市需要爱,你我需要爱!

后　记

　　屈指数来,我在南京已经生活了二十多年,比我在故乡生活的时间还长,南京无疑成了我的第二故乡。

　　我选择在南京安家、生活,与南京这座城市所具有的文化内涵有着密切的关系,想当初毕业时也有可能去北京、上海,但终究没有去,而是选择留在了南京。我有时候问自己,喜欢南京什么?很俗套的答案是,南京是六朝古都、十朝都会云云。其实,生活时间长了,南京的美才能慢慢品味出来。

　　与别的城市不同,南京的美,是一条贯穿很长岁月的河,南京很多的美与诗意,就定格在不同的河段,不同的岸上。

　　我对南京这座城市的昨天有着浓厚的兴趣,时常去搜罗一些关于南京的史料、诗文来研读,也时常写一些短文,记下自己的认识、感慨。时间长了,竟然有几十篇。

　　我给自己这部分文章的定位是,发现城市的美,感知城市的诗意:既要有历史,又要有现代;既要有史料的支撑,又要有现实的感知;既要有理性的归纳,又要有诗意的感知。当然,这是我理想的标杆,实际上,可能很多时候并没有达到。比如,与南京诗意相匹配的,应该是很美的文字,对此我常常惴惴不安。

　　如果我的这些文字,能帮助读者更多地了解南京这座城市的前世今生,引发读者一些美的联想,那是我值得欣慰的事情。

2014 年 12 月 15 日

图书在版编目(CIP)数据

南京的风花雪月 / 陈正荣著. —南京：南京大学出版社，2015.7(2019.12 重印)
ISBN 978-7-305-15433-1

Ⅰ.①南…　Ⅱ.①陈…　Ⅲ.①诗集-中国-当代　Ⅳ.①I227

中国版本图书馆 CIP 数据核字(2015)第 125336 号

出版发行　南京大学出版社
社　　址　南京市汉口路 22 号　　邮　编　210093
出 版 人　金鑫荣

书　　名　**南京的风花雪月**
著　　者　陈正荣
责任编辑　徐　超　芮逸敏
照　　排　南京紫藤制版印务中心
印　　刷　江苏凤凰扬州鑫华印刷有限公司
开　　本　880×1230　1/32　印张 11　字数 237 千
版　　次　2015 年 7 月第 1 版　2019 年 12 月第 2 次印刷
ISBN　978-7-305-15433-1
定　　价　45.00 元

网　　址：http://www.njupco.com
官方微博：http://weibo.com/njupco
官方微信：njupress
销售咨询：(025)83594756

＊ 版权所有，侵权必究
＊ 凡购买南大版图书，如有印装质量问题，请与所购
　 图书销售部门联系调换